逐梦之旅

Follow your dream journey

安谅 散文

目 录

第一辑 躺着的丰碑

那些晶莹的泪花 / 3

西出阳关拜班超 / 5

与巴尔鲁克的激情相会 / 8

雨若有情 / 15

向天山神木致敬 / 18

叶城清明 / 20

草湖人家 / 24

石碑无声 / 27

国忠魂 / 31

兴国的"四星望月" / 35

和推拿师对话 / 37

躺着的丰碑 / 40

第二辑 父亲的居所

过年的味道 / 47

牵挂，用此一生 / 49

隔壁人家有多远 / 51

那些催人泪下的时刻 / 55

家乡雨 / 58

一把气枪 / 61

温馨流动 / 63

深情凝聚的客厅 / 66

因为有你 / 69

王家姆妈 / 72

老邻居 / 75

冬至情怀 / 79

阿狗其事 / 82

荀姨一笑 / 86

父亲的居所 / 90

第三辑 其实,是一种真相

同学徐 / 97

白色嫉妒 / 100

片刻的忏悔 / 102

裂缝 / 109

别墅里住着的是保姆 / 112

化石沟知道 / 115

卧室里的危机 / 118

戈壁滩上的真相 / 120

今夏的一场沙尘暴 / 125

黑夜里的透亮 / 127

向自己道歉 / 129

也许只见一面 / 132

惊险一幕 / 135

巴楚烤骆驼 / 137

"踩"玉若梦 / 142

戈壁深处有人家 / 145

距离 / 151

其实,是一种真相 / 153

第四辑 开往春天

哎,我们的少年日记 / 159

居室,有一种气息 / 161

美宅,在水之湄 / 164

又一个熟悉的春天 / 167

行走在天池的湖面上 / 170

人生的转场 / 172

孤独的境界 / 175

一棵树 / 178

谦让的美丽度 / 182

遥望三仙洞 / 185

那些令人难忘的事 / 187

开往春天 / 190

第五辑 冬宫，拷问我的想象

普希金，我失礼了 / 195

雪鸡别克 / 198

磨坊的记忆 / 201

有一种声音属于天籁 / 204

昆仑山上第一乡 / 206

给心灵安个家 / 210

基辅有条陡坡路 / 213

阿格尔的正午 / 215

寻找"老窝" / 218

祝福最美 / 221

巴黎的恶之花 / 224

斯特拉斯堡的深水静流 / 227

马赛的风情 / 230

普罗旺斯的古城 / 233

梦得巴黎半日闲 / 236

冬宫，拷问我的想象 / 239

第六辑 像芦苇一样活着

父亲是标杆 / 245

偶像之塔 / 247

倒走小夜曲 / 250

只能送你到门口 / 253

诗意地居住四题 / 255

带着旅游的心情 / 259

神山与圣湖 / 262

心灵的度假 / 265

红柳的天地 / 267

等待一场美丽的花事 / 269

找回幸福的感觉 / 272

在生命中 / 275

像芦苇一样活着 / 280

第七辑 爱,是最宝贵的

"隔离"竟是如此美丽 / 285

最美丽的周老师 / 288

被岁月浸泡的友情 / 291

天门一叹 / 294

感受波切利 / 299

阿凡提的故乡 / 301

一次特别的家宴 / 304

遗忘之美 / 307

高贵的让道 / 310

爱,是最宝贵的 / 312

第一辑

躺着的丰碑

編註の主題

那些晶莹的泪花

都说,南疆多是不长眼睛的青杨,没有流泪的胡杨。我踏进沙漠的那一瞬间,就断定胡杨是坚忍顽强的化身,似乎与涟涟泪水无缘。但不久的那些天,我却真切地感觉到了令人心动的胡杨之泪。

喀什市区有高楼霓虹,也有湖水景观,与内地不少中型城市一样的模样。但深入乡村,踏访农户,那种贫穷落后首先在住房淋漓尽致地展露。我走进去,是怀着一种悲悯,更是带着一种忧伤。用泥土和竹条砌成的居室,居然随处可见。低矮得让人心碎,破旧得又令人羞愧。我们这大都市里的人,是应有羞愧之意的,同是兄弟手足,这样的差距为何还未能消弭呢!在莎车,那位大妈家,人畜几乎是同居一处,羊棚里的味儿,就像浮尘一样,径直闯入了居室。大妈五十多岁,但憔悴衰老得像七八十岁的老奶奶了。村支书介绍说,她男人早就病死了,她抚养着一位老人,还带着五个孩子,五个孩子有两个是天生的智障者,是吃低保的,能填饱全家肚子已是不错了,改善住房就几近天方夜谭了。说话间,那个十多岁的智障女孩便傻愣愣地坐在那儿,目光呆滞,目中无人。我握着大妈的手,告诉他,政府要资助她,建一套抗震、宽敞的安居房。村支书翻译时,我看见大妈枯涩的眼睛里溢出了泪水,而那痴呆女孩的眼里,也有一种光亮的喜悦地一闪,我也禁不住眼窝子一热。

在泽普八乡三村,村民们都在清理场地。阳光下,他们热汗直冒,干得很欢。乡领导把他们集拢来,介绍说,上海来支援我们建设安居房的,图纸是他们帮着设计的,钱也是他们资助一部分的。话音未落,已看到村民们互相交头接耳,目光都投向了我们。虽然听不清、也听不懂他们在述说什么,但那些眸子里透出的光泽是欢欣的,有一种温暖的力量在我们心头之间漾动。

巴楚县一个老汉,首先新建了一处新居室。90平方米的安居房,还有近一亩地的种植区和养畜区。听说我们来自上海,他八十多岁的老母亲急切地走了上来,紧紧握住我的手,口里喃喃着,昏花的老眼里,泪水盈盈,他的儿子也不时抹着眼眶。

喀什的老百姓,还有不少居住在土坯房里。稍有雨水侵袭就即刻渗水甚或倾塌,岌岌可危。也有的是留恋这种生活方式,以前政府有过补助,自己也不愿掏一个子儿改善居住。

一位当地建设官员说过一则故事,至今撞击着我的心口,令我无法平静。前些年,伽师地震,一个村的民宅都须臾之间倒塌了,死伤无数。只有一户人家,当初因为拿了政府的补助,自己又凑了点钱,把房屋改成抗震房了,一家老小无忧。领导去慰问,他竟然也抱头痛哭。众人都纳闷,最后才得知,这次地震,好多村里人都临时躲进了他家,让他一下子成为村里最让人瞩目和羡慕的人物。他是喜极而泣呀!

胡杨,是男子汉的象征呀,也是新疆人的象征。他们也是有泪不轻弹,但到了动情之处,就潸然泪下。

看见他们激动的落泪,我们也禁不住泪花闪动。

那泪水映照了民族情,兄弟谊呀!

西出阳关拜班超

古代的熟人，认得的真不多，班超算一个。当然，是我认得他，他绝不认得我。我对他也是略知一二，后生的我也是失礼的了。

没想到我在本命年加入了援疆的队伍，西行五千公里，告别了从来未离开逾一月的生我育我的故乡。更没想到，这颇具强悍名字的先人，竟然也是当年的援疆干部。

在西域喀什忙碌了一阵之后，挤出时间来，虔诚地走向盘橐城，我要向班超深深地鞠上一躬。我要说，吾生已太晚，此生赴疆也太迟了。

新疆可谓地大物博，占全国面积六分之一呀！没到过新疆（我说的不仅是旅游和短暂逗留）也定是国人的一大缺失。西域历来神秘莫测，也是兵家必争之地。它的安定祥和是中华民族之大幸！风沙漫漫，戈壁茫茫，但国家责任，匹夫理应担当。

我不知道，班超入疆之后，是否也虔诚地拜访了更早的一位先人——张骞。那是两次出使西域的，为丝绸之路的开辟立下赫赫功绩的先辈。我拜谒了张骞，更走近了与自己年代更近，也有几多相似的班超。我有时想，倘若我与班超同一年代，我们一定是一对心气相投的好兄弟。他一定拥有兄长的风范。

公元73年，班超受命西征。灯红酒绿的洛阳城外，班超深情回望，然后毅然决然，快马扬鞭。那一年，班超41岁。

一千九百年之后，我也出发了，登上飞机舷梯的那一瞬间，我心平如镜。没有悲喜，也忘却了宠辱，我只将未来视为一次重要的人生旅途。宝剑锋从磨砺出,梅花香自苦寒来。繁华喧闹的都市自然让人迷恋,但世界是广阔的。天高任鸟飞,海阔凭鱼跃。趁着还尚存一些激情和勇气,扑向了那一片陌生而神秘的世界。此时,我已步入了人生的第四个本命年,已近天命之年!

身为兰台令使的班超,当年与书案相伴,与墨香相偕,编史编志,优哉游哉。他投笔从戎了,剑拔弩张,向灰沙蒙蒙、烈日炎炎的西域挺进。

我不用刻意模仿古人。我带着沉重的行囊——那里面一大半都是书籍,我的精神食粮。我带着曾投身浦东热土的那一腔热血,和生活赐予我的生命的感悟,踏上了祖国边陲的这一方土地。

班超率领了他的36名勇士,所向披靡,迅即征服了整个疏勒国。盘橐城下,他出其不意,他兵不血刃。他赢得的不仅是土地,还赢得了一片民心。他文武双全,治国平天下,在西进三年后,本可以奉诏返京,但官民们不忍他离去,上演了一场感人肺腑的十八相送。班超被打动了,他又一次毅然决然,留在了盘橐城。此后,是整整二十七年,他忧国忧民,殚精竭虑,金戈铁马,征战千里。安抚天下,顺遂民意。那一世英名,名副其实,气贯天虹。

我一直在想象,当年他辞别双亲和妻儿时的场景。我也一直在想象,他抛弃了书案,是否也真正抛弃了那文化的精粹。我悟到的结果是,那离别的情状,恐怕难以用一个词语来概括,但那中国文人精忠报国的夙愿,是中国文化的精血与魂魄,班超绝不会舍弃。

我也一直在猜测,倘若班超留恋亲情,在乎安逸看重俸禄,甚或担忧自我,他还会有这样的动力和行为吗?相比之下,吾辈似应汗颜,当今文明进步,投身援疆也不算什么了。不求史册留名,尽绵薄之力,为喀什百姓的安居乐业谋福,在戈壁滩上注入一丝生命的绿意。

如今的盘橐城遗址上,班超像高高地矗立着。那股叱咤风云的英气,势不可挡。而那握着书卷的姿势,又显示出他的魅力的深厚。36名壮士们,齐崭崭地站立,就像挺拔的白杨树,生机勃勃。这也是喀什噶尔充满生命的象征!

大风起兮云飞扬。但秋天的喀什噶尔,更多的却是天高云淡,风和日丽。

我在秋天的阳光里,向先辈班超深深地鞠躬。我感觉到了班超目光的抚摸,还有心灵的感应。那是文化人特有的敏感,也是英雄们永远的惺惺相惜。

让我带着班超的深沉和执著,踏上明日的道路。

与巴尔鲁克的激情相会

眺望原上塬

进入巴尔鲁克山,就被一种激情拥抱,春的灿烂,夏的炽烈,如此相融相谐,置身其间,不投入,不是真豪杰;不忘情,也非好男儿!

巴尔鲁克山,一望无际的绿,也是高低起伏具有立体感的绿。这绿色是天然生态的绿,绿得恣意,绿得粗犷中不乏细腻;绿得奔放,绿得冷峻中也不失温雅。难怪,它是牛羊的天堂,一年春秋两季,是它们温柔缱绻之处,即使转场他处,也不时频频回望这受惠多多的地方。

在巴尔鲁克山的北麓,一个叫裕民的小县,我在7月下旬,有幸涉足,很快就被这一片满目的绿俘获了,这一片绿在当地人看来,已不如刚逝的5、6月份,草叶已微微泛黄。但这绿毕竟是绿,绿得纯粹而令人心动。

当然,巴尔鲁克山动人心魄的不仅是绿。蜿蜒百里的巴尔鲁克山脉,也许称不上是巍峨挺拔之高山,也一定不如新疆境内的昆仑、天山等遐迩闻名。或许真是它的默默无闻和低调,才令我在见到它的一瞬间,便心旌摇荡:这绝不是一座平凡的山!

丘陵高原,可与苏格兰媲美。高山、峡谷、森林和湖泊,也可与新西兰相比。在准噶尔盆地上,巴尔鲁克山缓缓隆起,不俊俏,不耸立,原上的广阔的草地,就是一片未经开垦的处女地,安静温顺,具有处子一般的禀性。

千万别小觑了这片天地。并不炫耀张扬的山脉里,竟然孕育了24条河流。其中的母亲河—哈拉布拉沙常年流水潺潺,碧波荡漾,给中国西北最大的平原草地库鲁斯台草原,送去了生命的滋养。

在我眼里,库鲁斯台草原就是巴尔鲁克山的延续,是一种生命向未来进发的宣言和行动。是一种生命的新生体!

在巴尔鲁克山的高处,还有一个原上塬,叫做吐尔加辽草原,在哈萨克语中,就是富贵的草原。此名果然名副其实。水草丰茂的草原,连人都禁不住扑向它们,与草原大地来一个激情的拥抱!

烂漫的山花和云朵

万顷的碧绿,是巴尔鲁克山的底色。那漫山遍野的山花,则是装点草原的美丽的亮点。

巴尔鲁克山的山花,与满山的绿一样令人惊艳。当春的绿波滚过这茫茫山峦时,夏的花海便接踵而至,泛滥成了一种有节律的舞蹈,在这巨大的舞台上,渐次绽芳吐秀,姹紫嫣红,奔溅着激情四溢的光芒。万花盛开在巴尔鲁克山的山谷,是花的荟萃,更是花之魂在纵情歌唱。巴尔鲁克山素有"亚欧中心万花园"之称,百闻不如一见,巴山不枉此名!

我识花不多,大概算是半个花盲。年轻读书时,学校附近有一个公园,一年四季,鲜花也随季盛开,树干上也悬挂有花名介绍,我常去观赏,记取了一些,还有好多,因天生愚笨,未曾记住。而这巴尔鲁克山的山花,虽然在我身边或傲然亮相,或无声召唤,我却十分木讷。仿若一个游子回归故里,许多蜂拥而来的孩子向他亲切招呼,他却叫不出他们来,一时也不免尴尬。幸好,当地有几位同行陪伴,它们还算认识一些,加之我浅才浮学,也终于识得几种花卉。

这些山花虽然大都不名贵。但十里蒿草必有嘉卉。那些在山谷或争奇斗妍、或悄无声息开放着的山花,却并非寒酸卑贱,比如那一串串盛开着的紫色的薰衣草,挺直了身板,一如贵妇人一样的端庄从容;比如虞美人,红的热烈,雍容华贵,气势逼人;比如不只在芍药沟,也在山谷随时可见的野芍药,花团锦簇、花香沁人;比如流光溢彩的锦鸡儿花,骨子里充满质朴,却又不无妖娆。

野巴旦杏,在巴山堪称一绝,也是巴山的骄傲。它遍布之广,影响之甚,已不逊色于伽师果和阿克苏的苹果。

自然,各种叫不出名儿的无名花,也是功不可没的。它们使巴尔鲁克山青春浪漫,岁月不秋。

这里,还要一睹云的风采。到草原,去会会蓝天白云,是一种惯例。巴尔鲁克山的云,更是奇美。那云仿佛就挂在那山际一般,悬浮着,等着你去靠近,去触碰。是的,它几乎真的可以触手可及,那么低矮地、那么亲近着大地、那么直接地走入我们的遐思。

这蓝蓝的天,像是倒悬着的海:无边无垠。那白云如同千帆竞发,生机盎然;又似鱼儿翔集,优哉游哉。又恍若冰川偶露峥嵘,隐隐约约,迷迷蒙蒙;又似雪絮飞渡,无限清纯,无限柔婉。

端详着云,把灵魂也抛出去了,让它随着云朵自由飞翔一阵!

祭奠烈士墓魂

巴尔鲁克山带给我的,还有一份凝重和沉思。

我是第一次详细地知悉"塔斯提事件",认识孙龙珍这位烈士,解读一则不可忘却的故事。

在这样祥瑞的天地和季节,去追思这过去的历史,心隐隐作痛,泪,潸然落下。

1962年,也是我出生的那年,中国与原苏联在边境发生了一系列摩擦,其中"伊塔事件"最有影响,之后,新疆兵团战士奉命驻守边境,与部队战士共戍哨卡。他们的使命是"守,耕,牧"。

1969年的某一日。有一拨前苏军士兵向我挑衅。他们驱赶我国牧民的牛羊,还绑架了一名张姓牧民。部队战士在与对方交涉同时,孙龙珍所在的兵团战士也闻讯赶来,筑起了象征祖国尊严的抵御之城。对方蛮横无理,并首先开枪,挑起事端,扩大失态。罪恶的子弹射中了年仅29岁的民兵战士孙龙珍。孙龙珍倒下了。牺牲时,她的肚腹里还有一个婴儿在蠕动!我们的战士也不甘示弱,最终打死了6名敌人,获取了三匹军马。最重要的是,战士们顽强的士气鼓舞了边境上的全体官兵,经过长时间的交涉,对方不仅乖乖放回了张姓牧民。以后,又将这片土地归还给了我们。这是一场值得铭记的胜利。

烈士仙逝,英魂犹在。

在肃穆、庄重的气氛中,我走向了纪念碑,向烈士深深地鞠躬,献上了寄托哀思也充满崇敬之情的鲜花。

此刻,八名年轻的女民兵战士英姿飒爽,肃立在纪念碑前。让我感觉烈士未曾离去,她鲜血浸染的土地,正盛开着更加美丽的花朵!

在边境上的巡逻

这是平生第一次,千真万确。沿着205至206界碑走向,沿着仅铁丝网之隔的边境线,我随着塔斯特边防连的战士,徒步进行了一次巡逻。

任务,是加强边境监视,检查边境设施。一身戎装,披上了子弹夹,小背包,军用水壶,还有一支97型的新式冲锋枪。这十多公斤的分量压在身上,随即走了一路,也真不轻松。

从 205 界碑到 206 界碑,大约 1 公里。烈日当空,走了几步就汗流浃背了。地上野草丛生,虽不用披荆斩棘,但带刺的草儿却常常撩人,这也是麻烦。这样的体验绝无仅有,这点困难也应该不足挂齿。

此时双方边境处于缓和时期。从高倍望远镜里眺望,对方检查站或者哨卡风平浪静,连一只鸟儿都见不到。但边境实无小事。有时一只牛羊的冒犯,都会引起两国不必要的争端。长长的铁丝网,把一块完整的土地,硬生生地隔开了。铁丝网大约有 1.2 米高度,铁丝每隔十来公分一根,四个角,又斜了铁丝,人的身躯是无法出入的。偶尔有一扇铁门,上了锁。这是整修我方界碑的一个通道。对方也设置了铁丝网。两国铁丝网之间,大约也有好几十米,这就是真正的边境线了。由此明白,边境线并非一根窄窄的线,这两国的铁丝网之间的空间,才构成了不可侵犯的神圣的国境线。

我们一组人每人间隔三米,不快不慢地行进着。

边防连战士告诉我们,我们的一举一动,其实都在对方的监视之下,他们也不时地瞭望我们。我们笑曰,今天一下子冒出这么多巡逻战士,还都是上了年纪的老兵,一定让他们丈二和尚摸不着头脑了。这样的巡逻以前虽也有过组织,是自治区干部的拥军及国防教育活动,但毕竟是偶尔发生,对方自然会颇费猜测。一位军区干部半真半假地说,应该提前通知他们一下,我们还可照会照会!说得大家都笑了。

这一路说笑,轻松完成了巡逻任务,却已令我们顿悟,睦邻友好是可贵的。20 世纪 60 年代末,中苏边境事件频频。孙龙珍参加的塔斯提战斗是一例,在铁列克提的忠勇山,我军边防战士实施巡逻,就遭到了三倍于我方力量的前苏军突然的伏击,他们出动了直升机,装甲车,以设备精良的优势、疯狂地攻击了我们的官兵。我方 28 人死亡,其中有 19 名新兵牺牲。这些新兵刚入伍拿起枪,遂成了烈士,长眠于边境线上,极其惨烈而又悲壮!这就是震惊中外的铁列斯提事件!如今的忠勇山,一片安谧,但我分明感觉到那些牺牲的战士们的脉搏还在强劲地跳动着。在这广袤的草坡上,在沁人心脾的空气里,在戍守边疆的又一拨年轻后生的眼神里,也在我们紧握着枪杆的手心里。

我们是在一个恒温而又短暂的时候,体验了一次边境线上的巡逻,而战士们却是在严酷的环境下坚持数年站岗放哨。在三伏天气,白天高温达到38℃以上,夜晚则只有零度左右,每天都在经受冰火两重天的淬炼和考验!

从比利时引进的军犬"巴比",也在前面机灵地奔跑着。我们的脚步也急促起来,因为,我们感受到了一种前所未有的责任和力量!

齐唱《一棵小白杨》

听到歌手演唱过《一棵小白杨》,自己也会哼唱这首歌。像许多优美的歌曲,听到唱过,也就罢了。但这一回,却无法抑制自己的激动。

跋山涉水,到达了著名的小白杨哨所。哨所的官兵们队列整齐地迎候着我们。我也一眼望见了那棵小白杨。它现已茁壮成长,像一个伟岸的汉子了。当与战士们高歌一曲《一棵小白杨》时,泪水刹那间模糊了自己的双眼。我知道自己的心弦被拨动了,我放开歌喉,尽情地抒发着自己的情感,仿佛自己也像一棵小白杨,迎风挺立,骄傲地站在边防哨所旁。

很多年前,一位来自伊犁的锡伯族小伙子陈福森,应征入伍,来到了位于巴尔鲁克山的这一个哨所。他母亲嘱托他带去了十棵小白杨树苗。天干地旱,官兵们精心培育,最后仅剩一棵白杨直冲云霄,蓬勃昂扬。它给官兵们带来的是难以形容的慰藉和激励呀!

那年,一名作词家来到哨所采访,在一位战士的笔记本里读到了一句话："一棵小白杨,长着哨所旁"。这忽然触发了艺术家的灵感,他提笔写就了《一棵小白杨》的歌词,之后谱曲演唱,迅即在全国唱响。小白杨哨所的官兵,在2006年的央视春晚,也集体亮相了。

　　小白杨哨所声名鹊起。小白杨的一种扎根边疆、守卫边疆的豪情和精神,也在边防连和所有的部队光大发扬。

　　一首真正的歌,从来不是简单的几段文字和一连串的音符所能构成。它有时就是一种迸发的能量,一种特殊的军魂,一种永不消失的情结,一种催人警醒令人感奋的心声。

　　我在小白杨哨所,也站了一班岗。

　　我站在高高的山冈上,背后是我坚强而又伟大的祖国。

　　我热血沸腾而又无上荣光!

　　祖国,祝您岁岁平安!

雨 若 有 情

早就听说,南疆的雨很稀罕,一年也没几次。来了半个多月,还真领受了雨比金子更珍贵的现况。在期待中也忍受了干旱和风沙。

也不是没有见过雨珠。在 315 国道上疾驰,忽然发现车上的前窗疑似小虫爬满,再定睛一看,竟然是晶莹的雨滴,打在挡风玻璃上悄无声息。呵呵,下雨了,太好了!停下车,想捕捉这难得的雨水,转眼却发觉雨又停歇了,撇下痴痴的我,凝望浩瀚的沙漠,有点愣神。也有一天刚步入室外,感觉裸露的手臂有雨滴溅落,油然而生窃喜,但抬头凝眸,却再也不见一粒雨滴飘拂。真是来也匆匆去也匆匆,倒有点像南方的春雨,稍纵即逝,细润而无声。

这就格外想念南方的雨了,绵密或者淅沥。这九月的季节,还暴雨如注,冲淡了几多溽热。当时熟视无睹,也无太多感觉。直至今天,才发觉何等珍贵!南疆的雨水量,一年仅仅 50 毫米,也就是说,从降雨量来说,可能上海的一天,就抵过了南疆的一年。这就难怪沙漠之乡的干旱多么的稀松平常啊。

后来在公路上也遭遇过一次"闪雨"(这是我形象地比喻)。雨珠在挡风玻璃戏耍了几十秒,后又是踪影全无,不知何处消遁,但见前面的沥青路面上,有些许湿润。下了车察看,又若有若无。路旁尘土积淀,雨珠似乎太微弱了,拍打在上边,似星星散落,犹如硕大的奶油蛋糕上,点缀了几颗葡萄干,不成气候。司机启动了刮水器。我阻止不及,便半真半假地说:你这一刮,什么都没了,我心里都痛了一下。

雨呀,你若有情,应该到南疆多逗留呀,那里有广袤却龟裂的土地,那里有淳朴却也艰辛的兄弟姐妹呀!

进疆的第四周,一天深夜快步健身,刚步入一条街坊小路,雨扑面而来,而且,愈下愈大,衣衫很快湿透了。天际雷鸣电闪,这阵势,不仅让我惊讶,在新疆已呆了两年多的范兄,也是第一次碰上。在雨里走得欢快,还有一种"让暴雨来得更猛烈些"的奢望。多棒的雨呀!

翌日清晨出门,才发觉这雨淅淅沥沥,竟下了一晚。居处的那几棵榆树下,大批蚯蚓都从土洞里爬了出来,水泥场地上到处都是。害得脚都踩不下去,踩下去也就难免惹上杀身之嫌。我甚至突发奇想:这满地的蚯蚓,是无法忍受这雨水之溺,抑或是大地的躁动,才如此大规模地异常出动?

秋风秋雨愁煞人。但这南疆立秋之后的雨,给我这南方汉子,带来了多少欢欣!我在这绵绵细雨中徜徉,并且吟诗作文,宛如在故乡的土地上兴奋地飞翔。雨,持续不断,连着下了三天。当地人说,这是多少年没见过的景象了。媒体报道说,这是喀什地区三十多年来的首次,可以说是一个奇迹了。也推出了更具说服力的数据:这三天共降雨27毫米,是南疆原先半年多的雨水量了!

当地的朋友又说,是你们南方人把雨水带来了,今年的沙漠必将又是草木兴旺,鲜绿一片了!这雨,在我的心里犹如淌蜜,美滋滋的,让我们有了春天的感觉。窗外的雨水管水声哗哗,就像十二木卡姆,在我的心头喧响。

那天,又听到一位当地乡干部说了一句,那欢喜才骤然消失,那畅想才戛然而止。一种内疚和自责、一丝同情和悲悯,在心头泛起。那位乡干部说:这几天的雨,让老百姓的土坯房都渗水了。这里很多百姓,还居住在泥土和稻草砌成的干打垒里。因为干旱,它可以在此长久存留。现在雨水多且浸泡,它必然无法抵御。今年六月,莎车的亚克艾日克乡就因连续一天一夜的雨水,加之洪水肆虐,一大批农居倾塌了。

当我们为雨水频频而几乎要载歌载舞时,我们南疆的父老乡亲有多少人举家夜不成寐,我们于心何忍?雨若有情,你也该歇歇了呀!

终于,阳光朗照。刺得眼睛都有点晃了。雨早不知所踪了。这才是南疆的天气,南疆的特质。

雨若有情,留是深情,走也是情深。

向天山神木致敬

想象中的南疆，该是满目戈壁、荒漠、土丘。即便是绿洲，想必也疏疏朗朗，星星点点，难成气候。但到了温宿，即阿克苏境内，走过大片的沙漠，走过零星的村落，蓦地，就看见前方一个绿色世界，横空出世一般，令我惊愕许久。这就是闻名遐迩的天山神木园吗？

走近神木园，更觉得这片园林的非凡和奇崛。迎面一棵银白杨巍然挺立，雄奇壮美，绿荫如盖，枝干壮硕，竟已有1000年的树龄，我真不敢相信。不敢相信的还在继续。一棵山柳，几乎已倒卧在地，扭曲变形，却依然又衍生了四棵树干，构成了一个门洞，宛若一道人生的门槛，跨过去，就是豁然开朗的新的天地。一棵青杨，风雨剥蚀，浑身苍白，虬结交错，古朴瑰丽，有五处枝干柔韧地相连很自然地形成了"五环"。环环相扣，令人叹为观止。再看一棵古树横躺着了，根部已全部裸露，呈奄奄一息状，树干龙蛇一般，却在那头蓬勃地生长着，原来它的树皮担负了根的使命，汲取了水分，喂养了那一脉树干。还有一棵"母亲树"，自己彻底倒下了，但硬是又绽放了三枝树干，茂密葱茏，直入云耸，俨然母亲竭尽毕生心血，用伟大的母爱，在托举着自己的孩子。这让我想起了汶川地震的那一幕。废墟下，人们终于挖开了沉重的水泥板，发现一个年轻的母亲用身体呵护着自己的婴孩。婴孩酣睡着，而母亲早已仙逝，步入了天国。她以自己的生命，换来了孩子的新生！

在这占地600亩的土丘上，这样的形态各异的奇树目不暇接，这样存活了上千年的古树竟有上百棵之多！要知道，这并非江南，即便江南，也难以找出这一片神奇的园林。这些树或者将军般的威严,胸口中了箭似的,仍直挺挺地站立着,凝然不动,或者匍匐在地,危在旦夕,却往往绝处逢生,向天穹昂首。他们或独木成林,枝繁叶茂,或相互依偎,情深意长。他们形态各异又神态相似,曲折盘旋,但不失魂魄。他们在荒漠戈壁中书写着大自然的造化,乃至生命的顽强。是的,是顽强生命力的最典范的再现。在他们的履历中,一定经受了太多的磨难。风沙、冰雪、干旱和人为的浩劫,如此种种,也消磨不了他们对生命的追求,哪怕一息尚存,都要展示自己的阳刚,让生气勃郁,也令天地侧目。

传说,公元十一世纪,一批伊斯兰教徒在一位名叫苏力坦库什赛依德的阿訇的率领下,经印度踏入中国西域,后因战争败退于此。苏力坦库什赛依德用手杖插地,所插之处,泉水汩汩奔涌。他一连插了十几处,十多处泉眼淙淙流淌。后来,他们都埋葬于此,形成了高出地面几十米的麻札,即墓葬地。从此,这里芳草萋萋,古树悠悠。在这维语的所谓色日克维都,即为黄色的土地,不毛之地的地方,创造了奇迹。我无意于亵渎伊斯兰教徒们,我不能证实这一说法,我更确信是这些树,借助了英雄本色,缔造了神话。

是的,我敬畏和钦佩这些古树。未见他们怨天尤人,也不闻他们哀鸣悲号,他们始终缄默,历经再多苦难也不呻吟。他们不屈不挠,与恶劣的环境抗争,以赢得一份生存和灿烂的权利。

树犹如此,人何以堪。

这些杨树、榆树、柳树、白蜡树、剪梅,还有我叫不出的名字的树们,我向你们致敬!你们让我一个人到中年的男子汉,再次懂得了什么叫生命!什么叫意志!

在天山托木尔峰南侧的前山区,经温宿县吐木秀克镇,一直走下去,你会见到那块高地,上面有我敬仰和钦慕的树们,他们是大漠之魂,是天地之魄!

叶城清明

谁也没有给我提醒,我自己想到叶城去,去看看这个古城,去祭祀烈士陵园的烈士,在这一个清明时节。

刚刚去过。那时,叶城发生了一起重大事件。这次去,仅隔一个月余。

这天浮尘弥漫。大约是南疆今年最严重的一次。微弱得几乎肉眼无法瞅见的尘土,裹卷起来,遮天蔽日,连平常灼亮的太阳,都像一枚小小的陈旧的硬币了,暗淡无光,抛在灰蒙蒙的大地上一般,无人捡拾。

我心里却很亮堂。有一个目的地,在远方等着我,似乎我们早已有约。

车子沿喀和公路疾驰,一路车辆稀少。这条刚启用的新路,标志标设原本也是簇新的,但经尘沙侵扰,已略呈倦怠。这一路令人欣喜的是,得以观赏到了今春的杏花初绽。在莎车阿尔斯兰巴格乡境内,公路两侧时现高低不一的杏花树。有的单棵孤立,有的如果树一般成群结队。花蕊或粉嫩或洁白,远看就像树枝上挂了一层深浅不一的雪霜。高大一些的,与青杨树一起比肩而立,又稍低矮,并显柔美,宛若站在兄长们的行列。也有的掩映在成片的青杨林中,却泗出一番鲜艳和生动。也看到成林的巴丹姆了,花骨朵已站立枝头,也一样的粉白,不久也将芳香四溢。喀什的四月,美丽刚刚开始。

叶城烈士陵园。位于县郊东约6公里处。8千多平方米的占地,布局还合理,气势也不错。只有几个人莳弄着花草。我带着我的一批同事,站在了陵园的广场上。

仰望高高的纪念碑,那碑文龙飞凤舞的字迹,十分熟悉。那是毛泽东主席的笔迹。中国的烈士陵园,几乎都是这样的一行字体:"人民英雄永垂不朽"。庄严而凝重。纪念碑底部周边长19.62米,碑高10.20米。喻义着中印国防性自卫反击战正式开始于1962年10月20日。

叶城,这曾在电影《冰山上的来客》就耳熟能详的山城,是阿里边境的后备基地。20世纪六十年代,也就是我出生的同一年,中印边境冲突升级。人民解放军在中印边境的东线、南线、西线发起了自卫反击战。西线指挥部设在219国道上的康西瓦,即和田皮山的喀喇昆仑山腹地。叶城即是指挥部的后勤保障基地。

战争就意味着死亡的发生。后来小学的课本上,我第一次认识了滚雷英雄罗光燮。

战斗胜利后,烈士被安葬在叶城县。当时就几十处坟茔。烈士在这里安息。除了罗光燮,还有王忠殿、司马义·买买提等战斗英雄,还有其他一些陌生的烈士。

我在敬献了鲜花、并向烈士深深鞠躬之后,在汉白玉石的浮雕和烈士的一处处墓碑前,默诵着一位位烈士的名字和他们的碑文。在碑文中得知,这些在我心目中顶天立地的英雄,牺牲时竟然都只有十九、二十岁。太年轻的生命,却有着不可磨灭的功勋!

这些年轻生命的飘逝,令人心疼,也让我沉思许久。

我看见了与我同姓的一位烈士的坟茔。略高于周边的墓碑。我走上前去。原来,这是一位当地的自来水公司的干部。2005年那年,他作为工作队员赴乡村工作,被分裂恐怖分子无情地杀害了。不是在卫国战役之中,但也正捍卫着一个国家的团结和尊严。这样的烈士,在南疆还在出现。

这个陵园是生动和实实在在的爱国主义教育基地,我对上海支援叶城的分指挥长说,我们应该多多支持这个陵园,让其发挥更大作用。

在方方正正的墓碑前,我忘记了浮尘。清明的心境,正愈益澄净。

见到了一位老人。维吾尔族老人。似乎羸弱的身子,瘦削的脸,高鼻深目,留着山羊胡,白色的,耳朵则长长的,紧贴着脑门两侧。他戴着朵帕,穿着已有点脏兮兮的深色西装,面色则是随和而善良。

他是这里退休的守墓人。守墓守了35年了。

他也是中印自卫反击战的老兵。那一年,他转业,干了一段村支书后,就被组织安排到这里守墓。耳边也总响起一些疑问和规劝。老人当年却二话没说,就担起了这份责任。

他说,他们是自己的战友。他们在战斗中倒下了,他们光荣。我为他们守墓,也非常值得,也是一种光荣!

他在这片冷寂的墓地,结婚,生子,到老。烈士们的亲朋好友来祭拜,他总是热情相迎。直到,他到龄退休,他在墓地出生、在墓地长大的大儿子,顶替了他,也承担起了这一神圣的使命。

他陪同我一路祭扫,说这里大部分是汉族兄弟,他守墓,也是促进民族团结。我们本是一家人呀!

我泪眼模糊。握着他粗糙的手,我久久不放。

他今年72岁了。民政局的同志介绍说,这位老人有一个夙愿,就盼望尽早能到北京,去瞻仰毛泽东他老人家的遗容。这样的愿望,实在算不上什么奢望呀。我再一次握住了老人的手,我承诺,我们将给予支持,为老人了却心愿,这也是一个纯朴而又真挚的心愿。

人都是一辈子,人生的价值究竟应该如何衡量?

与老人依依惜别。

走了几步,回首望去,老人与他的正当壮年的大儿子,也在凝望着我们。那目光满是笑意和谦卑。

那些逝去的和活着的人,今生相识,该有多少激情等待迸发!

出门时,一批新受聘的警察,整齐地排列成方阵队形,正向烈士们深深地鞠躬。

叶城,此刻,浮尘正在消散,带着温暖和明净的阳光,正在杏花一般悄悄地漾动。

草 湖 人 家

因为有草湖派出所李教导员的引路,不费任何周折,就找着了草湖深处老公安干警张新民的新居,一个数十亩的苹果园。

刚迁入不久,苹果园的走道上,零乱地堆放着杂物,不过,园子里的苹果树仍有模有样。虽然三月里,苹果树几乎一叶不剩,已有25、6年树龄的树木,也多少带点千年胡杨的沧桑和古朴,但树杈依然蓬勃,向天地展示它们的自信和阳光。

多条狗或悠然迈步、或躺卧在地。那条毛色金黄的苏格兰牧羊犬,竟像羊一样温顺,摇尾乞怜的模样。园子里狗比人多。

主人不在。夫人与李教导员挺熟,迎我进门,拿出两盒茶叶罐,征询李教导员意见,龙井、毛峰哪个好些。李教导员也粗声粗气地:"都可以,人家是上海来的,都见过。"

夫人身体壮实,眉眼里有维吾尔族女人的特点,眼窝深凹,鼻子鹰钩型的。我也以为她是维吾尔族人。但被告知,她是回族人。她说她是马步芳一个干将的外甥女,外公也姓马,叫马元海,网上也查得到。当年她外公因兵败不得不把外婆和母亲遗留在了莎车。20世纪六十年代,舅舅还专程来喀,认领母亲。那时,外婆已经去世,母亲嫁了汉族人。舅舅让她离婚,母亲不依。舅舅怒气冲冲地走了,从此再也没见过。

多年后,夫人在兵团农三师43团任护士,嫁给了具有汉族血统的41团的张新民,也转到了41团工作。

他们的婚姻全无阻碍。原来张新民的父亲是汉族人,母亲是维吾尔族人。

张新民的父亲曾是王震的一个通讯员。母亲是组织安排嫁给他父亲的,这话张新民夫妇没来得及说,是张新民的表哥与我的司机闲聊时透露的。

这也算是神奇的家庭了。

张新民的儿子进得门来,小伙子黑而健硕,长得像他妈妈。头发剃得几近光洁了,一副眼镜却透出几分斯文。他也不怕生,插嘴说:"我外婆是回族人,奶奶是维吾尔族人,外公和爷爷都是汉族人!"

而他活脱脱巴郎子(维吾尔族小伙子)的模样儿。

正攀谈间,张新民回家了。

他是被从苹果园叫回来的。正是果树大忙时节,开埂、锄草、剪枝……他在田头忙乎着。

只抿了口茶的工夫,就感觉到这位汉子的爽直脾性和热情好客。再聊了几句喀什的维稳局势,他的政治水平和一番观点都让我刮目相看,他说:"在这里,基层政权建设真太重要了,"我也毫不避讳地表露了自己的赞赏:"你说得太对了,很有见地呀!"

其实是我太小觑人家了。他14岁当兵,转业后一直在公安部门工作,退休时也是公安处的一个正科级干部哩!

还让我惊奇的是,他写诗,写对照。

夫人从里屋拿出一本笔记本,诗写了好几页,钢笔字体写得工工整整的。有一则对联是他自身写照:情洒盖河两岸坦荡人生五十载大爱无疆,名扬喀什大地驰骋警界二十年铮铮铁骨。

这与黑脸膛,粗身材,衣衫沾满尘土的他,还真不相匹配。

更令我惊讶的是,他一开始只说上海有他的战友,他们有的在徐家汇、有的在闵行区、有的在黄浦区……他还为老排长春节前寄过剀骨的全羊,后来吐露,在上海待过,差点就一直待在那儿了! 而这缘于上海知青对他的关爱。

他对上海充满真挚的感情。上海知青多半从事中小学教育,他就是他们教大的,学到了开放、胸怀和知识。他们还时不时给他送衣送鞋的。他的父母当年也常常邀请知青到家吃饭,打打牙祭。

那年上海知青返沪,也把他带回去了。他待了有一年多,他很健谈,一口流利的普通话。起先坐在桌前的板凳上,后来紧挨着我坐在了沙发上。

这汉子的神情话语,让我不由地回想起了我时常思念的一个长辈。虽然,他只比我大七岁,但那种熟悉的亲切和关爱感,却是如此浓烈。

草湖,他说原来是一片芦苇荡。

清朝年间,有一个姓马的道台,将这片土地视为自己的花园,夏天常来此避暑。新疆解放,兵团战士放下武器,拿起了坎土曼,在这里开垦创业。沧海桑田,如今这里粮食满仓、工农商学兵、五湖四海汇一流。

他说他们是草湖三代人了。

他母亲,八十多岁了,身子骨还很健朗。

他完全是汉族男子的模样。他说他们家吃猪肉,夫人也吃,没有忌口。

他怀念他们当年汉维孩子们无拘无束、嬉戏玩耍的那个年代。

他说他们兵团,他们草湖这里很安全,你得空再来,四月苹果树就要开花了,来这里尝尝我们的土鸡和鱼虾。

他还让夫人去大老远的地方取苹果,这苹果确实又香又甜,他硬要让我带一些回去,让同事们品尝……

我记住了他们。主人,张新民,夫人,虎玉梅。都只有一个汉族人的名字,却流淌着多民族的血。

石 碑 无 声

井冈山云遮雾绕,细雨绵绵。我们从茨坪镇红军南路出发,沿山路逶迤而下,车行约4公里,就到了半山区地势较低,海拔400多米的一个平坦洼地,这就是五井中"小井"了。

云雾缭绕之中,群山环抱之间,满目峰峦叠嶂。有溪水淙淙流过,令这一片天地更显秀美。蓦地,就见到前方一栋古色古香的楼房了,坐北朝南,全木结构,质朴得如同普通山民的居屋,但又有一股子庄重的特质,令人肃然起敬。

那是1928年的秋天,红四军在三湾整编之后,与国民党反动军队的战斗频繁而激烈,伤病员自然也增多。为此,毛泽东决定在小井建造一座医院,经过红四军党代会审议通过后,就开始了兴建工作。红军官兵纷纷倾囊相助,他们的钱款是自己的零用钱,还有从每天菜金结余中分得的本来就微薄的部分,当时就叫做"伙食尾子"。费用不够,大家都投身建设工作,用心出力,就地取材,短短两个月的时间,想方设法,克服困难,把一个大约900平方米,上下共两层的楼房迅速建成了。这就是红军第一家医院,也是我军历史上第一所正规的医院。就是在这样一个狭小、潮湿,条件十分艰苦的地方,成百上千的红军伤病员在此疗伤。

有一张年轻人的相片,挂在屋内的墙壁上,深深地吸引了我们。走近一看,影像虽然略显模糊,但相片的年轻人抿着嘴唇,目光坚定,英气逼人。这活脱脱一个小帅哥!还来不及我们想象,相片下方简短的文字,已让我们屏气凝神,什么话都说不上来了。及至讲解员生动地述说后,我们的眼眶已满含热泪。这位毛泽东极为赏识的红四军第十一师师长,叫张子清。他作战英勇,有才有识。在一次战斗中,脚踝部中了弹,由于毫无医疗条件,子弹不仅没能及时取出,伤口也发生了严重的溃烂,他不得不住进了红军医院,设法治疗。但当时缺医少药,特别是消炎用的药水一滴都找不到了。医生在用竹镊取夹他骨肉深处的子弹,也没有一点麻药,他紧咬着牙,浑身衣裤都被汗水湿透了,但他不吭一声。最终,子弹还是未能取出,伤口仍如刀割一样的痛。有战友来探望,给了他一小包食盐。他舍不得用,把食盐包珍藏在自己的枕头底下。在伤口痛得实在难以忍受时,他才用手去摸一摸盐包,手指象征地再轻抚一下伤口。他知道食盐太宝贵了,他不想自己就这样用掉了。

果然不久,有重伤员被送进了医院,手术时急需食盐消毒。张子清二话没说,就从枕头底下掏出了这包食盐,坚决地塞进了医生的手里。医生看着他已严重感染的伤腿,不忍接受。他沉下了脸:"抢救重伤员要紧!"执意让医生拿走了食盐。

张子清的伤口进一步大面积感染,最终危及生命,停止了呼吸。那一年他还不到而立之年。面对他安详的面容,被抢救过来的重伤员哭了,医生护士们哭了,红军战士们都哭了……而此刻,面对他年轻英俊的面容,我们在新中国长大的这些人,怎能不心有触动,心怀感动呢? 他还只是一个半大的小伙子呀,却为了信仰和事业,早早地献出了生命! 人和人,究竟怎么比,人的生命,究竟又用什么来衡量?

步子沉重,心更沉重,站在这不足20平米的墓地前,我又一次经受了心灵的震撼。这墓地80多年前还是一片稻田,这里面竟埋葬了130多位红军战士的忠魂,虽然,遗骨并不完全,130多位战士,也只有18人如今还有名有姓。大多数人,无名,甚至无骨,永远长眠在这片红土地上。其中有一位只有14岁!

事发1929年1月29日。在黄洋界战斗中失败的敌军,买通一位当地游民,由他做向导,偷偷绕过哨口,直奔小井进行突袭。红军医院的重伤员和医护人员手无寸铁,仍进行了顽强的抵抗。但敌我力量过于悬殊,伤员们被驱赶到了这片稻田里,敌军烧了医院,还对伤员们严刑拷打,威逼利诱,让他们说出红军的去向。寒风凛冽刺骨,敌军的蹂躏也无所不用其极,但红军战士昂首挺胸,像一尊尊不倒的铜像,怒视着敌人。敌军气急败坏,竟然架起了机枪,向他们拼命扫射。在这最后关头,战士们还用尽全身力气,齐声高喊:"中国共产党万岁!"鲜血染红了小溪,染红了大地,映红了树木,也映红了天空。

讲解员娓娓讲述着,哽咽着,晶莹的泪水在脸上流淌。我们的热泪也从眼眶溢出,滚落在双颊。我想起了来小井之前读到的一首当地歌谣:"要吃辣椒不怕辣,我当红军不怕杀,茅草过火不断根,春风一吹万万千。"想起了仅仅两年多时间,在井冈山牺牲的4万多位共产党人和红军战士。还有那位令人可敬可亲的母亲曾志,她最早就在红军医院工作。她一生历经磨难,但从未失去过对党的忠诚。她说:"我对我选择的信仰至死不渝,我对我走过的路无怨无悔!"临终前,她还再三叮嘱:"我的遗体送医院解剖,有用的留下,没用的火化……"她的坟墓就在小井红军医院附近的山坳上,她是魂归小井呀!

我们站在墓前,向先烈们充满崇敬地行了三鞠躬,又缓缓走近墓地,虔诚地献上了一支支洁白的花朵。

同行中有人问这位名叫姚王珍的讲解员:"你天天在这里讲解,天天这样动情吗?"

她扬起脸,坚决地说道:"是的!因为他们是最有信仰的人,我也是红军的后代!"

苍松挺立,烈士无名,石碑无声。

小井是多么安宁和平静。我听得见自己的心脏在怦怦跳动。从山涧里蜿蜒奔泻的小溪,仿佛在述说着什么,是的,它告诉了我们许多许多。

阳光乍现,云雾正在散去,雄伟奇峻的井冈山愈显峥嵘……

国 忠 魂

那是2012年6月11日,喀什的气候温煦干爽。在泽普的上海援建的职业高中的建设工地检查的空隙,我与刘国忠都站着,作了简单的攀谈。我是听说了他,带点好奇,更是心怀敬佩地主动约他一见的。我这次因为公务,在泽普不能停留太久,便让人请他到这工地相晤。他从数十公里之外的村子特地赶来了。我颇为内疚,只能与远道而来的其实比我更为忙碌的他,匆匆一聊。而有那么十来分钟,我正与现场人员交谈着,而把他暂时"晾"在一边了。

刘国忠,长得精瘦黝黑,七岁随父母来到泽普,生活了50多年。这个普通的老汉很不简单,他在古勒巴格乡克可洞乡任村支书,一干二十多年,是村民推选他的,六十岁他想退了,村民却都还挽留他再任一届。这个村绝大部分都是维吾尔族人,只有他与另一农户为汉族。他们和睦相处,视若一家。村子里也从未有人参与过"三股势力"活动,也没有任何信访和刑事或治安事件发生,非法宗教和非法朝觐在这里找不到生存的地方。从他担任村支部书记的十多年,村子贫穷落后的面貌逐步改变。无路到有路,无电到有电,常吃未经处理的苦水,到能喝上洁净甜润的自来水,凝聚了刘国忠多少心血和汗水。村里人均收入也从当初的300元达到了7000元,这是高于全县平均水平的数字,也是真正意义上的脱贫了。年初,因为老伴身体多病,他也过了六十,他想卸下这副担子,但村民们舍不得他,依然又是全票推举了他。大伙儿愿意跟着他创业,跟着他继续改善生活。他最终欣然答应了。我问他，他们为何推选你呀。他说他们信任我。我又问，那你又为什么乐意担当呢？他不假思索地回答："因为我相信他们。"信任和真情是他们的纽带，因此牢不可破。科克墩村地处僻远，当年水过不来，电更与他们无缘，他找了乡里找县里，找了政府找企业，终于把水电的问题都解决了。村民们有什么用地矛盾，家庭纠纷什么的，也找他出面协调，他是村民们的主心骨呀！

他的几个孩子都长大成人了，有的在泽普任教，有的在叶城公安上班。小孙子也有了。

他大约是民族村庄里唯一的一个汉族人村支书。握着他的粗糙而温暖的人，我感觉他有一种定力。

这总共二十多分钟的时间，这个朴实得像一棵村庄里的老树一样的汉子，在我心里烙印深深，久久难以忘怀。

再次听到刘国忠的大名，是数月之后了。先是获悉他在全国获奖了，不久就在北京和新疆的几大媒体上，读到了关于他的事迹报道，誉他为"最美村官"，他的大名印成泽普灰枣一般大小的字体，位列头版头条。他到北京去领奖了。

我真的为他高兴，也为相关部门的慧眼识人之举大为感叹。眼下太需要这样的典型了，他是新疆人民的"儿子娃娃"，也是全国广大党员干部学习的榜样，他瘦小的身子骨里，有一种精神，是我们这个时代最为紧迫和需要的，也是真正扎根生活土壤的一颗闪光生长的种子。虽然，刘国忠本人从未自视傲人的闪光体，他只是凭着百姓对他的无限信任，凭着自己的良心、党性，勤勉而扎实地为大家服务着。他以他的老黄牛的耕耘和奉献，去诚挚地面对这一片殷殷的寄托。

他是最基层也是最实在的干部，因此他的事迹是最可信，也最难能可贵的。

"最美村官"！这是多么贴切，又是多么荣光的称谓呀，我在心里为他骄傲！我还想，何时到科克墩村去一下，见见村民们，也与他再好好一聊。我期盼着。

2013年10月24日晚，我才蓦然醒悟，一年多前的唯一一次与刘国忠的见面，竟是永远的唯一了！我先是从喀什当地一位朋友的微信上获悉噩耗的，我连忙打电话给泽普县领导核实。不久得到确切无疑的回复：刘国忠因发生意外不治而亡！我如雷轰顶。这样一个好人，多少人寄予他以期望，而他心里也始终揣着村民们对他的期盼呀。他怎么竟这么遽然地走了？

那些天，网上对刘国忠的悼念也几乎史无前例，有两千多万人次点击，每天还在上升，持续了数月。而且所有的文字无一丝杂音。这是对这位最基层村官的由衷信服和赞叹，也是对这位普通共产党员的最高褒奖！

那一天汽车行驶在乡村公路上。这是一段新铺的沥青路，宽7米多，长约9公里，与村大队部连接处的一端还没砌好。公路两侧，一边是窄窄的水渠，另一边是林地农田。我主动询问刘国忠和科克墩村的事情，随行的当地官员告诉我，这条路就是"最美村官"刘国忠多次呼吁建设的，也是他与老伴驾驶电动车骤遇意外之路。这未免令我长久唏嘘感慨。我知道，科克墩村大部分的村民都住上了抗震安居房，他住的依然简陋破旧，屋子里最昂贵的家具也就一架18英寸电视和一台用久了的老冰箱。很多人劝他改建住房，他说，他要等那5家贫困户搬进了新房，他才会开始改建。那些村民为他长久守灵，为他悲恸万分。

想起两年前曾在泽普与他一聊，其情其景历历在目。他貌不惊人，言语朴实，但全村维吾尔族同胞对他的信任和厚爱，让他的眸子有一种独特的闪亮。完全可以相信，这样一个平凡的人，是具有人格魅力的，他是用自己的热诚和平常而并非惊天动地的一言一行，走进了民族兄弟姐妹的心里。

　　是的，我已离开西域这片土地了。但三年多的所见所闻令人难忘。这是我生命中的一段可贵经历和至上财富。特别是刘国忠，他的心系百姓，真令我们震撼。我们要与无数共产党员一起，以自己实实在在的行动，将这位民族团结的模范、最美的村官之魂，在祖国大地，发扬光大呀，这是最宝贵的！

兴国的"四星望月"

在兴国待了一天有余,四餐皆有"四星望月"。"星"绝不黯淡,"月"则变幻无穷,回味更是无穷。

这天晚餐,吃的是自助餐。但主人特意介绍了几个当地的特色菜,有一个竹蒸笼搁在醒目位置,更引起了大家的注意。我也难免脱俗,特别留意了一下,这竹蒸笼里搁着挤挤挨挨的一拨食物,乍看还以为是烧卖之类,但"粉皮嫩脸"的,也不像稻子浓重色彩,红红的,米粒也似乎清晰可数。这道菜看上去素雅,平常,还以为是一道什么当地的有名无实的点心,但攥了一块入嘴,轻轻细嚼,慢慢品味,不粘牙,不涩嘴,清香爽口,酥软有味,而且不咸不淡,像上海菜一般可口耐嚼。于是向主人仔细提问,几近于刨根问底。主人带着微笑,详细介绍,这叫"粉豆腐"。原来兴国时兴"粉东西"。"粉东西"就是用当地的竹子编织成了竹蒸笼,用当地的原材料进行烹饪。就说我看的这一道"四星望月"四小碗里盛着的是泡菜、花生米、河金鱼,还有绿油油的野生菜。中间的蒸笼上,"粉豆腐"最惹人喜爱,我一连攥了三大块的菜入肚,并且向同行的朋友推荐。借着饭后休憩的机会,又向当地朋友仔细询问和讨教,于是知道这道"粉豆腐"是当地的特色菜肴。具体做法是:先用少许优质的当地猪肉,再配以萝卜丝、大菜头剁成馅,先煮到半熟,再用油炸豆腐皮,一团一团地覆上,再倒放在蒸笼里,就形成了一只只皮薄馅厚,无盖无褶的半截烧卖式的"粉豆腐"了。平常都得加点辣子,无辣不成菜。但考虑我们多半来自苏浙沪,便少盐无辣,味道依然特别鲜嫩,难怪我们吃得有滋有味的!

早餐时,我又见一张桌上搁着几个竹蒸笼,里面则换了花样,是粉条上加了厚厚的鱼片,品尝了一下,也是鲜美可口,入口即化。之后,又见过梅干菜扣肉,也是别有一番风味的。"粉东西",还真是丰富纷繁,名不虚传呀!据说这"四星望月"的名称,还是毛泽东同志当年到兴国开展革命调研时给起的。当时几位当地党员干部自费邀请毛泽东同志到兴国的"黄隆顺"客栈用餐,先是上了四道菜,兴国鱼丝、素炒雪豆、腊肉炒春笋、腌菜扣肉,之后端上了一个竹蒸笼,香味扑鼻,热气袅袅。大伙儿让毛泽东同志给菜系起名。毛泽东脱口而出,这蒸笼像月,四道菜像星星,就叫"四星望月"吧。大家一致叫好。这菜名本身就意味深长呀。从此这一菜名就传扬开来了。

饶有意味的是,当地老百姓还把情歌与这些菜肴结合,创作了情趣相融,朗朗上口的一首首打油诗。比如"粉豆腐",是这样写的:"豆腐包肉水泱泱,肉中有肉嘿各样;老妹胆敢食一粒,嘿有味道到天光。"把江西妹子的炫嗲和辣劲,淋漓尽致地表达了出来。还有一首写"炸薯包"的,则更直接带劲了:"老妹面前两只桃,哥哥想哩喉出痨;你要留哐亲一口,夜里请你食薯包;崇贤俵嫂方太妹,十人见了九人爱;哪个哥哥恋得到,食只薯包亲介嘴。"这实在是很诱人的吧。

如此看来,"四星望月"完全是靠山吃山,各种食材,无论芋头、红薯,都是当之无愧的绿色食品,各类野菜野果,也是就地取材。不仅色、香、鲜、嫩、咸、辣一应俱全,还有传说、情歌相佐,赠以"江南第一菜",确实绝非虚名,值得好好品味呀!

和推拿师对话

长假前,我在单位弯腰取物,起身时,骤然生出一阵剧烈疼痛,来自于腰部。之后就站不起来了,疼痛持续,难以忍受,由此坐卧不便,寸步也难行了。

有人便推荐了华东医院的推拿师朱医生,说他的一指禅,很有功底,早已评上了"非物质文化遗产"。于是我和朱医生约了就诊时间。

那天,我早早地到了五楼的推拿科,看见里面毫无声息,便有些自言自语,怪自己鲁莽。这时就有一位医生闻声走了出来。我一看,就马上认定他是朱医生。果然这位长得矮小、瘦弱,脸上戴着一副眼镜、不乏精明干练的小老头,就是被人推荐的推拿科朱医生,朱大师。

寒暄介绍几句之后,老朱把我请进了房内,让我在推拿床上俯身躺下,待他问清我的病由,找到我疼痛的部位,双手就开始拿捏起来。我感觉到他的手,温热而有力量,难以想象他这样比我小半截的弱小身躯,却有如此的力道,而且十分适度。

接受他的推拿,确实是一种病痛的缓释,更重要的是他很健谈,边推边聊,竟然让我对早已熟悉的推拿,有了颠覆性的看法。

他先和我谈推拿的原理,谈到他的推拿如何注重找准伤部的层面,同时又讲了中医推拿的一番道理。他说推拿只是为病人做诱导和辅助,让过多聚集的卫气,有所散开。他说他推拿时候的手,能够触摸到我的卫气,同时,推拿师和病人之间实际上也是在互动,当他的手指触摸到卫气的所在,实际上也是在和病者的卫气进行对话,在对话和沟通之后达成了和谐。他说,我的手移到你的其他部位,实际上也把你的卫气移动到别的部位。我感觉到他的手发热,移动到我身体的其他部位,那里,立马升腾起一股热浪。

期间,我也问了许多问题,他回答得既通俗,也很生动,他甚至用很形象的比喻,来表达他推拿的层面论,说人就像俄罗斯套娃,一层又一层,关键是探到你的疼痛部位;又说人身就像一个社会结构,身躯的哪个部位,好似街道的哪些地方,一旦畅通了,那么也就无淤积无疼痛,城市的交通也就是这种形象的特征。所以他说,中医是非常注重系统的治疗,而不是头痛医头,脚痛医脚,要把中医的这种玄妙,让更多人知晓,中医的推拿是大有作为的。

我饶有兴趣地问他,对普及中医推拿有什么考虑?他依然很爽快地告诉我,他非常想在社区里普及推拿。他说这是非常有意义的事,让推拿成为一种人人皆知的保养治疗的方法,无病能够预防,小病也能够及时地医治,这对民众来讲也是非常必要的。

我很欣赏他的这番想法。时下越来越多的人注重健康的生活,但未必对这些常识有所了解,朱大师所说的推拿的普及,也只需花上几天、几周或者几个月,让有兴趣的人,能够了解和有所掌握。

他说这就是他的共享推拿理念。

他让我捏了捏他的手,他的手并不大,但手掌有力,活而且热,搭在我的腰背上,极有灵性地点穴到位,仿佛我的身子上就是一架钢琴,他的手指能将一台略有毛病的钢琴,调整出优美好听的音乐一般。

我对他说,我对推拿的看法真有了颠覆,我知道现在少有人去学习推拿。听说中医学院学推拿的,上海当地的生源已经很少了。老朱也告诉我,其实推拿的学问很深,它和中医及中国传统文化息息相关。在推拿之间,老朱不仅给我介绍了中医推拿理论,而且很形象地说到了神农氏和《本草纲目》,提到了人的经络,甚至他还说到了《黄帝内经》,他把《黄帝内经》的有关章节给我做了具体描述,黄帝与岐伯的对话,讲到人的生命和长寿。听了确实令人颇有感悟,也深感朱主任的博学。

后来知道,朱主任的父亲,曾是华东医院第一代推拿科的医师。他子承父业,现在也60多岁了,他的女儿在一家外资银行工作,但也跟着他在学推拿。他在治疗我的腰时,手与我腰部对话,同时,我们也在进行语言的对话。

这短短一小时的对话,真的让我感受了这对话的玄妙。我尤其赞赏共享推拿这个提法。我想,我们这个社会是需要朱医生和他的这种理念的。

躺着的丰碑

一

一条路,在天山山峦间穿行绵延,盘旋起伏。这就是著名的独库公路。它以雄浑险峻,壮观奇丽,让行走过的人,叹为观止,难以忘怀。

我去时是五月,时令还属于春之季节。初夏的气息,在南疆、在乌鲁木齐,已扑面而来。但在独库公路的几乎全程的行进中,在崇山峻岭、在深川峡谷、在高原隧洞、在平缓雪坡的环抱的接力之中,冷冽,冬日般的冷冽,是感觉的主调,而阳光照耀下所产生的些许暖意,又是那么真切,至今都停留在我的毛发中,我的肌肤上。

即便寒冷,当我们的车辆驶上了达坂的高坡,远近的山峰和洼地陡崖,白雪皑皑,银装素裹,我们禁不住诱惑,在溜滑的道路上徒步一会儿,借着奇美的景致,纷纷留影。

天蔚蓝,云洁白,山川也无不素净纯白。只有蜿蜒延伸、云带一样飘逸的公路,路面灰黑,像风雨中走来的一个汉子的脸庞,透着坚毅和干练。

我之所以没有用沧桑这个字眼,因为,在沧桑之前,也有一个成熟男子的魅力和华彩。而独库公路,正当这个时节。

这是什么样的盛年呀,你只要看看,只要想想,这条公路的两旁,齐聚了多少壮美的奇景,你就不得不惊叹它的气节和质地了。

从库车到独山子,沿途或山体陡峭,或山石如林,或草原辽阔,或松树蓊郁。绿色漫无边际,毡房飘袅着炊烟。牛羊悠然地闲庭信步,雨雪成雾,也时不时地来此神游。

自然的景色总是令人陶醉、令人回味的。

二

一条百米长的防雪长廊,赫然入目。

像一列静止的火车,又像安卧着的一条巨蟒。当山峰上浪涛一般的雪团飞流直下,它凝然不动,雪团似乎畏惧而又无奈地止步。

防雪长廊构筑了一个温暖而又安全的空间,庇护了来来往往的人流。

高山隧洞,位于海拔3300多米的哈希勒根达阪,是国内最高的高山隧洞了,诸多雪峰都在它的足下,天堑变通途,不是一个神话。

而不少道路,几乎瀑布一般悬挂在陡山峭崖,仰之叹之,就想到了大诗人李白的诗句:"噫吁戏!危乎高哉!蜀道之难,难于上青天!……西当太白有鸟道,可以横绝峨眉巅。……黄鹤之飞尚不得过,猿猱欲度愁攀援"。

而有的路段一侧依崖,一侧依河,车人穿梭其间,也是惊心动魄,然又情趣盎然的。

这一定是世界上最险峻的公路了。据说,它被誉为公路病害的"博物馆",雪崩时常活跃,泥石流也频繁捣乱。山体塌方和大雾迷途,也是说来就来。我们翻越达阪的前日,比我们早一天出发的同行,就被大雾锁在山间了,而我们的车行经的好几处,都是山峰滚落的碎石,幸亏披星戴月劳作的养护工,及时整理出了一个车道,让我们得以顺利通过。

路漫漫,这一路都是神奇,都留有感慨呀!

三

最令人感慨的，还有他和他们。

之前，我未曾听说过他。这只能说是我的一个疏忽，源于孤陋寡闻和某种迟钝。

他的故事已被搬上银幕。演员周里京扮演了他。

他的故事让许多人感动，也有人非议他对家人的不顾。

他也曾是独库公路的建设者。他始终不能忘记他的老班长，还有和他一起奋战的战友。

他说，有一年冬天，大雪封了山，也封了路，连通讯也与山下中断了。山下可能以为他们还有足够的粮食，其实，他们已面临饥寒交迫。他和另外两位战友与老班长奉命冒雪下山。但途中发生雪崩，受困于山中，处境艰难。此时，老班长决定把所有的食品都交给了最年轻的他，让他独自下山。待他完成任务，部队救援人员赶来时，老班长他们已经罹难，连个肉身都无法找见了。

当老班长及其两位战友的亲人赶来奔丧时，他更内疚了，因为已无法确认老班长他们葬身何处了。

转业之后，他依然无法安心。于是决定独自回到天山，开始了漫长而又艰苦的寻找战友遗体的行动。

家人劝慰，他也置之不理。

终于，在雪山深处，他找到了老班长及其一个又一个战友的遗体。他第一时间通知了老班长的家人。而此时，他终于流泪了。泪水，止不住地流了几天。

1983年，也就是这条公路开工兴建近十年后，在天山南麓的乔尔玛，一个纪念牺牲在独库公路建设战役中的烈士陵园建成了。20米高的纪念碑在天山巍然耸立。

168名战士的名字镌刻在纪念碑上。雪崩、泥石流、风暴与雨雪,吞噬了这些英雄的生命。他们最大的31岁,最年轻的只有16岁,都是风华正茂甚或人生刚刚起步的年龄!

一条天山之路由此横空出世了,这是他们的生命所换来的!

四

山路,曲折壮观。它让南北畅通,天山为之闪开。

石碑,直入云霄。它庄严肃穆,令人心为之震撼。

路,是躺着的丰碑,碑是竖立的路。

建路人,是将生命凝筑了长路,而把长路,奉献给了远方。

开拓者,总是勇于牺牲,他们倒下了,也是一座座丰碑!

五

此刻,新疆喀什境内,又一条高速公路巴莎高速公路正在成形,它起于拥有300多万亩胡杨林的巴楚,终于诞生了深沉壮阔木卡姆乐曲的莎车,穿越了戈壁、半沙漠和大面积的盐碱地。

它是上海支援代建的工程项目,正在奇迹般地建设。

它将是又一座躺着的丰碑,记录一代人的胸襟和拼搏!

第二辑

父亲的居所

过年的味道

孩时过年,大年夜家里是最忙碌的。先是打扫,掸尘,拖地,换床被。我是专司抹玻璃的,用废报纸把窗玻璃擦拭得贼亮,然后是热气腾腾的烹煮,一场厨房大行动,这是色香味俱全的全家行动。

爸爸总揽全局,又擅做扬州狮子头,剁肉,调料,拌馅,下油锅氽煮之类,一步不差,环环入扣。煮出来的狮子头松软适当,色泽诱人,咸淡可口,味道鲜美,让人吃了一只又想下一只。而妈妈的红烧肉是绝对拿手菜,直至今天,朋客们品尝了这入味的红烧肉,也都要比原先多吃一两碗米饭的,有的仅舀些汤,就又多吃了一碗,咂咂有味。姐姐们多半做些下手,拣菜洗菜端盘子之类。我虽最小,也有一个十多年不断的节目,就像春晚赵本山多少年不退一样,雷打不动。坐在小板凳上,窗前一只火势正旺的煤球炉,拿着一柄长勺,勺底沾点油水,倒上一匙摇匀的蛋液,饶有兴致地制作蛋饺。一个又一个,乐此不疲,半天光阴都泡在上面了,直至我成家了,在家过年,我还是操此活计。

这一顿全家人出力的年夜饭,真是奇香无比,家人围坐在一起,也是快乐无比。还看着爸爸变戏法似的,从衣兜里掏出一叠纸币,都是挺括崭新的角票,分发给我们。这就是盼望已久的压岁钱了。我们笑逐颜开,年夜饭因此也进入了高潮。其乐融融,仿佛就在昨日。

爸爸带着也会放一会儿鞭炮,二脚踢和连环炮,虽然并不太多,但喜庆的气氛已在烟火味儿中浓郁起来。

那晚,我们早早睡了,父母亲还在灯光下忙碌,搓圆子,备糖点,还为我们整理好簇新的衣服。

大年初一清早,从梦中醒来,父母早已起床,又忙得不亦乐乎了。床头柜上,已放置了红纸包裹的香糕和红枣。我们蜷缩在被窝里假寐,都不想最先起床开口。因为今早醒来,必须先道一声:"爸爸、妈妈过年好!"有点害羞。想拖延着,就随着姐姐们叫一声。有时也就鼓起勇气先叫了。爸爸妈妈便递上香糕、红枣,也回敬一句:过年好!过年的第一天就这样开始了。

爸爸病瘫在床期间,大年三十,全家也一起陪着爸爸过的,当然,除了妈妈还煮几碗红烧肉外,爸爸的狮子头等已无法品尝了,我也无心精细地制作蛋饺了。而当爸爸仙逝之后,我们十余年,没有在家团聚吃年夜饭了,全家厨房大行动,也偃旗息鼓了。

与很多人家一样,饭店成了吃年夜饭的去处。省却了很多麻烦,人也轻松一些,可那种其乐融融,却又淡然寡味许多。心,未免怆然。

一年又一年。什么时候,能摆脱一些事物,也安定一下心神,能和妈妈及其家人,再全家大行动,自己烹制一顿年夜饭呢?菜肴可以发生变化,但不能少了妈妈的红烧肉和我的蛋饺,让姐姐也露一手,她早已学会了红烧狮子头。举家围坐,让在镜框上爸爸也微笑着注视着我们,在天堂里,也感受一样的团聚和快乐。

牵挂，用此一生

在新疆，待得时间愈久，愈能感受到新疆与上海有一种特殊的、深挚的情愫。就像叶尔羌河水，与喀喇昆仑山的冰山，无法分割，永远融合一样，纯净、醇厚，又一脉相承。

这天和建设兵团的几位旧友新朋一聚。席间，竟有一半与上海有缘。有的舅舅、阿姨在上海，有的兄弟姐妹在上海，还有两位父母就是上海人！六十年代，父母响应号召，戍垦边疆，并在天山脚下定居了，他们也在这西域边疆呱呱落地，成为道地的新疆人。但他们对遥远的上海，依然一往情深。我们为这一缘分，频频碰杯畅饮。到和田，到阿拉尔，兵团的辉煌历程的展示，让我这20世纪六十年代生人，对上海当初十万知青奔赴边疆的历史，有了更深入的了解。心灵，也被深深地震撼了。之后我又知晓了两位女性，我不得不为其中包含着的那感人至深的牵挂，而潸然泪下。

那年，有一位上海女知青坚持要到边疆。母亲不允，她还是偷偷上了火车，万里迢迢，来到了这广阔的土地。母亲是真爱女儿的，她不放心，一路寻找过来。见到了女儿，却无法劝回女儿。母亲干脆也住下来，她一定要好好陪伴和照顾自己的女儿。女儿在母亲心中总是柔弱的。母亲牵肠挂肚呀。这一陪伴就是二十多年。二十多年后，女儿终于可以按政策返沪了，而母亲带着那份牵挂，已离开了人世。坟茔就在兵团农场的一个土坡上。看过的朋友叙述说，无名草在那坟茔上摇曳，空旷、寂静、孤独甚至透出一丝悲凉。那位让她牵挂了一生的女儿,曾经久久地伫立在母亲的坟前,泪水滂沱。母亲已无法再陪伴她重回上海。她永远地留在了边疆。

一个秋日,我受一位领导委托,去探望一位上海女知青。她已经退休了,就住在喀什市区。那是一幢低矮、陈旧的四层楼房,大约是六十年代建造的民居。在二楼一个两居室的单元,我见到了这位老大姐。六十多岁,脸上充满了皱褶,沧桑的面容,已看不出一丝出自上海闺阁的痕迹。她当年嫁给了当地的一位汉族小伙子。她的母亲和姐妹还在上海,她原本可以回沪居住的。她也回去住过一段时间,但她生活得不自在。她有一双女儿,自打出生就一直在南疆,她们也没法适应。最重要的,她那早逝的丈夫,还有一位老母亲在喀什,需要有人照顾,而她丈夫的墓地,也在喀什,清明冬至,也得上坟祭奠。离开喀什,不踏实了。她说她就待在这儿了,直到落土为安。说的是上海家乡话,很平静,却令我们在座的男子汉双眼湿润。告别时,她坚持要送我们到车旁,那浓浓的思乡之情,在挥手之间,也无不自然地流露。

牵挂,用此一生。不管是哪一种爱,它们都把远隔万里的上海和新疆相系在一起,以一种人性的温暖和光辉,使这世界更加生动与美丽起来。

隔壁人家有多远

有一位老领导打来电话,说是一家外资公司的老总想一块儿坐坐。我知道这家公司,他们开发的两幢公寓楼管理得很有特色,在沪上还是颇有名气的。

那晚老领导还没到,我先到了。老总在公寓大厅迎候我。老总五十开外,鼻梁上架了一副眼睛,那目光透出几分敦厚,也闪烁着一种睿智。一看,就猜出是个见过世面的知识分子。那两幢楼被他治理得乖顺而且有品位,可以想见,他是一位值得交往的不俗之人(后来了解他当过驻美外交官)。

我握着他的手,很真诚地说:"很高兴认识你。"他也热情地点点头,然后说:"实际上,我们是邻居。"

我一怔,尚未明白他的意思。他笑着说:"我和你住在一个楼面上,你是 A 室我是 D 室。"

这一下轮到我吃惊了。我所住的高层住宅,一个楼面有 6 户人家,虽然并不相识,但我也从来没有见过他。

见我这种神情,他倒像做错了什么事似的解释道:"我住了好多年了,真住了好多年了,也许,上了楼,一个在东头,一个在西面,不容易碰面。"

有这样的可能。可是这能说是我们实为邻居,却未能相识的主要原因吗?

我内心也对这昔日的外交官充满了一种莫名的歉疚。

大约也就是一年前的光景。在一次工作会议上,一家开发商的动迁建设和质量,引起与会者的抨击。毫无疑问,我也觉得这开发商用心不够,在会上也不无批评和讥讽。

当晚我家的门铃声响,是一个纤巧的女孩子亭亭玉立地站立着。

我望着这素不相识的女孩,正想发问,那女孩有点害羞地说道:"我父亲让我送两个西瓜来,他说他对你白天批评表示接受。"

我有些明白了,可就为这事,老远送这两个沉重的大西瓜?

小姑娘笑了:"我们就住在你楼上。"

那就是说,我们也算是邻居了。小姑娘说的当然不假,可我怎么竟然这般迟钝?

这事和几位好友一说,竟也引起了他们的感慨。想当年住在危棚简屋,寒碜是寒碜了些,可隔壁邻居都亲密得如同一家人,谁家有什么客人来,谁家有什么好吃的,甚至于谁家有什么未必能见人的家丑,都邻里皆知。那种人情味现在想来,也是美滋滋的。

我也感叹,虽然并不是一个喜爱串门的人。但不仅因为合用一个厨房,或者合用一个公共走道,我们和邻居真是低头不见抬头见,关系热络得很。连这幢楼甚至这个新村的住户差不多都认识,即便叫不出名,但那个脸还是熟识的。

一位朋友说,前几天,有人敲他家的门,从猫眼里望出去,是一个中年妇女,完全是陌生的脸。他断定她敲错了门,或者肯定是上门搞推销的,便脸色冷冰冰的,还带着一点不耐烦,猛地拉开了门。

那妇女被吓住了,脸刷地白了,说话也结结巴巴起来。

这模样反让朋友更确信自己的判断了,他脸色更难看了,吐出的话,也是硬如石卵的。"你什么事你,死劲敲门干吗!"

妇女嗫嗫嚅嚅的,好半天才说明,她就住在隔壁,是物业公司让她送选票,推荐小区业主委员会的。

朋友发现自己过分了,连忙改了脸色,换了口气,接过一纸选票,表示谢意。

关了门,看着选票,朋友又头晕了,左邻右舍没一个熟悉的,这业委会怎么个推荐法?

他只能把选票弃置一旁。

另一位在大学任教的朋友也叙说了他的一次遭遇。

那天他上完夜课回家。街上已寂静无人。他快步走着,发觉前面也有位女子在匆匆行走。

那女子显然有一个令人羡慕的身材。她虽快步如飞,可那一抬足、一移步,都在这夜色的衬托下,充满了魅力。

朋友不由觉得这夜归也变得美好起来。步子也轻松许多。

那女子也一定感觉身后有人,步速有所加快。

那女子拐进了小区。朋友跟着也拐进了小区。女子回头瞥了一眼,见朋友跟上了,竟脚步离地,小跑起来。

朋友见她误解了,干脆放缓自己的步子。

及至他踱步到自己的楼下,两个保安却堵住了去路。那个姑娘也站在门卫室里。

两个保安一见是他,便咧嘴笑了。原来,那姑娘也住这楼,而且,和他就在一个楼面!她还以为这紧随其身后的朋友不怀好意,要不然,为什么一路跟着她,紧追不放呢!

两人身为邻居,却并不知情,还闹出误会来,这让朋友感觉很是糟糕!

这种事情,是很多年前,住得窘迫的人们不易发生的。

是现代文明还是居住的宽舒独立,让我们彼此疏远?

那天,我去看望母亲。她原本就很随和,也注重人情。她现单独居住,我一直担心她会孤独,所以常去看她。却见她和搬来不久的隔壁人家热络得很,就像相处了好多年一样。

于是,我想,隔壁其实并不远,仅一墙之隔,或几步之遥,也许阻隔我们的完全是自己的心壁?

那些催人泪下的时刻

那一夜,与一拨年轻的记者们聚聊,话题漫散,就像每个人自点的香茗,各自热气袅袅。渐渐地,就蒸腾交融成一片,房间里氤氲着一种淡淡的清雅和温暖。话题也聚拢了。是我提议,大家都讲述一个在2010年令自己感动、感喟以至于泪如雨下的时刻。

新华社的小季首先讲述。他说,"1115"特大火灾头七那天,他去了现场。自发的人流,从四面八方涌来,却秩序井然。每个人都步履沉重,面对着那幢已被烈焰熏黑了的大楼,默默地鞠躬,为逝去的58个生命深深地祈福。场面悲壮,沉痛,但他从每个人的眼睛里,却读到了一种光芒,那光芒让小伙子一时间极为感动。那是一种守望相助,一抹人性的关爱,温暖而执久地绽放着,任何磨难都无法使它熄灭抑或湮没。

《新民晚报》的小鲁也迅即发言。前些日子,她在记录"口述历史"。采访了当年的老红军。他们都八、九十岁了。风烛残年,有的腿脚不便,深深的皱纹镌刻在面容上,那种沧桑流淌着无以言说的情思。当年过雪山草地时,他们四肢都冻麻木了,又饿着肚子,饥寒交迫,但依然坚持前行,一路高唱着军歌,一步一挪,艰难地挺进。他们此刻回忆那段艰难时,却是以快乐的口吻来讲述的,他们用苍老的嗓音又轻轻哼唱起了那一首军歌,低沉、凝重而又充满自信。听着听着,小鲁,这70后的女孩,禁不住泪流满面,泪水打湿了手上的笔记本⋯⋯

东方早报的小臧,参加了她好友的一场婚礼。好友的父亲并非达人,但他简单的致词,令在场的人无不动容。他对新婚的女儿女婿说:记住,你们有一篮苹果就足够了,如果有一卡车的苹果,你们无法很快吃掉,还会一个个烂掉。所以,足够就好,足够就是完美了。这是其一。其二,你们要健康,保重身体。如果身体垮了,恐怕吃一个苹果都没气力和福分了。其三,今天,这么多人来为你们祝福,他们是带着对你们的关爱而来。以后,你们也要懂得用爱心去关爱别人,去感恩这个世界。要将这一卡车的苹果舍得分送给大家,让大家都品尝快乐和甜美! 话音刚落,新娘已哭出声来,小臧也哭了,在场的人也都淌下了热泪,为一位父亲深挚的情感和生动的祝辞所深深感动。

初为人母的《青年报》记者小顾,自然最牵挂她的宝贝孩子。她说,不久前的一个晚上,她因公务回家迟了。十一月大的孩子无论如何都不肯入睡。直至她深夜回家,尚在襁褓之中的孩子伸出小手,在她的脸上抚摸了一下。她想避开,因为这天很冷,她的脸冻得冰凉。但孩子温热柔软的小手,还是落在了她的脸上,抚摸了几下。她立时明白了,孩子原来是晓事的。他在等待妈妈回家,他还要给妈妈一点温暖。顿时,她的泪夺眶而出,她紧紧地抱住了自己的宝贝孩子。

这时,文汇报的小钟也提及了一个细节。她长这么大了,和妈妈不似孩时般亲热了。但有一天,妈妈忽然就拥搂住她的肩膀,让她心里一热,泪水迅即濡湿了双眼。

《新闻晚报》小王也回忆,她去采访敬老院的老人们。他们自己在院里种了一小块菜地,他们分享着那份辛苦的结晶,那种天真欢快,让她心怀触动……临近尾声,电视台记者小李先提及了世博园闭园的那一幕。于是,参加过的都共同回忆。辛苦了大半年的"小白菜"们深夜的园内狂欢。他们又唱又跳,淋漓尽致地表达着他们依恋不舍的心情。很多人被深深感染。这批年轻的志愿者们置身现场,他们真是用青春和激情,为世博这个大家园,增添了许多绚丽的色彩。他们是世博独特而又不可或缺的风景线,是生活美,世界美好,未来美好的一个生动展现呀。"小白菜"们在尽情地欢唱。这时,"小白菜"们齐声唱了台湾歌手张震岳演唱的《再见》:我怕我/没有机会/跟你说一声再见/因为也许就再也见不到你/明天我要离开/熟悉的地方和你/要分离/我的泪就掉下来/我会牢牢记住你的脸……/这些日子在我心头永不抹去……这优美而又带点感伤的歌,在世博园飘荡,像一股不可抑止的热浪,在大家心头流动,冲击着人们的心扉,此时此刻,多少人双眼噙满了泪花。

这《再见》的歌声,此时也在我和记者朋友们的心里飘漾,像这冬天的一炉香茶,沁人心脾,又令人温馨。

再见,无法忘怀的2010年,再见,我的真实可亲的朋友们!

家 乡 雨

我从不喜欢带伞。嫌烦,嫌多余。小时候上学,淋雨就成为常规的节目,时时上演。衣衫湿透,犹如落汤鸡一般,时常引发感冒,大人叱责,同学嘲笑,自己依然我行我素。

工作之后,也不带伞。因为我早上基本不听天气预报,对天气变化似乎相当迟钝。对雨季来与不来,也并不在乎,你要来就来吧,我以不变应万变,这雨砸在头上也不会砸出窟窿来,也就更加淡然视之。何况在雨中尽情地嬉戏,也是充满乐趣的。

还写过几首南方雨季的诗,把故乡的雨说得温柔缠绵,把淋雨也作为一大享受。

后来也开始躲闪雨水了。还是青春期时就发现前额的头发日渐稀少,就怀疑自己太不把头发乃至自己当一回事了,这雨也许是掉发的一大缘由。何况,报刊连篇累牍地介绍,这工业城市的雨,并不澄澈洁净,有的还含有某种对人体有害的物质。最极端的例子,就是酸雨了。这雨倾盆而下,断不会有人在雨中漫步,胜似闲庭信步了。

南方的雨,上海的雨,也真够绵密的。梅雨季节,身子老是有湿漉漉的感觉,雨伞也遮挡不住细雨纷扬。有一阵子是骑自行车上班的,那雨披裹在身上,像被包粽子似的,那雨帽还禁不住风的挑拨,时不时地掀开以示罢工了,感觉很是不爽。但还是想抵挡这雨的侵扰,头发凌乱了,衣服湿透了,脸上也是水迹斑斑,这模样还是有损自己形象的。后来有车坐了,避开了风雨不少。当然,很多时候,还是有点厌烦这突如其来,频频造访的雨。模糊了视线,泥泞了道路,冷不丁打湿了衣履,还裹挟了一阵凉意。雨,终是太多了,也迷蒙了天空,曾有过的诗意,也逐渐淡去。

到了大西北,到了南疆,并且工作生活了一年多之后,领略了这里的干燥缺雨,忽然就生发了另一种感受。

一年四季,几乎见不到一场豪雨。上海一天的雨水就几乎是南疆一年的降雨量了!也见识过雨滴。那是在公路上疾驰。还没听到什么动静,就听当地司机说,看,下雨了!在他的指点下,才发现车窗挡风玻璃上散落着几滴雨珠,混浊黏稠。紧接着,又看见几滴弱弱地飘打在窗玻璃上,怯怯地,像一只只懦弱的小昆虫。后来也看见过雨势稍微强盛些了,密密匝匝地从天而降,但很是短暂,飘落的雨,沉没在虚土里,若有若无,显得孱弱而又委顿。

今年4月29日,我在泽普县城调研,忽然尘沙漫卷,当空旋舞,渐渐地天地昏黄起来,那画面的底色像是泛黄的老照片,街上人车稀落,只能裹着面纱戴着口罩出行。不出几分钟,身上落满粉尘。临近塔克拉玛干大沙漠,沙尘肆虐从来都是平常事。令人稀奇的是,一场阵雨紧随而来,大地响起了啪嗒啪嗒的声响,清脆悦耳,像是谁在弹奏一支什么玄秘的乐曲。那雨滴,比鹌鹑蛋大,打在地上,也像一颗颗鹌鹑蛋迸裂,混浊的液体花瓣一样绽放。这雨水在我眼里就像是英雄捐躯,用生命裹挟了尘土,使这天空复原了清纯。

那天南疆的日志,沙尘暴昏黄了纸页。像一只巨大的茧,密封了整个世界。雨,那轻灵的雨,在深夜也突然来临。以她透明的身躯,舍生取义。裹挟着猖狂的尘土,坠落,毫不犹豫。翌日,一个阳光的日子。破茧而出,仿佛凤凰涅槃。我想追寻这一场雨,但她已幻化成一种传奇。

这是一场壮观绚丽的雨,但实属罕见,雨本身就是稀罕客,豪雨也更难得。即便有一种磅礴气势,人置身期间,也是不堪忍受的。

　　于是我十分想念家乡的雨了。

　　南方的家乡的雨,春天,多半是淅淅沥沥的。飘洒在身上,有春天回归、大地回暖的感觉,舔一舔,也有些微甜润。而夏天,雨经常说来就来,说走就走,晶亮清澈,对炎热一阵鞭打,酷暑多少退却了几分。那种凉爽清冽是难以忘怀的。

　　一夜,故乡的雨淋湿了我的梦,也添加了我的相思。星夜和星辰都被雨水洗白洗亮了。

　　但白天我能有一种期冀吗?是的,想在喀什,淋一场家乡的骤雨,这一次我不会撒腿就跑。让暴雨从头浇下,浇出我欲望的轮廓,瞬间释放一个游子的鲜亮。南方的雨季里,有来自天朝的诏书,要让戈壁变成一片雨巷。那缥缈中,还会走出一株株的丁香。就让我自告奋勇,作一回喀什的舞者。在雨的吉光片羽中,湿漉漉地飞翔。

　　现在回家乡除了春节,就只有公差了。一下机场就被湿润紧紧相拥了。深秋的雨,也在与树叶相嬉戏着飘落,抚摸着我的脸庞,扑打在我的衣裳。虽有一种萧瑟之意,但我仍感觉心旷神怡,温馨氤氲。

　　我迎了上去。没有打伞,自然也不用雨披。

　　这久违的家乡的雨呀!你能来得再猛烈一些吗?

一把气枪

我还是十岁的时候,稚气未脱,却拥有了一把挺让小朋友羡慕的气枪。是一把步气枪,沉甸甸的,少儿的我双手举起都有点臂酸。可我太喜欢它了。有一段时间上完课就玩。也没想到,那把步气枪引发了一次批评,让我刻骨铭心。

气枪是在镇江的舅舅送给我的。给我时再三叮嘱,不能枪口对人,要注意安全。我这点是做到了。从不将枪口瞄准任何人。只要有空,我就将铅笔什么的当作靶子,反复训练。后来,我已能单臂举枪,命中率也相当令人称奇。三点成一线的基本原理也是烂熟于心。这大概也是我后来到军营参加射击比赛,总是成绩名列前茅的一个重要因素吧。老打固定的靶子,渐渐心有不甘了。于是希望树上有什么鸟儿,让我打打才过瘾。但城市里这样的机会不多,此念头也开始转移了。

事情出在一个比我大几岁的男孩身上。那时气枪可能已有故障,气力已显不足,射出去的子弹也不过二三十米远。因此,也就有点大意。男孩调皮,而且有些坏心眼,竟带我拿着气枪去打小区里的鸡。那时母鸡与人相安无事,在小区里悠闲溜达、在地上啄食。这男孩突发奇想,气枪瞄准了那些无辜的鸡们。我于心不忍,想阻止,又被好奇心所吸引,也就随他下手了,一枪、两枪、三枪……中了弹的母鸡似乎都抽搐了一下,不过依然踱步跑开了。有的母鸡可能还未感觉危险存在,仍闲庭信步似的。那男孩扳机一扣,又一只母鸡中弹,它惊恐地望着四周,不知往哪里逃去。男孩又补了一枪,母鸡这回惊跳了一下,疯狂地向前奔窜。这一天,我看得又心惊又好玩,整整一盒子弹,都被那男孩射得差不多了。

翌日傍晚,我才感觉恐惧、自责、愧疚的到来。那是一位邻居上门来了。他是父亲的好朋友。他和父亲闲聊着,像是很随意地提及,他家的几只母鸡突然都死了,不知是什么原因。说这话时,他的目光朝我意味深长地扫了一下,我的心不由得也抽搐了一下。昨天的场面骤然又出现在我面前。我心里忽然明白,这母鸡的死直接与我的气枪有关,而我至少算是一场蓄意谋杀案的参与者!我浑身紧张起来。我听见父亲在说:不会有人故意在捣乱吧。听说好几家人家都是这样。邻居摇摇头:也没什么关系,追究也没必要,也许人家是无意的。我的脑袋嗡的一声:毫无疑问,邻居已发觉是我的气枪惹的祸。只要他咬住,人证物证很容易找得到的。那时,他自然能获得应有的赔偿。可是我发现他故意和父亲转移了话题。只是又意味深长地看了我一眼。那目光不是恼怒、责怪,而是一种慈爱,一种关切,甚至还有一种宽谅。我知道自己闯了大祸,这母鸡在当时可是平民百姓家中之宝!那是个物质稀缺,生活艰辛的年代呵!可这位父辈却蜻蜓点水似的掠过了。

几十年来,我都深深记得这一幕。它让我明白:有一种教诲和批评,并不需要严厉的叱责,但它却在被批评者的心里生根。它让我一生都懂得珍惜这宽容和呵护,好好做人和处事呵!

温 馨 流 动

常有人问我,哪儿能买到住得更舒心一些的住房?

面对这样的提问,我一时哑然。

这些年置身房地产业,也熟谙房市行情。要住得更宽敞,住得更别致一些,毫不讳言,我是一个够格的置业向导。但想住得更舒心,我,又能如何点拨?

……

数月前,和几位同学相约拜访一位老师。

老师事业有成,一双儿女都定居国外了,给他们老两口购置了一套豪华居室。

四室两厅的居室,面积、布局、装修乃至摩登家具,都没话说了,阳光从落地窗口倾泻进来,让人妒羡,大自然有时也是那么势利。

有谁轻轻问了一句:"怎么不见师母?"

刚才还笑逐颜开的老师,皱了皱眉,"她出门了,我们聊我们的。"嘴角牵出一丝勉强的笑意……

说也巧,师母推门进来,见了我们似曾相识的脸,礼貌地点了点头,就径直入屋了。直到我们告辞,再也没有露脸。

这屋子忽然让我们感觉很压抑。

出了门,有一位知情的同学才悄声道:两人不和。孩子们为了让他们晚年幸福,特意购了这套房。没想到,反而提供了他们分居的条件。一人一居室,各忙各的,一天也说不上二、三句话。

即便阳光青睐,老两口却视同陌路,可以想象平常这屋子的冷冷清清,凄凄惨惨。

我的心骤然也暗淡了许多。

前些天,一位熟识的女子来找我,请我帮忙打个招呼,她想退了那套别墅。

那是前两年她刚买的,我为她作了推荐。

这位靓女,有貌有财,大学毕业后就跟着大户炒股,狠狠赚了一票。自己还开了一家公司。她当时找我,想要购置一套优美而且幽静的别墅。我给她介绍之后,她很快买下了,装修得很考究,和英俊男友一块入住了。

我想,她应该是住得很舒心的。

现在竟然要退房,又是何故?

靓女起先抿着嘴唇,一声不吭。后来,眼圈一红,鼻子一抽,哭哭啼啼地道出了原委。

她很爱那个比他小三岁的男朋友的。而且小三岁,正应了浦东的一句俗语:"女大二,抱金砖。"他们也是炽热地相爱着。

为此,她买了那一套她看中的别墅,两人尽享人间幸福。

但好景不长。不多久,她就发觉男友神思恍惚,而且对她愈益冷淡。经过一番悄悄观察之后,她发现,男友竟然与对面那幢别墅的一个女人恋上了。

那女人实际上是一只金丝鸟,养她的外国老头,一年也回来不了一两次。

男友竟然在她忙于公司事务的时候,与耐不住寂寞的金丝鸟搭上了,最终,竟不管不顾,和她提出了分手。

靓女伤心之至,真恨自己瞎了眼睛。而且迁怒于这套别墅,给她带来了这般不幸。

小时候,我家只住一个单套,15、6个平方米。没有煤卫,厨房间三户人家共用。

父亲、母亲和我,还有我的两个姐姐。

挤是挤了些,一张餐桌,既是吃饭用的,也是我们的书桌。外公来沪,住在我们家,打鼾,震天价响,全家睡不着。节日家里多一、两个来客,除了床上坐坐,就没有什么地方了。至于我们稍大一些了,大热天洗澡,一人在家,其他人只能待在门外……

这样的居室,我们至今回想,都觉得何等甜蜜,多么美好,一家人共享天伦之乐,其乐融融呵!

小小的居室,流动着的是人间最珍贵的亲情和温馨呵!

现在,依然还有居住如此简陋的家庭。

去年国庆休息,我们的旧区改造动迁工作还是坚持值班。

到几户人家串门,联络一下感情。

在几乎无法转身的斗室里,好多户人家洋溢着节日喜庆,家庭和睦的气氛。

餐桌上的火锅冒出袅袅热气,和家人们的酣畅淋漓的畅饮以及笑声,使这斗室忽然宽敞、温暖了许多。

我们不忍打搅。

不忍打搅那种笑声,那种喜庆,还有那份温馨……

你能说,他们生活得就一无舒心?

还是有人经常这样向我征询,到哪儿购置住得更舒心的房产?我又该如何回答?

也许这篇短文可以给我解个围,能够说明什么。

深情凝聚的客厅

那一晚,观看新出炉的话剧《长恨歌》,竟然被第二幕那场布景首先触动了。

那是太平常的上海弄堂里的一间屋舍。很窄小的面积,被主人用一帘花布隔成了卧室和客厅。这占据了舞台中心的客厅,兼作餐厅和女主人谋生的注射室。就在这朴实无华几乎简陋之至的客厅,演绎了一场王琦瑶和康明轩优美、悲戚而又彗星般短暂和炽烈的爱之歌。

我是被深深地感动了。因为这样一个托付和见证了人性的美丽的客厅,它包容了他们最初的接近、他们心灵的碰撞、他们的隐秘乃至于他们的哀怨。他们也从这里开始,情不自禁地步入了一帘之隔的男女之欢的。

在居室,特别是功能齐全的现代居室里,还有哪一处空间,能像客厅可以凝聚那么多的亲情、友情和爱情?

记得年幼的时候,有一户家境比较殷实的同学家——在上海好多人居住在拥挤的鸽子笼似的亭子间时——他们家自行搭建了两上两下的屋舍。那底楼的大客厅相当宽敞,足有六、七十平方米。同学的父亲生性豪爽,邻里亲朋来来往往,这个客厅竟成了大伙儿相聚的处所。起先,时兴打扑克,争上游,输了脸上涂笔白粉。后来也成了向阳院小朋友们活动的地方。特别是碰上谁家办喜事,在这儿摆上三、四桌不成问题,因而常常笑语喧哗,人声鼎沸。傍晚,哪家找孩子,到这儿,准保一找一个准。那时我就想,如果长大后,我也拥有这样的客厅,那该多痛快！我要把伙伴们经常请来，好好地玩耍。

那毕竟是孩时的幻想，总不太切合实际。但客厅，特别是有钱人家的客厅，那外国和旧上海电影里经常出现的高朋满座，又总是那么令人向往。

大概从20世纪八十年代起，熟人相见，问及住得如何，差不多都会很关心：厅有多大呵？在上海人的居住条件令人瞠目结舌地发生巨变的时期，客厅的拥有和面积的宽敞，显然成为居室优劣的夺人眼球的标志。从勉强称为厅实际只是一个过道开始，这二十多年来，住宅的客厅形状、大小和功能如同时装一样令人眼花缭乱。人们重视客厅似乎更甚于卧室。在很多人看来，客厅不仅是居室的门面，更是现代人生活品质的高度凝聚。客厅是款待客人、宴请朋友、家人欢聚的场所，装修、陈设、布局也当与此相匹配。而对客厅的朝向、景观、光照，也是选择居室的一个重要视角。明末计成在《园冶》中说："虚之（者）为堂。堂者，当也。谓当正向阳之屋，以取堂堂高显之义。"又道："凡园圃立基，定厅堂为主，光乎取景，妙在朝南。"可见，这种对客厅的审美观念也是古已有之，也堪称我们中国居住文化的一个精髓。

我到过一些滨江、临海和紧挨绿地的住宅，那厅的设计总是匠心独运，那观景的一面，落地窗豁然开朗，美不胜收。这番景色和室内的深情相融合，该是怎样的和谐之美呵！

前些天，接到一封居民来信，投诉底楼人家开了一家咖啡馆，也没办什么合法手续。有一个深夜，我曾去察看。原来这只是一对老夫妻，用自家的客厅开辟的一个老人会聚的场所。茶水、咖啡都不收钱，四方邻居有闲情逸致就来坐坐，谈天说地，品茗人生。也有自带香茶来的，大伙儿共同品尝。那老夫妻的孩子都在国外，他们也曾在儿女处待过一段时间，但心里空落落的，就又回来了。儿女们给他们购置了一套两室一厅。厅很大，他们喜欢交友，老头原来在洋人的咖啡吧干过活,就合计着开了这么个免费的玩意儿。

那咖啡吧小巧精致,在幽幽的灯光下,不多的一些客人轻声慢语,品味着浓醇的咖啡清香。那老头儒雅风度,正与客人亲切地寒暄。而那位老太,也显得机敏、典雅,那是一种从骨子里迸发出的悠悠风情。那个原先普普通通的客厅,竟让人想起老上海的电影故事,飘逸着一种余风流韵。我不由得为这对老夫妻的那份性情,那份雅致而感动。我感动,那种透明而又飘忽的情丝,在这样一个客厅汇聚。它让我对客厅,又有了一种新的感悟。

有人说,广场是城市的客厅。而我想说客厅是居室的广场或许更加美妙。在这样一个广场上,阳光毫不吝啬地挥洒。亲情、友情、爱情毫无遮掩,毫不害羞,毫无畏惧地在这儿尽情释放,也是一种人间深情的凝聚呵!

每晚,拖着疲累的身子回家。打开门,客厅里的灯温柔地泻出一片光亮,我知道,家人正等着我,那一片亲情正等着我。

因 为 有 你

最近学唱《因为有你》,愈来愈有感觉。助理小毕说,你是原创,又是原唱,非常棒!呵呵,这老被我批评的小伙子,竟然给我抹蜂蜜了,我还真像蜜蜂一般,轻飘起来。

关于这首歌,我得记述点什么了。这有关胡杨与红柳。最初的题目,我本来拟为《胡杨与红柳》的,后来觉得太白,太没有歌名的情调,遂打消了这念头。

我写过胡杨与红柳的多篇文章,这里不再赘述。但胡杨与红柳的一些概括性的感受,我还是很想强调几句的。

这两年见到最多的土地是戈壁。而戈壁上砾石横阵,沙土含碱,满目萧索,四季都一如秋冬。然而,胡杨伟岸的身躯和千姿百态的形象,总时常可见,它以其雄浑和阳刚的气质,在戈壁,乃至沙漠巍然屹立,树叶婆娑,随季节或翠绿,或金黄,展现的美,是一种凛然不屈的交响。

我有诗曰:空旷的舞台,胡杨是当然的演员,独唱或者组唱,多是如歌的行板,红柳和骆驼草,叠置出的伴奏织体,稠密而又回旋,风和尘沙时常联袂而来,有时真是捧场。那合唱的节拍,姗姗来临,又渐行渐远,有时纯粹捣乱,像没教养的孩子,胡搅蛮缠。当太阳钢琴一般地卷入,排山倒海,又回归了,明亮柔婉的和弦。

我对胡杨总是充满着一种男子汉对男子汉的敬重。

我曾致胡杨:在盐碱又干旱的土地上,你树影婆娑,色彩随时节变化,这是叛逆的倔强,还是深情的舒放,在我这南方汉子的眼里,你是舞动的河流,大地翻涌起绿色的波浪,那绿色的波浪,把天幕拍打得更富有意象,在戈壁滩到处都是你的身影,和你闪烁的波光,我说你才是诗人和画家,我只是一个阅读者,渴极了,欣赏那树叶轻松曼妙的,每一个比划……

而戈壁大地更多,色彩和姿态最为柔媚的,当数红柳树了。她枝干虬曲,笼成一团,不像胡杨,白杨等那么高大挺拔,甚至直入云天,她看似柔弱,低矮,仿佛匍匐在地,不堪一击,但她能让目光直接感染的绚丽多姿,和不易察觉的柔韧坚毅,却是少有树木可以比拟。

红柳,埋在泥土里的根须,像憋足了劲的枝杈,向着大地深处伸展,吮吸的是盐碱的苦涩,沐浴的是沙尘风寒,而她托向天空的,是一丛丛紫色的云团,让荒漠戈壁,漾动着一池柔软。

不知来自何方,却明白她的志向,宁静而缄默,却把荒滩,渲染得绚丽敞亮,她的根扎得深深的,因为有爱,她跟定了胡杨。

在我眼里,胡杨就是支撑了戈壁这茫茫世界的汉子。而红柳则是让这片世界更加生动鲜活的女子。

这种比喻和象征,在我的脑子里越来越强烈,逐渐长芽生根,最终又生发出许多奇思妙想的枝叶来。

这奇思妙想也并非空穴来风,它们也是我内心最激荡的感受,我只是没法在这里用言辞简单地描述。

我只能说说他们。在戈壁深处,我见过一户人家,他们其实是这戈壁公路的养护者。男人是道班工人,女人既嫁之,则随之,与他生儿育女,在这清寂冷僻之处共度岁月。你完全可以想象他们的生活,那前不着村,后不着店的山野戈壁,即便是城里人用惯的电,在他们的小土屋,也是时有时无。在喀什市区,停电也是司空见惯的事,何况这数百里之外的小屋。他们的单调乏味,一定也是城里人难以想象和承受的。举一个例子吧,我的一位上海同学,特地来喀什看望我,但他只待了三天,就受不了了。他觉得没吃没玩处,在大上海他如鱼得水,那里霓虹闪烁,他完全可以随心所欲呀。我想,倘若让他在这道班房里待上一年,他大约早就形销骨立,神经也错乱了。

但这对道班里的夫妇,却生活得有滋有润。除了阳光让他们的面容和肌肤显得黧黑,皮肤不乏粗糙之外,他们的目光依然柔和,眼睛依然明亮,微笑依然真挚,言语依然朴素而又热情。他们站在一块,分明就是两棵相依相傍的树,轻风过处,听得见他们相互会心的致意。他们的生活,并不缺乏阳光和鲜绿。他们简陋而狭窄的小土屋里,阳光穿过小小的窗户,照拂着他们,小屋门口一溜植物盆景,也鲜艳夺目,蓬勃生辉。那种甜美,与他们脸上的笑,也是同样的实诚。

我想,他们是不是就是胡杨和红柳呢?因为相伴相随,空旷的世界也不寂寞,再清寂的日子,也不孤苦。

一个小小的道班房如此,一个偌大的戈壁如此,一个再广阔的天地,也是如此呀。

什么是美丽?什么是幸福?从古至今,不同处境的人们,都会有五花八门的答案,而在此时,胡杨和红柳的相伴相随,相依为命,甚而相映成趣,相映生辉,毫无疑问,就是一种莫大的幸福。

就像漫淌的水,寻到了湖,风暴肆虐,也成了一只纸虎。戈壁茫茫,再空旷的世界,我也不寂寞。红柳,你妖娆的身影中,青春正在欢舞。那一缕阳光中,深情着你的爱抚。因为有你,相伴相随,世界不会寂寞。同在一片土地,就是一种幸福。就像迷途的羊,找到了路,尘沙漫卷,也只是一场轻雾。大地苍凉,再清寂的日子,我也不孤苦。胡杨,你魁伟的身躯里,真情正在狂书。那一缕柔风中,飘荡着你的情愫。因为有你相随相伴,日子不再孤苦。同在一片风雨,就是一种幸福。因为有你,同在一片风雨,就是一种幸福。

王家姆妈

在我的记忆中,她身板硬朗,且显得高大,她和蔼可亲,看见我,就摩挲着我的脑袋,目光里满是疼爱。可是母亲和家人告诉我,她确实很疼爱我,但她的个儿却很普通,肯定没有我说的高大,身体也不太好。我一时不明白我的记忆差错是如何造成的,也许当年自己太年幼了?

崂山二村的老公房,20世纪五十年代末兴建的,三层楼,厨卫两家合用。我家就蜗居较小的那间,八平方米,听说还是父亲在单位通过抓阄方式获得的。家里五口人,外加乡下来的奶奶,挤在这间小小的屋子。对门那间稍大的,大约也不过十五六平方米,就是王家姆妈一家居住。都是港区的职工,我父亲和她丈夫,因此有缘相邻这职工住房。我在那里出生,直至快六岁时,我们家搬离这过于狭小的居室。搬离时的记忆已模糊,六岁前的印象,则更是混沌,后来家人在我念小学时,还带我来玩过,有些事与人才有些轮廓和碎片,也并不清晰。但对王家姆妈,是知道些许的。比如她也有三个孩子,与我们家的姐弟仨,差不多大对大、小对小,都挨着肩儿。比如她丈夫较早就工伤去世,是她一个人把孩子们拉扯大的,挺艰难,也很操劳。更有一件事,我很小时就听说,并且刻骨铭心着。那是"文革"期间,极"左"言行疯狂,父亲所在的港区"文攻武卫"也在乱抓一气。他们抓了一批人,其中一位姓林的父亲的工友,罪名是莫须有的,对他严刑逼供,残酷蹂躏,最终迫害致死。他们还不甘心,狼性不减,再捕捉新的猎物,于是想到了林的好友,我的父亲,想方设法罗织罪名,欲把我父亲捏造成为他们的斗争对象。这天,一长车的"文攻武卫"的战士突然就出现在我们家的楼下,好多人冲进了我们的楼道,我们的家里。父亲正巧不在。他们责问父亲去哪儿了?王家姆妈挺身而出:"他不在家,他是好人,你们为什么要抓他?"这帮家伙不理睬她,转身下楼上车,开动了车子,不知到哪儿又去抓谁去了。王家姆妈与母亲等赶紧商量,安排迅速通知父亲,告知情况,让他注意安全。父亲也没有东躲西藏,照样该上班还是上班,也不见这些家伙再找他,以后,也毫无声息了。是他们另外找到了属于他们新的猎物?还是王家姆妈的一声断喝惊醒了他们?甚或两者兼而有之?这一切,无从得知了。但王家姆妈在关键时刻鼎力相助,令家人心中充满温暖,也充满感激。

几十年过去了。王家姆妈的孩子也都五六十岁了。他们来看望我的母亲,这时才知道,王家姆妈中风瘫倒在床上好久了。母亲和她们专程去探望了,也告诉了我,我忙于工作,未曾同行。回来后,她们说,王家姆妈还提起了我,对我很牵挂。我说,找机会,我也去看看她,少说四十年有了。恐怕她不一定认得出我了。家人也述说道,王家姆妈躺在床上,好像身子缩小了许多,瘦瘦弱弱的,明显衰老了。我听了心里未免一酸。

又过了一年多,我从外地出差回来,周末去看望母亲,就听说王家姆妈不久前过世了,家里人去参加大殓了。我想起王家姆妈的音容笑貌,心也疼痛了一阵。

和母亲又聊起了王家姆妈,母亲也说起了往事。她说,王家姆妈真的很好,对我们家一直很照顾。当年家里有什么事,她听说了,都会来帮忙的。她说,你可能不知道,那年我生你不久,是夏天,你忽然抽搐不止,坐月子里的我吓坏了。你奶奶当时已瘫倒在床上,也无能为力,你父亲又去上班了,家里没什么人。王家姆妈进了屋,一看这境况,立即把襁褓中的你抱了起来,冲到了门外。几分钟后,你安静了,又恢复了正常。原来你是中暑了,如果不是王家姆妈果断地抱你出去,情况就不容想象了。"

母亲还未说完,我已眼泪盈盈。王家姆妈不是简单地疼我,她还是我的救命恩人呀!我却只是忙碌着,不能抽出一点点时间,在她有生之年去看看她!我内心如刀割,追悔不已。

我感叹:一个人在世上,其实是得益于多少认识与不认识,有名甚或无名的人呀,从出生、成长,到能做些事,有多少感恩,你是无法报答的,但必须铭记于心,必须化为一种善和爱,也润泽他人……

丙申清明时节,我挥笔作文,以此缅怀王家姆妈,缅怀父亲,缅怀那些故去的所有的善良有爱之人。

老 邻 居

小区的老邻居周末要聚的消息,在微信朋友圈已呈热火朝天之势。毕竟,这十多年前拆除的小区,邻居们都已迁居星散于各处,对当年的怀恋,随岁月的积累,相聚,是一种抹不去的梦。我遇见发小G君,G君便首先发问:"那个老邻居聚会,你去吗?"语气中似乎颇有含义。我直率地回答:"还没确定,有一点犹豫,你呢?""我,也在犹豫之中……"G君也并不掩饰自己的态度。"你还是担心与她和她家人碰上吧?"我对G君知根知底。"是有些,可是你又犹豫什么呢,你事业有成,老邻居相聚,就是你展现的机会……"G君还未说完,就被我打断了:"你够俗呀,除了显摆,你就找不着相聚的理由了吗?"G君咧嘴笑了:"那你犹豫什么,怕老邻居都要找你办事?"

我瞥了G君一眼,陷入了短暂沉思。是的,我犹豫什么呢?除了G君所说的找自己办事这一茬外,自己究竟还有什么可以顾虑的呢?眼前,G君坚挺的鼻梁晃动了一下,令我忽然想起一个人来。他也是我的发小,H君。可是自从我一家很早从小区搬离之后,差不多有三十多年,未与H君见过。还是初中朦胧年代,我与H君玩得最好,可以说是无话不谈,无甚隐秘的一对伙伴。少年的心思也是双方坦诚相见的。英俊少年H君爱上了我楼上的一位同龄女孩云儿。我当仁不让,充当了一回中间人。他与云儿迅速走近了,并在小区掀起了一场不小的早恋风波。女孩的父母自然坚决反对,采取各类措施严加阻止。

这天,我的父亲拿着一截香烟屁股,找到了楼上云儿的父母。燃着的烟蒂显然是白天从二楼云儿家的窗口扔进我家窗口的,紧挨着窗口的,是供我睡觉的一张帆布折叠床。幸亏这天床被折叠了起来,不然,烟蒂很可能引发一场火灾。云儿的父母责问云儿,白天就她在家。她坦白是带了男生在家里坐坐的,他抽了烟。我心里自然恼怒了,这H君也太不够意思,他给他们牵了线,已经在承受无形的从未有过的心理压力了,你玩得带劲,还把烟蒂往我家里扔,这算怎么回事呢!从此,我与H君也逐渐疏远了,对于他和云儿的事,也不再关心,后来听说,他们的恋爱夭折了。

这也许是我心中的一个纠结,因为H君也正是这一次老邻居聚会的热情组织者之一,他当年年轻俊秀的面容,在我脑海里一闪,心里似乎沉郁了起来。其实,这都是三十多年前的事了,时光如洗,我对H君的当年所为也多少有些理解和原谅。可是,现在似乎要直面H君了,那种阴郁又浮现了上来……

周末的一个秋风送爽的正午,我与G君终于匆匆一约,赶去早就人声鼎沸的老邻居们的聚会现场。他们是迟到者,心里怀揣着兴奋,也有忐忑。进了门,他们就被欢笑声所淹没了。一百多位老邻居正被多年之后的相聚氛围所笼罩,寒暄问候,大声说笑,场面煞是热闹。迟到者我与G君进了门,也未被冷落,他们的家人和邻桌的几位老邻居首先笑脸相迎。紧接着,按年龄,居旁而坐的老邻居、老同学,也给了他们热烈的欢迎。

有一位大妈模样的人站在了我面前,拽着我的手,脸上带着微笑:"你还认得我吗?"我瞪大眼睛打量了一会儿,齐耳短发,带着些许白发,眼睛闪亮,眼角却显现着浅浅的皱纹,身子壮实,也明显有一点发福,手掌温暖有劲,而手掌心也略带点粗糙……他似乎面熟,又一时回想困难,还是旁边的另一位同学提醒:她是住你隔壁的,也是小学同学张美丽呀。记忆复苏,我恍然大悟,连忙致歉问好,心里感叹岁月催人。

我也去看望了坐在母亲身旁的几位老人。他们都是自己的长辈了,母亲一一介绍,我躬身一一问候。他们壮年时的形象依稀还在自己的脑海。他们也久久地注视着我,叫着我的乳名,赞扬着,感慨着,目光里流露的是慈祥和欣慰。我想起当年邻里之间的生活点滴,想起这些长辈曾给予过自己的或多或少的关怀和爱护,心里头有一股暖流在奔涌。我的眼睛似乎濡湿了,幸亏戴了一副浅色的变色镜,也多少掩饰了我的盈泪的双眼。

我也瞥见了H君了。他正在忙碌着,为每桌在安排上菜。他也看见我了,与我的目光有短暂的对视,我感觉那目光是深情和坦荡的。我也向他微微点了点头,感觉还不到位,又向他扬了扬手。

随后,那个叫云儿的女孩,我也看见了。她安静地坐在我一桌的一角,秀气的脸庞白皙、恬静。她似乎还是年轻时的俏模样,向我投来的目光也是澄净清纯的。看得出,她对我是信赖的。我和她主动聊起H君时,她毫不避讳,说:"我们两人之前也碰到过,都认定我们是有情无缘。你知道吗?当年被别人搅局了,那人你也认识,Y君,他也狂热地追我,我也不太懂事。"我对这一切确实不知情,还以为她与H君当年分手,是由于父母的横加干涉。"你们家的烟蒂,也是Y君扔的,他吵着到我家来玩,还抽烟……"云儿说。我一愣。这是我久未触及的一个心结。"你是说,当年的烟蒂不是H君扔的?""是的,是Y君。我那时也傻。"云儿说着,嗓音有点喑哑。我禁不住又瞥了远处H君的背影一眼,也想到了那个调皮的Y君,我若有所思。我发觉其实自己对H君已无一丝埋怨,而今天又闻听是Y君所为,我在心里头也无法聚积起对他的责怪。当年可都是懵懂少年呀!时间,早已让自己对这一切释怀。

聚会后的G君也是兴奋之至,脸酡红,那是红酒的力道,眉眼舒展,那是情感的滋润。

当年我坚决回绝的,并一度心灰意冷的那位女孩及其家人,也向我主动问好,干杯、合影,仿佛过去的不快并不存在。我说,大半天,都沉浸在老邻居的欢聚之中,感受到没有血缘的那一种特殊的亲情。是的,时间是一个奇特的魔术师。当时的顾虑早已烟消云散,连所谓可能的托我办事之类的情状都没有发生。只有情意融融,在老邻居们的心头,久久地炽烈着……

冬 至 情 怀

冬至,天文学家把冬至作为冬季的起始,实际上,在很多地区,已是深冬。

冬至大如年。这一天,祭天祭祖,古已有之。"以冬日至,致天神人鬼""冬至黑,过年疏;冬至疏,过年黑",意即冬至这天阴天,过年则必是晴日,反之亦然。这让我想起前几年在喀什援疆指挥部过冬至的情景。那天手机气象预报,上海近日天气晴至多云,我便想,看来,回家过年又是细雨绵绵了,喀什也大约如此吧。

这天,乌鲁木齐市的朋友发来短信,说冬至到,别忘吃饺子,不然寒冬会咬掉耳朵,挺喜庆和幽默。一早,还没起床,喀什地区宣传部长叶美金先生就通过微博发出短信,祝冬至快乐,提醒要吃饺子。

关于冬至吃饺子的故事,源于医圣张仲景,其辞官返乡,乡邻治病时正值冬季,乡亲们饥寒交迫,许多人连耳朵都冻烂了,他便支锅,用羊肉和一些驱寒药材熬煮之后,用面包成耳朵一样的食物,称之为"娇耳",在经水煮过之后,分送给乡邻,大家吃了"娇耳"又喝了驱寒汤,身心暖和,耳朵也渐渐痊愈了。"娇耳"之后又名"饺子",广为流传开了。

今天喀什人家宰羊包饺子,当是一景。

中午,地委招待所的汉餐厅果然上了一盆饺子,韭菜馅的,来吃饭的也是济济一堂,指挥部下县的,工程组在现场的,也都回来了,指挥部就是大家的家。冬至回家,也是一个民俗。

与工程组全体人员座谈。是今年的工作小结,也是进疆第一次年度座谈。几位同志进疆300多天,适应、熟悉,并投入工作,甚为不易,成效显著,我视他们为兄弟,同甘共苦。在冬至之日,与大家一聚,喝的是家乡黄酒,一杯又一杯,心意相通,情感交融,此生难忘!

借冬至,我夜晚倚在窗头,在微博上即兴写了一首小诗,以寄托对父亲的怀念。是为题《天堂冷吗》:"这个世界再冷/我也不怕/生活了这么多年/你早已教懂了我怎么御寒/况且还有亲情抱团取暖/父亲/你在天堂冷吗/那个我陌生的世界/住着我亲爱的人/大雪纷飞/地冻天冽/真怕冻着了你/也冰封了我泉水一般的怀念/让我点一团火/供一杯酒/再撒一把好烟/陪伴你这一年最长的黑夜"。

我是用最简朴的语言,最真挚的感情,倾诉对父亲的爱。

这一次,我又被微博的力量所深深震撼了,或者说被人性共同的真情所感动。先是几位熟悉的朋友转发了此诗,后来,惊讶@我的和评论的人竟过了上百人,我不断以转发的方式致以谢意,关心和转发者人连续不断,我的手都酸涩了。短短的时间内转发者已过300余人。杨锦麟先生点评:"感动,甚少人这样描写父爱。"勾起了很多人对已逝亲人的怀念:"感动,想念父亲,你在天堂冷吗?""昨晚又梦见父亲了,其实在我心里他从未远去。""安谅老师:感动。把您这首诗朗诵给天堂的母亲听……妈妈,女儿永远爱您!""冬至,思念在天堂的亲人。""您写得真好。在这个应与家人团聚的日子,文字让人心生暖意与思念,谢谢!""老爸,节日快乐!""想起我的父亲,想说同样的话,珍惜当下吧!""文字很难切实表达感情,但这是个例外! 想念远方的父亲!""树欲静而风不止,子欲养而亲不待。一个月前,我失去了最疼爱我的外公呀,在这样一个寒冷的冬夜独在异乡求学的我看见您的文字,不禁潸然泪下,您让我明白,一个人死了,但如果思想还在,就留下了永恒。一个人死了,但爱他的人还在,就留下了永恒。生命的意义在于用死亡置换永恒,谢谢您!""父爱如山,母爱如水!""感人至深的好文字"……

　　这让我相信,不是修饰的文字最精彩,真情的自然流露才是大美的心音,引发人们的共鸣!这里抒发并评论的几无一位熟人!

　　文学和音乐,在这冬至之日,勾起了人们思念的情怀。

　　此刻,我又一次倾听着这首歌曲,那首不算歌词的文字,之后又被一位新疆音乐家谱写成了歌曲。一位新疆小伙子演唱得情感深挚、扣人心弦,倾听者无不为之动容,有的人禁不住泪盈眼眶。

　　父亲,您听到了儿子的问候了吗?在天堂快乐!

阿狗其事

阿狗,他的模样,我还逗留在20世纪七十年代。他不高不矮不胖不瘦,肩背有点驼,走路完全不坚挺。他的脸不方也不圆,眉骨比较鲜明,只是鼻梁上时而架了一副眼镜,就显得有点圆润和斯文了。

他倒真是有些文化的,据说曾经当过兵,后来转业到了地方,在一家带有军工性质的船厂担任干部,应该说在当时同龄中,算得上出挑的了。我虽然不知道他的属相,但是应该他的小名和属相没什么关系,因为他有一个弟弟,他们叫他阿猫,狗狗猫猫的,有可能只是一种老法的称呼,就把孩子和动物们联系在一起,叫得粗俗点生动点,孩子才容易养活。

与阿狗做邻居的那段时间,他约莫三十多岁,他和其他的年轻人不太一样,有的年轻人很顽皮,也有的年轻人显得无所事事,我们的小区多半都是这些年轻人。打牌、抽烟、闲聊,各种玩耍,唯有阿狗显得文质彬彬,还有些另类。那时还没有宅男的说法,他其实就像一个宅男,老待在家里,也很少去串门,有时难得的趿拉着拖鞋在小区里走过。只是一会儿工夫,他待在家里喜欢安静地看书,偶尔他会在我们所住单元的门口,或者站立在门外的水泥地上,或者倚靠在单元门口的墙壁上,静静地站一会儿,纳个凉吹个风之类的。有时也和邻居们闲聊几句,有时免不了和我们这些,比他小的很多的小不点儿们扯上几句。当然他后来知道,跟我们这些小不点儿扯几句,对他还真是不怎么有利,自然也没有太多的愉快。我至今想来,他是不是还会记得那些,让他心情不爽的事呢。那时候,天气比较炎热,他常常穿着白色的背心,或者套头衫,站在门口,小朋友们就会跟他聊上几句,因为他随和,脸色并不严厉,也因为他有很多小传说,让我们这些小朋友们感觉到挺有意思,挺想惹他的。我们口无遮拦,百无禁忌,令他常常苦笑不已。

首先就知道他还没有结婚,听说眼界挺高的,也没有和一般什么女孩恋爱、接触,所以三十多岁还是光棍一个,这就显得比较令人关注了,他还挺巴结,也就是省吃俭用。当年的年轻人很多都是愿意做汤司令的,也就是平常午餐在单位就喝一个汤,尽量从牙缝里省下钱来,多积攒点,为了自己以后娶妻备用。阿狗显然也是比较巴结的。还有一点小抠门。

不过他的家庭条件显然好些,他有一个老母亲,他们两人住一个套间,家里条件还算不错,比周边邻居都要好很多。他的收入,显然也比一般的青工要高一些。他是有知识的,又是管理人员,但他还是省吃俭用,让人感觉到他巴结的可以,所以邻居们,那些比他长一些的,都会拿他开玩笑。他也不生气,有时候也应付几句,讲一些自以为是的道理,说的大家都会发笑,也就更引得大家喜欢惹他,和他说笑。他有一个癖好,就是特别喜欢吃炒鸡蛋,每次吃饭他和母亲,坐在桌子的两边,他经常把炒鸡蛋搁到自己的前面。好多人跟他开玩笑:你看你连母亲都不管不顾,只知道自己吃自己喜欢的,多不好意思啊,还是个知识分子呢。

每每如此他就笑笑说:我就喜欢吃炒鸡蛋,炒鸡蛋香,真的好香,吃的有味。

他的母亲,跟他长得一样的身形,应该曾是一个大户人家的闺女,所以平常和邻居都是礼貌有加,但是话也不多,同样的不串门、不闲聊、不乱逛。这就像他的家风了,阿狗的家风。我不知道他的老父亲是什么时候去世的，知道他还有一个弟弟和一个妹妹。妹妹印象都不深了，弟弟也是个当兵的，好像是部队的空军飞行员之类。曾经探亲回家，和我们也一起玩过，我们这些小朋友倒也挺喜欢他，他长得要比阿狗更加孔武有力。人也挺好，像模像样的，帅气而英武。但后来就一直没见过，据说他转业之后到了其他城市，并不在上海工作生活。

  他省吃俭用，但是也注重自己的家具陈设，有时候难免会做一些小小的更新。我家里自然要比他家简单陈旧得多。看他有几把半成新的靠背椅子，听他在犹豫着说准备要去换新的。我母亲就和他半开玩笑的去说服他，他不太爽快，但最后还是以比较优惠的价格转让给我们。自己拿了钱，又添了一些，去买了款式更加新颖的椅子了。他表现得有些犹豫、有些计较，不太像个阳刚的男子汉，在我们小不点的眼里，就显得有点软弱，有点不讨人喜欢了。

  阿狗多少是个干部，又是当兵的出身，所以对政治，要比其他人更关心。有一次，也就是在1976年初，他一不留神就说了句话，说要支持从上海出去的张春桥担任总理。他也就是随意说说。张春桥完全不会知道，上海还有这个年轻人，人家都叫他阿狗。阿狗也显然并不认识张春桥，不知道他的为人、做事，诸如此类的。但他这一说，却被我们这些从小就被阶级斗争为纲所熏陶的小不点，也就是当年的红小兵们所记住了。1976年10月份"四人帮"倒台了，之后对"四人帮"瘤毒的清除也开始了，我们这些小不点儿们，揪住了阿狗当时说过的这句话。对他穷追猛打、坚决不放，我们楼里有个地下室，以前也叫做防空洞，小区经常在那里搞些活动。我们就把阿狗拉到地下室。小朋友们齐声高喊：打倒阿狗！他见状悻悻然地离开了。从此也不和我们这些邻居小朋友们多搭理了。这一幕过去很多年了，我依然清晰地记得。我觉得我们这些不谙世事的小不点们伤害了他，也许当年确实给他带来了不少烦恼和忧伤。

一晃四十多年没有见到了,因为当时我们都搬离了,后来小区也被拆除了,阿狗去了哪里,如今生活怎么样,我们都一概不知,虽然老邻居们也经常一起聚会,这两年也很频繁,但对阿狗的事所知甚少。我曾经也询问过他的情况,参加老邻居聚会的我的家人。他们也不清楚,后来总算在另外一个老邻居那里,听到了有关他的消息,也拿到他的手机号码。我家里人,也专门打电话给他。这才知道,他早已结婚,但孩子尚小,只有十来岁,他的妻子还是一个中学的数学老师,他们在浦东买了一套商品房,生活的还挺安逸。

这时他已年过七十,应该快七十二岁了,这令我不禁想起他当年曾说过的一句话:我也是半身入土的人了。那时还是四十年前的情形。

时光荏苒,真是谁也挡不住,不知道阿狗,还记得我们吗?还记得我们曾经对他有所冒犯的事吗?我们多么希望他能忘却这些,能够快乐健康的生活,家里人给他打了电话说要去看他。他在电话那头笑着说:哦,哦,你们要来看我呀,要来看我啊?也没发出明确的邀请,只是这样慢条斯理地说着。让我们也无法勉强,无法再说什么了。

后来,我总算想起,阿狗是他的小名,他其实本姓翁,还有一个绿色充沛生命力旺盛的名字。

荀姨一笑

荀姨姓荀，毫无疑问，她具体的名字叫什么，我却从来不知道，只是听我妈妈老是叫她乔罐子，乔罐子怎么写，怎么由来的，也不太清楚。后来，我家人也都这么叫她，叫得很自然，很随意，她也从来没有表示过任何异议。这应该是她的小名无疑了。

对她的关注，还是始于她的孩子，她有三个孩子，大女儿、儿子还是小女儿。当年，有这样三个孩子组成的五口之家，是挺幸福的，也是挺平常的。她的大女儿比我小两岁，小时候是个美人胚子，我们小区里，算得上是一个人见人爱的女孩，不过我是和她的儿子经常玩耍的，她的儿子长得瘦长、调皮。那时候的说法叫做独养儿子，所以家里人对他也是挺宠爱，挺娇惯的。家里日常家务基本可以不做，就上学读书或者课余玩耍，他跟着我玩，玩四国大战、玩大怪路子、玩官兵捉强盗，也跟着我早早起床，持着木头长枪练操。当然也跟着我看书、讲故事，这应该也是占了活动的大半部分。现在想来这点很重要，也许就因为这一点，她的心里首先对我是充满了好感的。她是认为我这个孩子是有出息的，一定会大有出息的。我不难知道她对我的很多方面，其实都看着眼里，挺关注，也挺赞许的。后来我也发现她的笑很特别，是那种爆发力极强，也具有穿透力和感染力的爽朗之笑。

她不爱到其他人家串门，但常到我家来，和我妈聊天，我发现她爱笑，那种笑很快活，很透明，笑声也非常响亮。我后来发现，原来她的儿子和女儿也都继承了她的这种笑，笑得很有特点，我就称之为荀笑。

当然,这也是长大成年之后,我才对她的孩子们这么称呼的,那么概括总结这种称呼的。我们家原来和他们住在一个单元,在他们楼下,后来我们搬到了隔壁单元,到了三楼,她串门和我妈聊天的时候,也时常闲聊。

发觉他们家和我们比较亲近的一件事,就是我的大表姐原来在安徽务农,当年应该是跟着她的父亲回到安徽老家的,有次她来看望我的母亲,竟然在小区单元门口碰上了荀姨。她们俩人都互相认出了对方,竟然是小时候一起玩耍的朋友,而且非常亲密,用现在的说法是闺蜜,她们喜出望外,谈的也非常开心,有这样的邂逅。她又和我大表姐的阿姨,也就是我妈妈也这么谈得来,这种亲密的关系,显然就更近了一步,交往也更密切了。这种情景下,荀笑就经常的迸发,那笑声真的让我们感染到了那种透彻和快乐。

如此这般,差不多四十年了,荀姨和我母亲走得很近,经常往来,一起结伴而行,去搓麻将、聚餐。当年还经常和我的大表姐们一起聚聊,大表姐后来返回了上海,携儿带女的一直居住在彭浦新村。荀姨和我妈妈,一起坐着公交车去探望他们,我大表姐也来看我母亲,也经常和荀姨碰面,相聚甚欢,直到我的大表姐因病去世,荀姨和我别的表姐还有大表姐家人,也和母亲一起,和她们经常联系往来。关系甚是热络,赛过了一般的邻居,即便我们早就搬离了原来的小区,后来她们也搬离了,这种往来还是没有间断。虽然她们相聚谈的都是家长里短的,因为她们都是文化并不高、本分、平常的母亲,工务农是她们各自的生存方式。但是荀笑,我却一直听见和看到,也是为这笑声所感染,笑声纯净,无忧无虑,像驱散烦躁生活的阳光。荀姨一笑,我的母亲、大表姐还有其他人也必然跟着一笑,那笑声也像阳光一般灿烂。

多年之后,我越来越明白,我的成长,荀姨是看在眼里,荀姨对我这个后生也是寄予期望的。有几个场景我至今历历在目,那年我初中,当时正在热播日本电影《追捕》,那是在电视里观赏到的,观赏之后,我津津乐道那个场面、那个故事,确实扣人心弦,荀姨到我家串门,我就说了这个的故事,特别还提到了真由美,她不管不顾的随着高仓健南寻。她在飞驰的马背上的一声,大声的表白,我也都如实地道出了,荀姨笑了,是那种荀笑,她对我家里人说我很有意思,说这话时她的目光是赞许的,是一个大人、长辈对一个后生的赞许。

许多年之后她对我说,你小时候很文雅、很懂事。大热天,还经常套着的长裤,坐在藤椅上,在阴影下看书,当时她就看好我。后来也知道,她一直在怂恿她的女儿,能跟我交朋友,谈恋爱。直到我们后来都各自成家立业了,她经常提及这事,责怪她的女儿没有眼光,表示出很大的遗憾。直说她的女儿不懂事,所以也没这种福分,其实当年我们都是不懂事,也都是谨言慎行的对情感不敢过度表露的孩子,有些错过也是很自然的。荀姨一笑,是能化解这种生活的遗憾,所以每每她到我母亲家,每每听到她的笑声,我都觉得生活应该是美好的。

这两年她的丈夫病了,患的是老年性的痴呆,她和家里人也付出很多的心血,才不得不把他送到医院。住院的时候,听说她也受到的委屈,因为丈夫时而糊涂时而清醒,吵着闹着要回家,但因为还处于肺部感染比较严重的时候。有时神志不清,还会做出一些令人无法理喻的举动来,出院自然是行不通,她丈夫就会张口骂她几句,骂的让人真的心情很是难受。那天她陪我母亲到镇江去散散心,本来说好待几天的,但她待了一天就憋不住了。她一定是想到了病床上的丈夫,执意要回去。有人说她也太怪了,怎么这么随意,我没听见她这时候的笑声,我能理解她心里压抑着的那种烦恼和痛苦,所承受的一种压力和磨难。她一定想时时陪伴在她丈夫身边,只是孩子们都劝她,她多待在这里,也不见得好,不如外面走走,散散心,让他们小辈们陪着父亲,但那种煎熬,她内心是剧烈的。她的丈夫终于走了,这段时间荀姨一直在料理后事。

我没能参加她的丈夫的大殓,也没有见到她。通过她的女儿儿子,表示慰问和哀悼,也表示对荀姨的问候。我在想荀姨什么时候能尽快走出丧夫之痛,什么时候才能听到看到荀姨那富有特色的笑声。荀笑是驱散烦恼、犹豫和各种伤悲的阳光啊。

荀姨应该也快七十了,可以想见她年轻时候的那份清秀,现在也变成一个,满面皱纹、白发丛生的老人了。我真心的祝福她,祝福她和我的母亲都能健康长寿,也真诚的希望荀笑能够时常响起,像阳光一样常新常在。

父亲的居所

生活中的居所,一生中大概总会有数次变迁。且不说兵荒马乱的年代,很多人居无定所,流离失所,迁徙频频,渴望的多是一份安定和平静。和平年代,居室的逐步改善,当是百姓基本的生活目标,自然也成为乔迁的主因。而每每想起父亲的生活居所,心里总有一种酸楚,一份深深的、无法抹去的歉疚。也总为父亲的爱人、护家及其敦厚、朴实的品性而感叹不已。

五十多年前,父亲从农村走来。繁华的都市容纳了他,却无法为每一位从农村走出来的孩子,都提供宽敞、舒适的居室。父亲先是寄身在别人的屋檐下,尔后,较长的时间租借了一间几平方米的民舍,靠着自己的祖传手艺维持生计。直至与母亲相识,成婚,那破矮的陋室,给他们遮风挡雨,护佑他们相濡以沫的生活,他们的希冀,以及后来大姐的呱呱坠地。

父亲来沪后的第一次举家搬迁,得益于 20 世纪五十年代职工住宅的大兴土木。那时,父亲已成为港区正式职工。一家三代,包括乡下来的老母亲,就靠他一个人艰辛地工作,养家糊口。什么乔迁之喜几近奢望。那时,有几套住宅分配指标下到车间,同事之间争得十分厉害。老实巴交的父亲则无意竞争,一个人在埋头干活。那些人争不出结果,提议抓阄决定归属。父亲自然也被喊去抽了一份,居然就中了一套。虽然一个单元仅七、八个平方米,厨卫几家合用,可这在当时也是人人羡慕的。

那套居室给家人带来无限宽慰。父亲把最好的靠窗的位置留给了老母亲,那时她因患病卧床不起,格外需要眺望窗外和阳光的青睐。两位姐姐也被安顿得好好的,父亲自己和母亲则紧挨着门搭了一张床。起先还没有我,后来我的出生又加剧了居住的困窘。

以后的一次搬迁,也是单位住房的一次集体分配。父亲拿到了最小的一套,单间,厨卫自然也是合用的。父亲毫无怨言,很是精心地将屋子分隔为二。两个姐姐初长成人,要有自己相对独立的空间。父母亲和我则挤在了一个大床上。屋子虽小,被父亲布置得很温馨,也常常充满了欢笑。父亲用他的爱,温暖了这个小屋,也滋润和丰富了我的童年的记忆。

相比父亲,我们几个孩子有时是不甚懂事的。稍大一些,就觉着屋子太挤,三个人在一张饭桌上做作业,难免磕磕碰碰,因而老是吵嚷着要父亲去想想办法。那时,父亲是市劳模,也是行业标兵,改善一下住房条件,应该并不为过,可这让父亲十分为难。父亲绝不是那种计较个人得失,随时向组织伸手的人。他非常实在,总想为组织多做一些什么,而不是索取。但居住的窘况,也使他甚感不安。他爱儿女,也想多给我们一点什么。他犹豫了好长时间,终于没有启口。直至对劳模的相关政策更加明确,单位领导主动关心,他才正式提出申请。

新房钥匙一到手,全家可谓欢呼雀跃了。增加了几平方米,煤卫又独用了,是很好地改善了。可父亲却觉得遗憾。因为新房在一楼,而母亲盼望着拥有一个哪怕只有一、二平方米的阳台。为此,父亲常怀内疚。再后来,父亲又努力多年,终于使母亲如愿。

新居室,父亲给我留了一个小间。作为卧室兼书房。那年我刚满18岁,这样的居住条件是同龄中少见的。这也可见父亲对我的关爱和期盼。

那年,我成家了。婚房是我所在单位增配的。但那个小间,没有任何变化。我明白,父母亲期望我们多回家住住。这样的布置一直延续到多年之后,我又新换了房。而且,就与父母亲住的那幢楼,隔楼可望。我把小屋很好地拾掇了。那屋子才真正为父亲所拥有,改作了老两口的新卧室。

也是上帝的不公,不久,劳累了一辈子,还未好好享福的父亲突然脑梗塞全身瘫痪。住院半年多之后,我另租借了一套居室让父亲栖居。那是个能眺望浦江、外滩和港区的居室。父亲神志清醒,但因气管切开不能言语,进食也是通过鼻饲。活得很是痛苦。也只有在国庆节,焰火升腾之时,我们将父亲轻轻抱到轮椅上,推至阳台,让他感受那一份节日的欢欣。父亲笑了,笑得那么让我们欣慰,又那么让我们心酸。

毫无疑问,这是父亲这辈子待过的最宽敞明亮的居室。倘若他能走动,他能言语,也不会同意我们去租借这既舒适但又昂贵的居室的。

那天,春雨绵绵。我来到父亲最后的居所,那是一个和千百个人共存的普普通通的墓地。在那个大约一尺见方的狭小阴冷的空间,父亲已待了整整三年。

父亲,你感到孤寂、清冷吗?

几年来,你竟然没有给我托梦,述说你对寄身之处的不满?

或许,因为母亲和我们几个儿女都住得更宽敞,更舒心了,你才如此安然?

甚或,你早就明白了人生的最后归宿,才在活着的时候从不为自己的居室锱铢计较,绞尽脑汁?

每当看到那些为了居室,朋友可以反目;同事视若陌人;兄弟大动干戈;夫妻为了动迁多得面积可以不要脸面搞假离婚;抚育自己长大成人的父母亲也可以不管不顾甚至被抛弃……

我总是想起父亲,想起父亲的居所。

一个从农村走来的平平凡凡的父亲。

一个最懂得生活最认真生活的父亲。

他让我们很多人汗颜。

第三辑

其实,是一种真相

同 学 徐

有一种伤痛,也许你自己都忘却了,可别人还会记得,并且刻骨铭心。

我总是想起同学徐,二十多年过去了,他那心中的创伤是否也已痊愈甚至无痕?

同学徐当时是一位很斯文的男孩,家有书卷气,人也和善儒雅。初中那些年,不在一个班的徐和我很谈得来,课余还经常一块儿玩耍。徐酷爱画画,而且画得真是让同学们称奇。经常三笔两画的,就勾勒出一个美丽生动的事物来,特别是动物什么的,按现在的年轻网友的语言,真是"酷毙"了。七十年代中期,虽"文革"的狂热已近衰微,可成名成家还是不敢在中学生中公开张扬的。于是,因为算是好伙伴了,我也知道徐的一个秘密:他将来要想成为齐白石一类的大画家的。倘若没有后来发生的故事,也许一切都会顺理成章起来。

那天才上课,我们这个年级的男生班长、副班长都被年级组老师召集起来。老师十分严肃地向大家宣布,在某班的黑板上,发现了黄色图画,现已查出这位品质恶劣、极其下流的肇事者。年级组决定要对这位同学予以严处,同时也以儆效尤。当那位倒霉蛋耷拉着脑袋,从老师办公室慢慢走出时,我也一下子懵了:怎么是徐!徐此刻完全是犯了什么大罪似的,神情沮丧,脑袋低垂,那双本来挺明亮的眼睛也暗淡无光,不敢正视任何同学。也容不得我多想,有老师带着队,两位高大一些的同学推拥着他,各班的班长们随行(实际上是压阵、造势),

到七九届的十多个班级逐一过堂。那一刻谁都鸦雀无声,只听老师一遍遍陈述徐的所谓恶劣行径。

后来我才明白,那一天课余,徐一时技痒,在黑板上信手涂鸦。他画了一个女人的裸体,说是裸体,只是在胸部点了两下。见过的都说画得还挺像。这事不知怎么让老师知道了,一查下来,徐就在劫难逃了。

这事同学们都渐渐淡忘了。高中毕业,大家各奔东西之际,我忽然耳闻徐对此耿耿于怀,还专门到学校,要老师向他致歉。再后来,就再也没听说有什么新闻了。也许,一切都过去了,时间终究会磨灭一切。我总忘却不了那一幕。待到愈加明了世界,感悟人生之后,对那种摧残自尊,压抑人性的行为,总是义愤填膺,它对一个尚未开始社会人生的一介学子是如何沉重的打击呀!可我终究是无奈和内疚的,我的内疚在于,也就是那场"黄色事件"以后,我大概潜意识里视徐为洪水猛兽了,和他的交往也莫名其妙地终止了,或许,这里还有一层因素,是他担心让我受累,抑或他自己本身也陷入了自卑?

我也一直十分关注画坛的动向。我想某一天或许会看到署了徐名字的大作。可这么多年来,无论是资深大家还是画坛新秀的作品中,徐的名字从未出现。难道真是那一次的挫折从此让他一蹶不振?

前些年,徐所居住的地段终于挨到拆迁了。有的几十年无联络的同学拐弯抹角找到了我,希望助一臂之力。可问起徐,同学一脸茫然,仿佛同学中从未有过徐这个人似的。母校的老师们请我到过几次学校。当时年级组老师现在也是校领导了。我想问及徐,却欲言又止。我也怕伤了这位老师的自尊。毕竟,在那个年代做过傻事的人太多。没有理由让当时被政治风浪裹拥着的普通百姓去承受这样的历史重荷!

也许,不管是这位老师,还是同学徐,真的早已创伤无痕。我这样执拗地去记挂、去探寻,也许,只能引发更多的难堪与忧伤。

　　那就让我在心里为徐、为老师,也为普天下的所有人真诚的祈祷。我想说,风云变幻、人事莫测,但有一句话值得我们铭记:当你在人之下,你得把自己当成人;当你在人之上,你得把别人当成人!

白 色 嫉 妒

那天傍晚,我们几位老同学聚餐。忽听得 W 君对 L 君说,"我得告诉你,我真的是嫉妒你。原本这个部门经理的位置是属于我的。老板也曾考虑过我,没想被你这小子先占了。"大伙儿一愣,L 君也面有难堪。场面有点尴尬。我们心里都责怪 W 君怎么这样说话。W 君却毫不在乎,反而站起身来,向大家敬酒,说,"我得把心里话给 L 君说了。谁让他是我的好同学,好同事,又是好朋友呢!我告诉他在职场上再好好比试比试呢!光明正大地比,友好善意地比。"大伙儿冰释了。这样的妒忌绝无害处呀。于是,酒杯都涌向 W 君和 L 君,祝他们好兄弟比翼双飞。

那一幕尚未在脑海里退却,又听一位朋友告知另一则故事。他们公司的两位女孩都蛮聪明能干。在年初公司项目内部承包招标会议上,两位女孩都以思路清晰、方案缜密,操作性强的特点,赢得公司上下刮目相看。但最后只得选一位担纲,另一位自然败北。公司老总让两位女孩都发言。中奖的那位当然喜不自禁,也不忘说句对另一位女孩子夸奖和安慰的话。轮到那个落选的女孩说了,眼泪竟在她的眼眶里打转。她说,她真的有点嫉妒她。她们实力相当,结果却大相径庭。但她真心祝贺她,还愿意将自己的方案毫无保留地提供给她,以使她更出色地完成公司的这项任务。她说,等下一个项目招标,她还要倾心投入,做得更好。公司很多人都被感动了。那个成功的女孩也掉泪了,走过去,紧紧拥住了她。最感动的是公司经理,他很高兴自己有这样的眼力。当初决定同时招聘她们两人时,有人向他进言,女孩妒嫉心重,又是差不多性格、特点和能力的,会惹麻烦。现在看来,这决定没错。这是两个优秀,而且心态相当不错的女孩。

妒忌这个东西,历来不被认为是好东西。读过王蒙先生的微型小说,说的是一个赛跑运动员,老比不过对手,于是学着在比赛中使绊子,搞倒别人,以便自己获胜。前两天,报上也披露,有一人将他竞争对手的同事害了,因为他心有妒火,无法控制自己。也经常碰到过这样的事情。某人要提任了,一些无中生有的投诉举报就蜂拥而来,很显然那些心态不平,甚至充满妒忌心的人正在行动。这真是人心的卑劣呵!

有人很有意思地把嫉妒分为白色和黑色两种。黑色是妒火中烧,不择手段,损人利己的那种。而白色妒忌是正常的心态,她会激发人进一步的合理竞争,当属于良性互动的那一类。

愿生活多一些白色妒忌呵!

片刻的忏悔

一

小车拐入北四环匝道时,那辆助动车忽然撞上了隔离栏杆,凝滞了片刻,车倾倒了,车上的人慢镜头似的也倒下了,不是那种带点挣扎的遽然地跌落,而是软绵绵地、四仰八叉地倒地,倒地后便一动不动了。

离我们大约七、八米远,是初冬的傍晚,那人口罩、棉帽,看不清面目,凭形态,像是一个刚迈入老年的男子。

他是自行撞上机非隔离的铁栏杆上。周边没车、也无人。这一点毫无疑问。我一刹那的疑惑是,他是因为目力不及,撞上去的,还是忽然晕眩,令助动车一时失控?

我的同行差不多同时也"哟"了一声,随即立即判断:"这人肯定是低血糖!"显然,他也瞥见了这一幕。我脑子则迅速反映排斥道:"更有可能是脑溢血!"

应该实事求是地说,虽然迟疑了一会儿,眼睛已看不清那横陈大道的人和车,我还是说了一句:"打个电话报救护吧。"同行也已提起手机,准备下一步的动作。这时司机不容置疑地发话了:"千万别打!打了我们就走不了,接下去会很麻烦,我碰到过……"

我与同行面面相觑,竟都一下子失语了。而此时忽然生成的失语,之后却像沉重的铅块,长时间地堵在我的心口,搬挪不动,愈堵愈沉。

我为这失语,必定得付出代价。不是物质的,是精神上的,而精神这类无法直观目睹的事物,我又是何等看重。

这是2013年的北京,我已届知天命之年。而我来过北京也已经无数次了。

司机是当地人。年龄大约与我相近。

二

拥挤的地铁站,像人满为患的火车站一样喧闹。

挤进车厢时,就是罐头里的沙丁鱼了。气喘不过来,心烦。磕磕碰碰也属自然。

吵嚷声起,一个中年男子,也算高大,带着标准的京腔,带着埋怨和斥责。那一边是几个异乡人,是湖北口音。他们手提或肩扛着行李包袱。也许是他与他们中的一位碰撞了,稍稍有点推搡。

争斗的架势,似乎已然展开。

其中的一位瘦高个儿,什么话都没说,忽然从兜里取出什么东西。但那眼珠子里是冒出火星子的。

只听见挨着他的中年男子喊叫起来:"捅刀子了!他捅刀子了!"

挤作一团、几乎密不透风的乘客竟然闪开,迅即腾出了些许空间,还有人让出了座位。但谁都没吱声。唯有这男子痛楚地捂着肚腹,弯下了刚才还显高大的身躯,摸索着座位,嘴里还在无力地叫嚷着:"杀人了,捅刀子了,把他抓住……"

没有任何人动弹。那个捅刀子的人也一言不发。我的眼睛却紧紧地盯视着他。

列车到站。那人与同伴目光对接了一下,迅速出了车门。中年男子的声音又加大了:"抓住他,抓住他,他捅刀子了……"声力急迫而微弱。

依然没有人动弹。我却紧随瘦高个儿下了车,跟着他,一步不差。我的同伴也跟着我,还扯了扯我衣袖,想要说什么。

我没留意,眼睛里就只有这个瘦高个了。

瘦高个发觉有人盯着他,想转个方向逃逸。我也转了方向,像钉子一般死死地咬住了他。

幸亏警察闻讯赶来,截住了他的去路……

事后,同伴说,你刚才是不要命了,你靠人家这么近,如果人家狗急跳墙,你一定吃大亏。

刚才我真的什么都没想,只有那个捅刀子的人在我眼里。

至今那一幕,还恍若在眼前,清晰如昨。

这是1988年的夏日,北京。那是我平生第一次到达神圣的首都。我正值青春韶华。

三

在通往天津的高速公路上,小车挪不动了。

下了车一看,前面一溜车,车屁股光冒烟,吼着,不见动弹。

再往前走了走,是两辆车抢道,车没任何损坏,司机却较上劲了。先是张口对骂,之后大打出手,他们的同伴在劝,但仍在对骂,恨不得吃了对方。

车实实在在地挡了道。

后面车辆有使劲按喇叭的,但没人下车。

我下了车,看了看情况,暗骂一声,退回到车内,遂拿起写作本,写起字来。

前头又喧哗一片,声波高激。

说是两个汉子又干仗了,这回拿了家什,不流血伤亡,看来绝不会收兵。

我放下写作本,想推门下车。同行的朋友说话了:"你别去管这闲事呀,这里人生地不熟的,万一有事叫天天不应,叫地地不灵的。何况人家也不知你是什么人,谁会买你账呀!"

言之有理。我推门的手缩回去了。

我还是写我的字吧。

一篇千字文快收尾的时候,车才缓缓启动。

这是2006年的冬天。我赴京参加培训,前去天津考察。我已学会淡定。

四

一大早,浦江码头就人车汹涌了。

我上了车,置好自行车,从包里掏出一本书来。黄浦江并不很宽,但也得有十分钟左右的航行时间,我是笃信鲁迅先生所言的,时间是可以挤出来的,就像海绵挤出水一样。

忽然瞥见一个小男孩在攀爬水手梯。心就跟着悬在那儿了。

小男孩挎着书包,嬉戏玩乐。起先还在最低的几级,不久,就往上攀升。而船只在江波的推涌中摇晃,水手梯则离船侧只有几十公分。

我读不进书了。大声劝告小男孩,别再爬高了,当心呀。

小男孩笑嘻嘻的,并不理我。他继续爬上爬下的,让我的心,也忽上忽下的。

一舱的人,看见这一幕的人,大都是成年人,谁也没吭声。

我又劝说了几句。我真怕一个浪头打来,或者他稍不留神,就会被掀到舱外。

舱外的江水混浊奔腾,江底也有数十米深。每年都有人溺毙浦江,成为余江浮尸。

我为小男孩深深担忧。虽然毫不相识。

我终于憋不住了,从人群和自行车的缝隙中绕过去,走近了水手梯。小男孩站在了地板上,我的心也踏实了。

我如同赢得了一场比赛,心情愉悦地走回自己的位置。这时听见有人嘀咕了一句:人家小孩玩,关你什么事。

我未予理睬,我不知说这话的人是谁,但我以为他一定很冷血,对冷血的人,我充满鄙视。

那年我二十出头,还没有为人父。

五

毕业那会,我与她又续上了情弦。当然严格地说,那时中学念书,只是朦胧的一场早恋,牵过一次手,心有相许,其他什么都没发生。后来就又不再联系。

毕业之后重又往来,也是出自纯粹的情感。

一张洁白的纸,充满想象,十分美好。

那天中午,我们在十六铺码头进入了一家点心店。店堂食客寥寥。我们拣了一张桌子,坐下,点了馄饨、小笼。

刚吃上,有一位老太蹒跚走来,坐在了我们的边上。

老太一身的寒酸相,憔悴而又落魄。坐下后,也并没马上点单。

我不由地多看了两眼,心生怜悯。

这被女友察觉了,她悄声却语气坚决地对我说,"你敢搭理她,我就马上离开。"她漂亮的眼睛里,掠过一丝狠意。

我自然没与老太搭话,但我走时,故意在笼屉里留下了两只小笼包子。

我想这老太一定是饿了,不管何种原因,她是处于弱势群体的。

这件事虽然不是我们分手的主要缘由,但在我的心里烙印很深。

那时我也二十余岁,对未来期盼无限。

六

一连几日,微博都收到一封私信,说一个小女孩身患白血病,无钱治疗,危在旦夕,希望我帮忙转发一条信息,让更多人援手相助。上面还附有这个女孩的照片。可爱却苍白的脸,微笑流淌却带着一丝与年龄并不相衬的忧郁。

我心有所动,却没有付诸行动。因为来信的是一个陌生人,我怕其中有诈。

过几日,看到主流媒体也报道了此事,很多人纷纷倾囊相助,我本想也捐一点钱款,一忙活,把这事给忘了。

那天去八佰伴,从自动扶梯下楼。在四楼电梯口,有一个小孩哭哭啼啼着,欲下又不敢下,挺危险的。我走过,禁不住想扶他上电梯的,倏忽打消了念头,我担心碰了他,他万一从电梯上跌滚下去,说也说不清楚。

楼下,一位老妈妈焦急地招呼他,也一时不知所措。我径直下楼离开了,我自己的事,还等着呢!

深夜的街巷,一位老伯摇摇晃晃地迎面走来。他是醉了,还是染上了重病?我避开了一段距离,我怕惹上什么麻烦。

……

我这是怎么了,失语、旁观、回避和置之不理,是代表成熟,还是表现淡定？当年的悲悯和爱心，都被时光磨蚀殆尽了吗？

如果一个人，连一点悲天悯人都没有了，他或她还有多少人味呢？

如果……

我忏悔。为自己，为现代许多人，也为这个时代的人性。

裂　　缝

周四信访接待日。刚坐定,一位上访者情绪激动地开始讲述她的遭遇。外面休息室吵吵嚷嚷的,分贝越来越高,门也"随"地被撞开了。

是几个略有些熟悉的面孔,他们气急败坏的神情,仿佛大火烧身,已急不可耐。工作人员极力劝阻着,也显得力不从心。

我干脆招呼他们坐下:"冷静点,有话慢慢说。"我已想起数月前,他们曾来到信访室,反映过去的一年,他们为了出现裂缝的新居,与开发商无数次的争辩、协商,虽精疲力竭,却仍一无所获。他们愤愤不平,找到政府,要求给个说法。我当时就挂了电话找到开发企业,让他们认真对待,一定妥善处置。公司老总在电话里也信誓旦旦,保证亲自处理。后来我从督办文件中获悉,双方已初步达成协议。应该说,此事可以平息了。

我问:"你们不是已经谈妥了吗?又有什么变化?"

那个戴眼镜的瘦高个说话毫不客气:"什么好了,简直当我们是猴子耍。答应的条件,没多久就推翻了,出尔反尔!"

"是呵,开发商是骗子!"

"是流氓!"……

声浪又一次高涨。

这种状态下,要想把什么都讲明白是不现实的。我留下了两个还算比较冷静,谈吐比较清晰的来访者,将事情经过听了个大概。

开发商原先答应给他们补偿的,后来又反悔了,又迟迟拖着不与他们深谈,因此无可避免地又一次引发了这几位购房者的肝火。

这一回,那几位原本素不相识的消费者,决心抱成一团,不再为那么一点赔偿费去浪费精力了,他们要求政府撤销开发公司资质,砸了他们的牌子。

他们的固执也显示了心底的率真和渴望公道、公正的呼声。实际上,只要给他们一点理解,一些温暖,一份歉意,这些普普通通的百姓还是通情达理,宽谅忍耐的。

现实往往让人觉得遗憾。

前两年,我也处理过一起类似的信访件。

新开工的工地打桩,邻近已入住的六层楼房却发现了裂缝。

那天傍晚,我到居民家察看。底楼门洞的踏步已经开裂。六楼居民家的水泥板也已拱起,裂缝细蛇一般蜿蜒,从墙面延伸到墙脚。

那一瞬间,我忽然想起自己曾经居住过的公房,因为在最东侧,房屋不均匀沉降,裂缝指甲一般宽。每晚睡在床上,注视着那条裂缝,心就忐忑,难以入眠。我想倘若发生足够震级的地震,我怕是这幢楼里最先遇难的一位居民吧。

现在那条醒目的裂缝同样令我不安和心悸。这一家老小是怀着怎样的心情,度过这令人担忧的日日夜夜呵!

事情后来得以顺利解决,很关键的取决于开发、施工单位负责人的仁爱、诚挚、认真和敬业,而不是利欲熏心、见利忘义。

前些天,一位同事告诉我,新村的那件事解决了,是嘛,我无法掩饰我内心的高兴和对他的赞许。

这也是一起涉及棘手的住房质量通病的上访事件。整整六、七个年头,房市的景气指数也是几次起伏。因为裂缝,老百姓坚持退房,开发公司执意不肯。开发公司也曾专门安排人员挨家挨户进行修补,但无济于事。

几多春秋,那些裂缝仍然没能消失。消费者与开发企业的争执也未曾停歇。

我办公桌上的电话也常常传来那几位老人愤慨而又毫无让步的投诉。

那裂缝也因此常常裂帛般在我心头脆响。

这家开发企业老总某一天忽然醒悟:消费者是真正的上帝呵!何必让裂缝演变为自己与消费者的鸿沟呢?

他们终于决定同意退房。

这也是市场观念一场痛苦的蜕变!

裂缝,是一种质量通病,在住宅建设中并不鲜见,也并不可怕。

但的确不能让它发展成为人心之间的鸿沟。

裂缝的弥合,不仅需要精湛的技术和钱财的投入,更期待我们用真情、真心去弥合。

道理,往往就这么简单。

别墅里住着的是保姆

朋友从国外回来,邀请我们几位小聚。地点定在他的所谓的"寒舍"。

到了他的住所,才发觉这是喧闹嘈杂都市里多么难得的一方天地。绿幽幽的草坪,听得见鸟儿欢快地鸣叫,堂皇富丽的别墅闹中取静,透示着主人毋庸置疑的气派。

朋友在一家跨国公司驻亚洲的代理处任要职,说他腰缠万贯应该并不为过,但他几乎不在沪上居住,却拥有这样价值昂贵邸宅,就令我们有些意外了。

我们问他,平常他都在国外,谁住在这儿呢?

他指指那边正在忙碌着的保姆,说:"就交给他了。让他看管着,他从我老家来,只要拾掇得干净一些就可以了。"

那位男保姆大约五十岁的模样,说他是管家似乎更确切一些。此刻,他知道我们在谈及他,朝我们很是憨厚地点了点头,脸上洋溢着一种感恩似的微笑。

一个从乡下来的老农,说是管理其实就是居住在这样的别墅里,应该是多么的惬意和幸运!

前几年,我到南方一个城市去参观。那是一个拥有很大建筑面积的居住区,还有一处依山傍水的别墅区。徜徉在别墅区绿荫庇护的雨道上,我惊讶于这里静寂无声,宛若无人入住一般。陪同的物业公司老总介绍,购置这些别墅的大都是生意人,有的是为了投资,也有的长年累月在外奔波,不常居住。他们往往委托物业公司代管,也有不少人就托付给保姆代管。

说话间,有一个摩登女郎从一套别墅里在走出,慵懒地伸了一下腰,在庭园里信步。

老总很熟稔地向她打了声招呼,并悄声告诉我,这是这家主人聘用的保姆!

我颇为诧异地看着老总。老总的脸上没有一丝开玩笑的迹象。

回到上海,我和几位同行聊起此事。有位同行又告诉我一则故事。

说他曾经工作过的一个物业公司,有一年,一半的雇员都跑光了。开始,老板还很困惑,后来才知道,这些人不少都单干了,而且就在他们管理的几个别墅区干得挺欢。那些天南地北到处奔波的业主,将自己的别墅委托给这些他们熟悉而且信得过的人员管理,每个月还付给他们工资。这些人不只是承接一套、两套的管理业务,而且还可实实在在地享受这高档的住宅。很多时候,有的人邀三五知己做客,或独自品尝浓郁的咖啡,享受家庭影院的现代快意,真是得来全不费工夫,这样的美差不可多得,自然也就乐不思蜀了。

他们倒是一批特别会享受的幸运族了!

"所以,"同行意味深长地说:"也有的业主干脆就养了金丝鸟,这既可替他们看管一下自己的物业,时不时还可回来搂个美女怀中抱,度度良宵,岂不一举两得?"

这当然有说笑的意味,我们也都笑而未言。但多少还是欣赏那些做保姆的眼光和选择的。

今晨,太太告诉我,报上刊登了载先生的香港豪宅被劫了,当时,里面就住着两个保姆,被劫客绑得严严实实的。先生不在香港。

先生这两年在京沪两地开发建造了几个楼盘,因其临江,超高,豪华,颇具气势和特色,受到媒体和房地产业界的广泛注目。

我曾参观过他那幢在香港山顶上的豪宅,据说是他花了好几个亿拿下的,也曾轰动一时。那次我去的时候,还下着蒙蒙细雨。豪宅在云雾缭绕之中别有一番风采。偌大的空间,三个层面,仅装修就得上亿元人民币。

载先生忙于生意和社会公益事业根本无暇在豪宅安心居住,太太和一双儿女也自有另外的住所,这豪宅就全拜托两位保姆照看了。实际上,也就是让这两位保姆享受。偌大的豪宅,加之先生名声在外,劫客上门也并不为奇了。两位保姆吃了点苦头,受了点惊吓,但幸无生命之虞,大概还是划得来的吧。

自己殚精竭虑,倾心血之得购置了舒适的别墅,却又不能好好享用,倒让一贫如洗、寄人篱下的保姆们占得先机,也算是现代生活中的一种异化吧,值得玩味。

化石沟知道

所谓末日,一定是充满绝望和恐惧的。末日的阴影,像太阳的阴面,照临着这个苦难的球体,让人们时不时惊悸战栗,如同树欲静而风不止。末日的状态,我想至少是在人的眼睛和心灵深处沉浮飘掠着,而在上帝启动按钮的某一日,会真实地发生,不可阻挡地再现。2012年,也许是人类谈及世界末日这个词眼最多的年头。一个古人的预想像符咒一样,缠绕着人类,人类欲罢不能。也就是在2012年的第一个阳光普照的日子,我看到了亿万年前的一个末日的凝固的姿态。一个充满神秘和玄想的空间。一个南疆古老的童话。

化石沟。未经装饰包装的称谓。偌大的喀什版图上也看不到的名字。但它却旁若无人地存在着。连绵的山体,孤悬在尘世,又远离尘嚣。奇特嶙峋的山石,每一片都是含而不露,又各具形态,深藏不露的样子。其实,它们完全可以傲然人世的姿态,俯瞰芸芸众生。即便能够涉足这片神秘境地的人少而又少。它们所历经的沧桑,人类无法企及。它们所跨越的年代,也是人类难以想象的。粗粝而又陡峭的山岩,或如群兽仰脖,或似百僧肃立,间或又有蛟龙摆首,雄狮盘踞。那一壁千仞,犹如是瀑布自天而下,骤然凝固,那沟的尽头,则是天然的堑壕,宛若一个金色大厅。宽阔而又昂然向上,天光汇集,人声不去。抵达此处,多半会放开嗓门,唱出几个高亢的旋律。声若洪钟,余音缭绕,不逊天籁之音。

奇石林立,有的呈摇摇欲坠之态,命悬一线,随时倾塌。乱石堆积,叠床架屋一般,险象丛生。

沉积岩随时可见。层层叠叠的,清晰分明。看似钢淬般坚硬。有的边缘部分,却经不起轻轻地剥弄,脆饼似的断开了。但厚实的部分,还是一脸的坚毅,只能用手轻轻地抚摸,以示尊重。

七星池是一个奇迹。自下而上,由大而小,从深至浅,不知是何方神仙的脚印,又像天空落下的滚烫的泪珠,烙印于此,从此亘古不变。我率先坐于一个大池边沿,留下了一张照片。后面几位同伴童兴大增,竟入池而卧,四仰八叉地照了相,煞是有趣!这池里的浅水区凝结成冰,踩上去一阵溜滑,又引发大家的哄笑。千万年冷寂的山谷,来了一批年轻富有激情的人,也许被这欢声笑语也会惊讶得一愣一愣的吧。我们也算让这古老的山峦,大开了一次眼界。

撩开细薄的水雾,我们发现了不足一尺的鱼头的形状,深嵌在山石里,或者说已与山石融于一体,线条和骨节都清晰如昨。生命依然在悠游。不远处,又有一处鱼的骨骸,身材更显粗壮,似乎也是在遨游中突然遭到的变故,瞬间匍匐于此,不再动弹。而魂魄还在大海中翩然。纯白色的骨骸像是纯白的念想,一览无余。我端详其中,踱躞周边,感觉曾几何时见过这尾鱼儿,有故友相逢的那种激动莫名。但别人告诉我说,这是百万年前的鱼,早就绝迹了,如果不是成为化石,你是无法认识它们的。我愕然又迅即嗒然。

事实真是如此。认识它们,正是缘于上百万年地壳的一次巨大裂变。它们的生命才绵延至今,让渺小的我有幸目睹和相识,说是前世也有缘,恐怕是自欺欺人了。

到化石沟算是一种探险,因为沿途无路,2公里的攀爬虽不算险峻,也是困难重重,颠沛不定。手足相砥,肉身贴地,每一步都必须付出艰辛。直至晚上才发觉,浑身酸痛,关节处运动不畅,脚底下也磨了泡,衣裳尘土沾染已不在话下了。

这也是代价了。这深山陡壁,想领略千古风光,一点不付出是不可能的!

巴楚县县长穆合塔尔·艾沙说,这还是第一次有人登临这化石沟的深处尽头。如此可见,吾辈真是幸运。趁着年轻气盛和好奇,成就了一次难忘的千古相会。

化石沟位于巴楚县城以东50余公里处。是白垩纪年代地壳运动演变而成。很难想象,当年的汪洋大海突然消失,火山岩浆喷发,海底兀然而起,如此景象,大约就是世界末日的气势了。倘若站在诺亚方舟俯瞰,一定是惊心动魄,令人不寒而栗了。

然而,末日也许不过如此。世界换了新的面貌。短暂的生命获得了长久。深不可测的海底也成了人类探访的乐园。天地还在,乾坤犹存。斗转星移,太阳还是在每一个早晨诞生。不必纠缠那些所谓末日的烦恼。静下心,迈起步,去认识这个世界诸多神奇的事物。活出今天的充实,体悟当下的幸福!

卧室里的危机

一位刚乔迁新居的朋友打来电话:"你预祝我吧,我今年买彩票肯定中大奖。"

这个电话挺让人纳闷的。这家伙平时不苟言笑的,今天究竟怎么了?

"哎,你不知道,我逃过一难。我刚从卧室起床到客厅就餐,就听见卧室里传来'砰'的一声,声音很响,我慌忙跑回去一看,室内一片狼藉,水泥、石灰砸得床上、地上都是,天花板掉下了一大块。这还是前两个礼拜刚装修完的,朋友帮的忙。现在你看看,惨不忍睹。幸好我刚巧离开,否则在睡梦中就一命呜呼了!"

许多经历过生死考验的人,性格会变得豁然开朗。难怪这位朋友也忽然幽默起来。

但仔细想想也是后怕的。倘若是半夜,倘若老婆孩子都在安睡,这不知怎么脱落的天花板就这么砸下来,其结果将是多么悲惨!

有一位朋友还讲述过这样一件事。

新婚燕尔,小两口柔情缱绻,一连几日都起得很晚。那天,先生单位有事,他草草咬了几片面包,就出门了。午间休息时,打来电话,想问候一下娇妻,却没人接听。又连续拨打了她的手机、拷机,也都没有音讯。他急了,赶紧叫了辆车回家,打开门,也没有闻见煤气味儿,但见卧室里的妻子仍然昏睡着的样子,摇了她半天不醒,慌忙拨打救护车送医院抢救才渐渐苏醒。先生以为妻子一定是太累了,才昏死过去。医生却告诉他,他妻子可能是中毒。他不敢相信。找了警察朋友来帮忙,也找不出一点蛛丝马迹。而妻子也有气无力地述说,他走后,她就这么躺着,什么都没吃、没喝,糊里糊涂地昏迷过去了。

在他苦思冥想不得其解之时,他在南方某省做建材生意的妻弟返沪,到了他们的卧室,站了一会儿,便把"案子"给破了,"杀手"就是装修的涂料。

原来这涂料里掺杂了一种叫作坦兰型鹦类原料,其挥发出的毒性,在门窗紧闭的屋子里积郁着,人在屋子里待久了,轻则可能恶心、呕吐、浑身不适,重则还会导致抽搐,甚至于昏迷不醒。

怪不得,他本人这段日子也总感觉头重脚轻地不舒服,原本以为新婚不久可能太劳累了,却没想到是赏心悦目的墙面涂料暗藏杀机。

在妻子出院回家之后,他又雇了几位民工,把涂料全给狠狠地铲除了。

那次,到一位朋友家做客。老爸做房地产生意早就发了的他,自己的居室装修得却极为简单、简朴。除了几件家具很有些价值之外,其他的都相当普通。倒是墙上那几幅名画,还是很稀罕的。

"是不是把钱都藏起来了?"我们免不了插科打诨。

他倒挺实在地说:我时兴轻装修、重装饰的理念。装修太华丽,隐患也多,麻烦连连,而且不是质量有问题,就是有可能被劣质建材所包围。你知道吗,连那种天然石材,有的都可能散发出致命的放射性物质,那不是待在卧室里,而是站在险象环生的马路上了!

卧室,是人们身心最为放松的住处;倘若,连卧室也让人缺乏安全感,那么,还会有什么地方才真正让人心灵安宁、神清气爽呢?

如此看来,关键是我们自己不能引"狼"入室呵!

戈壁滩上的真相

无垠的戈壁,渺无人迹。它雄浑如同大海,广阔而又高深,它神奇又似沙漠,扑朔而又迷离。

与戈壁滩无数次的亲密的接触,戈壁滩的神秘时不时地出现,又时不时地被破解,这是一场场知识和智力的游戏,又是一次次心灵的猎奇似的欢愉。

大漠孤烟

小时候就读过这首著名的诗:"单车欲问边,属国过居延。征蓬出汗塞,归雁入胡天。大漠孤烟直,长河落日圆。萧关逢候骑,都护在燕然。"

但当时念念有词,多半是囫囵吞枣,不解词义的。及至有了一定理解能力了,还不能真正完全准确地把握了这诗的真实含义。

也许大漠无风,草烟也好,孤烟也罢,那烟雾必然就直直地飘向天空,虽然不如火箭那般昂首,至少也是具有舍我其谁,所向披靡的气概吧。

有一日,在茫茫戈壁行驶时,也真的撞见了这一幕。这真是一个奇观,远远的,一篷烟雾笔一样的坚挺,冉冉上升,它不像常见的烟雾一样,或者蘑菇云似的腾飞,或者随风蓬勃飘散。它直立着,仿佛是一个幽灵,心无旁骛地引体向上,它的线条是刚劲的,也许走近了细瞧,还是看得出它的边沿的模糊和柔和,看得透它的身子骨的透明和脆弱,但这股烟是别样的,村庄里的袅袅炊烟与它毫不相像,山野里的篝火孤烟,也与它无缘。它旁若无人地甚至带些孤傲地直线上升着,你的心、你的目光也被它拉成一条直线了,眼睁睁地盯视着它,带着无限的惊讶,带着神秘的念想,也带着莫名的困惑。

这就是王维笔下的大漠孤烟直吗?毫无疑问,就是它了,会让诗人遐思缅想,凝注成了这万古流芳的华章。就是它了,曾令我们这些后辈多少想象猜测,在脑海里无数次勾画了它的模样。

很想走近了观察。可司机说,这至少离我们有十多里路,何况这砾石遍布的戈壁荒漠,也根本没有路。

只得作罢。同行的相机都急吼吼地伸长了脖子一探究竟,镜头就像咬住了那大漠孤烟。而我一眼不眨地久久地观察着它、探究着它。我不知这应该荒无人烟的地方,哪来的烟,而这烟又奇了怪了,像一棵青杨树干一样挺直。

车渐行渐远,直至孤烟已离开了我们的视野,我们还在做各种猜想。

还没有找到答案。不几日,又见到了这同样的情景。一样的一缕青烟,一样的腾飞直立。所不同的是,当我们的车快速移动,我们的视角发生变化时,那一缕孤烟,竟像滴墨入水,迅速稀释,慢慢翻滚着,淡化,飘飘绕绕的,已不成形了。

我们都看得傻傻的了,目光片刻不离那缕烟云,直到烟云悉数散去,我们的目力也显疲累衰竭。

这回,对《使至塞上》这首诗,感受更加真切了。想到那种戈壁奇景,也愈加感叹,王维的生动描绘,实在是巧夺天工。

但这烟来自何处?还是一个没有破解的谜。

直到有一天,一位当地朋友告之,那哪里是火燃的烟呢?那是龙卷风,卷起了戈壁滩上的尘沙,尘烟在风力的促和与推举下,抱成一长条,直向天空飘飞。

原来是龙卷风创造的奇迹。

这戈壁滩上的龙卷风,它更像一位诗人,这绮丽甚至可谓千古绝唱的诗句,只能出自于它的手中。

那确实是戈壁荒漠上的瑰美的奇迹。

移动的山丘

从叶城到和田的315国道,两侧大都是戈壁荒漠。

三个小时的车程,有时难免枯燥乏味。新疆的公路大抵如此,景与景之间,常常都是一长段的路,车行半日,不算稀罕。这两年多来,我习惯于卧在车座里上微博,即兴写诗或写《我明言》。累了,打个盹,有时还会打开音响,学唱几首歌曲。窗外的景色确实单调了,沙土、砾石、红柳、骆驼刺……眼睛最是喜新厌旧的感官,对看到的事物,常常表现出不可抑制的倦态和疲累来。

尽管如此,窗外的景物永远是最吸引车上座客的。

好多次来回,我对叶城到和田的这段公路及其两侧的景物,也熟谙许多。我的大脑沟回,也深深地把它们记忆着了。

但有一天,我忽然发现有着天山白云的那一片土丘,明显平矮了许多,我再往喀喇昆仑山那边张望,那一侧的土丘似乎又明显高耸了,我一时莫名惊慌,这种情景不亚于大卫的巨型魔术?他在众目睽睽之下,把一架波音飞机搬离了位置。

我这么一说,我的同伴也都有所感觉了,他们的表情也是惊愕万分的。

我们夸张地怀疑莫非到了魔鬼之城。巴楚、克拉玛依那些所谓的魔鬼之城,与这相比就是小巫见大巫了。那鬼斧神工的大自然的造化,虽然奇特,但这经历了多少万年的演变,而这两侧土丘的变迁,大约不会超过半年。时间的长短,有时就是衡量奇迹创造的一个重要标志。

我们说不出所以然,临时聘用的乌鲁木齐的司机也无法说出个究竟。这是夏天的正午,戈壁滩上阳光灼烫,我只能暂时闭闭眼,不去面对这一时猜不透的现实。

过了没几日,我们的车队又一次经过这段公路。司机是喀什当地汉子。我们一提起这个让我们如同丈二和尚摸不着头脑的问题,他就笑了。他说这是很简单的事呢,是风的杰作。春天,南疆容易起风暴,风暴就会带动沙尘,沙随风漂移。前一阵子,风由北向南,就把这北边的沙土吹刮了不少到南边了。这山丘其实都是沙堆积的,款款轻飘,风一吹,就被鼓动飘扬起来,很自然地集聚到了那边山丘。那边山丘自然显得壮大了。

这一说,自然很快让我们想到了沙漠。在沙漠沙上的移动更是容易发生。在沙漠我们能够司空见惯,而在戈壁却一时思维滞涩,显然,我们一开始就把两侧的沙丘视为凝固的山峦了,也就疏忽了风的力量。

有时,一个小小的迷惑,就会迷蒙了我们的眼睛,引我们走向了错误。戈壁滩又着实给我们上了一课。

白杨树的叶片

在新疆,戈壁滩上不管是高速公路还是乡村小道两旁,白杨树,是令人过目难忘的。它笔直、挺立,像一根根桅杆高耸而又密集,迎着风沙和烈日,不弯腰屈膝,像一个真汉子一样的坚毅。

它常常让我浮想联翩,让我深有感触。

我曾写过一首诗:喀什的白杨树,世代都是军人。寒光如剑,只当是千年的风声,冰封大地,正好展露坚贞。偌大的疆土,流行着笔挺的风度。在张骞哒哒的马蹄声中,一步步走到今生。我在深夜穿越它的队列,听见自己的心音,浅唱低吟。一棵树就是一根旗杆。它们原是高扬着我一个真汉子的梦。

新疆一位音乐人还拿去谱曲演唱。有点意味。

常在戈壁滩上穿行,有时也会眼花缭乱。在阳光下的白杨树叶会显示非凡的生动来。无风,但满树银光闪闪,以为是树林上缀满了银白的花朵,一眼望去,这花朵璀璨夺目、形状各异,朦胧中,倍感粲然鲜活。也心生喟叹,怎么平时并没注意到这些呢?白杨树居然也拥有如此浓烈明亮的花卉。

几次缄然着观赏、惊叹,那疑问也自然愈积愈深。

真有点傻傻愣愣了,是惊呆于这番奇景艳色。

某一日便在车上脱口而出了。还是那位当地司机,他笑了:那不是花朵,那是阳光的照射。脑子忽然从混沌中醒来,连忙仔细留意。渐渐地,心中豁朗了。

喀什路旁的白杨树叶确实像缀满了银色的花朵,并确实随视角的变化而变化。摘了一片树叶细瞧,再注视着阳光下的白杨树叶,明白无误了:阳光照射在树叶的深色的光面,就闪耀出一片银光,变幻了角度,光亮也改变了模样。而树叶的另一面,是浅色的毛糙的面底,对光不产生折射,倒也宠辱不惊,保持着自己的本色,也甘愿只作衬托的绿叶。

阳光与树叶合谋,制造了这片神奇。

我懵懵懂懂好久。很多时候,不是痴傻,只是听任感觉自行漂流。其实,再怎么聪慧的人,要保持时刻的清醒,都是很难的。旁人的提醒,有时真是一字如金呀!

今夏的一场沙尘暴

九月,应该是夏天的尾巴了,在新疆喀什,我遭遇了平生第一次沙尘暴。

早晨起来,发觉窗外灰蒙蒙的,以为是阴雨天气。可这里干旱少雨呀。再定睛一看,若有若无的沙尘在空中飘浮,绵密而不易察觉。从宿舍到食堂,仅几十米路程,沙尘雾一般地缠绕,稍稍呼吸一下,就感觉尘土一下子吸进了鼻腔,赶紧用手掌捂住,呼吸极其不畅,走路也走得趔趔趄趄的。一个维吾尔族大学生说:沙尘暴来了。

哦,是沙尘暴来了!是啊,一整天,天空昏黄一片。远处的建筑都隐没在茫茫的沙尘之中,迷迷蒙蒙,混混沌沌。在室外行走,嗅到的也是尘土味儿。我也是临时抱佛脚,发了个短信给家人:给我带上几个大口罩,这里的沙尘暴实在厉害!殊不知,这实在是远水解不了近渴的蠢办法,等到大口罩真的从上海捎来了,这一阵沙尘暴也许早就无影无踪了。

逃也似的回到宿舍,这才想起早上出门忘了关闭门窗,赶紧想亡羊补牢,却见门窗早已关得严严实实了,密不透风。很快明白这是训练有素的招待所服务员所为了,心生一丝感动。这一份细致,应该也是难能可贵的了。

手机短信显示,这两天都是浮尘天气。上网一查,才知道这浮尘天气也是等级分明。沙尘天气一般分为浮尘、扬尘、沙尘暴和强沙尘暴,这取决于当时的风速和能见度的高低。无风,或者平均风速小于每秒30米，水平能见度低于10公里的话，就定义为浮尘天气。这么说来，今天遇上的还不算是沙尘暴了？即使不算沙尘暴，但这沙尘弥漫，连强劲的阳光都显得苍白无力，呈现白色或淡黄色，令浮尘也看似黄沙一般了。这已让人够呛的了。

翌日再读《喀什日报》，头版分明又报道说："喀什今遇强沙尘暴。"这就又顿生迷惑。或许偌大的喀什地区，也包括高原山脉，有的地方确实是沙尘席卷肆虐，在今夏施展了一场沙尘暴的淫威。倘若真是这样，这喀什的人民生活也实在不易，要知道，这种天气，在喀什一年，至少就达到100天以上。况且，夏末秋初根本不是沙尘暴的季节，此次出现，也不是时候吧。难怪一位老领导发来短信，笑曰："这场沙尘暴，好像是冲着你们来的吧。"我们这批上海人刚进疆，老天就给我们来了一个下马威，还真的让人经受考验。

我对沙尘暴还颇为好奇。于是带了一个相机到街上溜达。川流不息的解放南路上，我留心数了数，驶过的电动车，十来个人中，仅三四人戴着口罩，有两位坐在电动车上的妇人蒙着面纱，大多数人若无其事。有几个维族兄弟，显然刚从饭馆里出来，在街上信步悠然，谈笑风生。我在一边已被沙尘围攻的受不了了，却见这几位仁兄这般模样，真不知作何感想，最惊愕的是招待所的保安，坐在室外的椅上看书，也是神情淡然！

这一幕，同样也给了我心灵的震撼：我知道，这尘土、细沙，即使飘浮在空中，也是对人体直接有害的，喀什人不是无知，而是对恶劣的自然环境的一种乐观豁达、随遇而安的精神！

沙尘暴并不可怕，可怕的是心里滋生的那份恐惧。

数日后，太阳高悬，天空亮堂了许多。上午，有几粒豆大的雨珠打在了身上，今夏这场沙尘暴，渐渐远去了。

黑夜里的透亮

我们在事业、生计上的奔波,主要仰仗于阳光庇护下的白昼,那是时空的平台,成就诸多希望的平台。然而,我还是感恩于黑夜,黑夜睡眠前的那短暂的时光。

那会儿,灯光已全然褪去,寂静又悄然出现,我却睁开我的眼睛,眼前先是一片漆黑,渐渐地,夜光迷蒙之中,有些物什也影影绰绰起来。虽然是模糊一片,心里却十分的透亮。白天也未如此有过的透亮。白天的言行,甚至于自己曾有过的稍纵即逝的感觉,都在心幕清晰的再现。特别是那些比较重大的决策甚或可能隐藏着的某些危机的事物,就会凸现出来,就会发生短暂的更加冷静的思辨。就会发现白日的很多作为,哪些是经得起黑夜的敲打的,而哪些在黑夜过后必须迅速予以调整和修改的。仔细想来,这些年来之所以在纷繁之中尚未铸成什么大错,很重要的原因,就是黑夜里睁了一会儿眼睛,既明晰了信念,也及时修正了错讹。

有一个在房地产市场颇有建树的老板,白日劳顿,晚上竟和我有一样的习惯。熄了灯,也不急于倒头便睡。在黑夜里愣愣地睁一会儿眼睛。有一回,忽然就想到了白天谈判时的一个细节,冒出了一身冷汗。原来,从一家土地开发公司接一块土地,什么都谈好了,还签了意向协议,却忘了询问核实,那块地政府是什么时候批租的。土地使用期限究竟是多少年,这批得早一年,就是自己损失多一年。怎么就疏忽了这至为关键的内容呢?他一激灵,赶忙在床边摸索出一本本子来,飞快地记下几个大字。这可是万万不可疏漏的呵!

也想起一位曾经身居要职的朋友。也很想在任期内做出点业绩来。白天忙得不亦乐乎,应接不暇。各类请示或报告,也是毫不迟疑,迅即拍板的。却糊里糊涂答应部下不要什么抵押就同意担保,让一大笔款子被借来贷去,血本无归,成就了一桩蹩脚的诈骗案。倘若这位仁兄,也能在黑夜之中,冷静地反思一天的言行,是否也会及时遏制此类事件的发生呢?

不可否认,这是一个忙碌的时代。忙于酬酢,忙于生计,忙于排得满满的日程和突如其来的应急或呼叫。也许,在喧闹的白天,我们实在缺乏足够的思考和冷静。但黑夜总是如期而至。我们何不在黑夜里眸一会儿眼睛,将白日的酒精甚或脂粉的刺激,人情甚或虚荣的包裹全都摒弃了,借助黑夜的给予的透亮的眼神,作一番深刻的审视呢?

白天是纷繁喧闹、浮躁不安的,幸亏有黑夜的过滤和沉淀,那翌日的晨曦显得更加的清朗!

向自己道歉

我想停下来,等待自己。

这么多年,每天,每时每刻,我都像出膛的子弹,要么在枪膛一级战备,要么就在出征途中,要么就在目标地拼搏刺杀。

我正被拼搏的外衣裹挟着。此生不搏,更待何时,这句话一直像一把火,在我的心里燃烧。我像加注了无限动力一般,像一个装上了永动机的陀螺,不停地旋转着。几近疯狂,故被称为"工作狂人"。我乐在其中,我忘却了自我,我乐此不疲,不知自己是谁了。我就为了眼前的事物,全身心地时刻准备着,全身心地扑向目标,套用一句姜文的电影名:让子弹飞。呵呵,此时此刻,我才觉得这个名字起得真是美妙无比。

远方,有一个完美的标杆,我想飞快地逾越。我想完美。我想坚不可摧。我想无所不能。我想,我应该是上帝派来的一个完人。当然,上帝只是一种代名词,你说造物主,你说老天、上苍,都可以。我只是想完美无缺,让每一个人都赞赏,都欢迎,即便是小人,也会终有被我感化的一天,为我喝彩。

我把时间安排得十分紧张。我把睡眠浓缩到了不能再短的时限。我闭眼之前,也满脑子的工作事儿,起了床就琢磨今天的活儿。而有限的睡眠被我折腾得黑白颠倒,梦里梦外,思绪不断。

这是无法回避的现实。一连数月半载,我失眠连连,即便吃了"安神"片粒,我也无法"安神",脑子兴奋得睡意全无,白天的事儿在脑海里扑腾,浑身疲惫,身心完全分离。

我不贪杯,三十岁前还不太沾酒。后来我豪兴大发,为了公务,也为了友情,当然也为了彰显豪气,大杯喝酒,一口满杯。今晚喝了,明天继续,替领导喝,也替部下喝。敬领导,也敬部下。来者不拒,还主动挑战。工农兵学商,领导说喝,就喝,喝高了,还喝。喝出了一批新天地,结识了一批好男儿。喝得忘了自己曾有过的胃窦炎、胃溃疡、胃糜烂、十二指肠溃疡。喝得周身热血沸腾,工作斗志日益高涨。

我把责任都挑在自己肩上。为工作,为单位,殚精竭虑。我把幼时"不创作,毋宁死"的信仰都抛之脑后了,我把三十岁前养成积淀的艺术慧眼,都视之为前进的障碍物了。

我把自己的苦难,埋藏在心里,从不向人述说。我不需要同情,也不希望心绪灰色地飘展。我要将苦涩,融化在自己的血液和骨髓里,凝成一种特质,锻造自己的意志和品质。

我把修养作为一生的冶炼,让苦难来得更猛烈些吧。

我没错。我至今不悔。我别无怨艾。

但我今天要停一下步子,我想等等自己,并要向自己真诚地说一声道歉!

那一天,只是偶尔,我打开了电脑,被别人在电脑设置的一段背景音乐,所深深感动。音乐似水流淌,漫过我的身心,我突然轻盈无比。有人说,人轻就能上天堂,人轻就能见上帝。我还没轻到这一个地步,但我感觉见到自己心中的上帝了。我听到上帝的一声轻微的叹息:你怎么把这么好的音乐都忘记了呢?我确信听到了这一声叹息。我也觉得自己的身子跟着心灵震颤了一下。像打了一个喷嚏,迅即而猛烈。跟着,我听到自己在说,我是不是迷失了自己?

我迷失了自己。有好一阵子,而且是我人生的韶华。这种迷失虽然是不必追责,不必后悔和怨艾的。但会给自己的人生造成缺憾。

一个机器人,人家是无关乎它的情感感受的。一个工作狂,即便给予你一点语言的安慰,也只是浮光掠影,滋生不出多少暖融融的春意。

机器人可以没有,但你却不能疏忽这些。你关注自己的身心需求了吗?

我们不是唯物主义吗?怎么对精神追求一直不竭余力,而对真正的物质,身心部分却藐视多多呢?只愿意把更多的时间花费在具体事务上,而对心灵按摩的需求,却觉得是一种奢侈。捧读书本少,倾听音乐也几乎停止了,创作于我而言,是一种忘却烦恼、让心灵轻松度假的好选择,在什么时候,也疏远了呢?

修养,说穿了,就是整治自己。把自己整治得痛苦不断,也该让身心作一些愉悦地憩息和调整吧。

还有你的肢体,你的五脏六腑,你的心血管,你的神经脉络,你的肌肤皮毛……

难道,它作为你付出了这么多,这么久,你连一声谢谢,一声道歉的话都不该说吗?

我的身心总不是麻木的吧。

我的身心已帮助了我好多。魁伟的身躯,还要顶着我的姓名抑或笔名一路昂扬下去。

而且,百年之后,我的姓名和笔名或许还像灵魂一样时不时地飞扬着。而我的身心必然已化为尘土,人世不再,无处可寻。

我无法不正视自己了!

向你道歉,我自己!

从此我要懂得你的存在,你的意义,你的非凡。我要珍惜你,关心你,呵护你。每天,哪怕拿出一点点时间,来关照你。

你的饱满、精神和轻快,都是我幸福和大踏步前进不可或缺的力量。

向自己道歉!让自己活得更加真实和人性!

也许只见一面

我在微博上即兴写了一首诗《也许只见一面》，有作曲者主动谱曲，并发来小样，请我审定。是女声版的，旋律还算优美，也与我写的词比较吻合，我便回复认可了。作曲是二度创作，我向来比较宽容。

这歌在圈内还渐渐流传开来，都说蛮好听，蛮有意思的。有一位素不相识的男歌手私信我，很想演绎这首歌，他还想带着这首歌，参加全国校园歌手大赛。我略一思忖，与作曲者沟通了几句，也爽快允诺了。

我忙于本职工作，有段时间把这一事给淡忘了。就听说这男歌手竟凭借这首歌，在大赛中得了一个奖。我为这首歌高兴，也为男歌手高兴，作曲者来电了，也听说了此事，可这歌手也不报个讯息，似乎有些不礼貌了。工作一忙碌，我渐渐也把这件事抛诸脑后了。

有一个周末，一拨外地朋友来沪一聚，《也许只见一面》的作曲者，那个初次见面的小老头来了，还有几个陌生的朋友。都是文学音乐迷，就把聚会活动搞成了一场朗诵演唱会。

气氛正酣时，一位毛头小伙子敲门而入，是在座其中一位的好友。他向大家致歉来晚了，刚赶了一个演出场子过来的，他自报家门是年轻的歌手，还唱过我的歌《也许只见一面》。哦，就是这小伙子，我微笑地向他点了点头，还向他介绍了作曲者。他们也是初次相见。

既然是歌手，又是姗姗来迟，那就得以歌代罚了。

小伙子的好友提了建议，大家也声声叫好，小伙子喘息未定，便站在客厅中央,清清嗓子,准备开唱。"唱什么呢?"他忽然发问。有人笑说,随便唱什么吧,只要你拿手的。他顿了顿,抬眼看了我一眼,说:"我就唱老师的《也许只见一面》吧。"大家又一阵喝彩,我也频频颔首,我还未听过小伙子唱这首歌。

"目光与目光对接,也许只是一个瞬间……就算是此生只见一面,我给你我的春风我的笑脸……"

小伙子嗓音醇厚,吐字也很清晰,身心投入的表演,令在座的人都聚精会神。我作为作词者自然更为在意,听着,听着,我觉得不太对劲了。这首歌本是写路人之间的偶遇,虽只见一面,但美好的善意的情感,都留于人间,这寄托着我对现实由衷的期盼,而非男女之意。但这小伙子演绎成一首爱情歌曲了,虽然深情缠绵,但把这歌词唱歪了,把这歌的本意曲解了。我心里顿时别扭许多。我瞥了瞥那个作曲的小老头,他也微皱着眉,眼神里流露出一丝遗憾。也许,还有一丝对小伙子的不满。

小伙子唱毕,四周掌声响起,我还未说话,那位小老头就站起身来,言辞不无严厉:"你完全唱错了!这不像我的曲,也更不像我的词!小伙子,你心里只揣着你自己,只揣着爱情吧!"

场面一下子紧张起来,小伙子也尴尬地站立在那儿,不知所措。

大家的目光都渐渐集中于我的脸上。

我深知现在太多这样年轻的歌手,他们未谙世事,也不知真正的艺术,只是跟着感觉走。

我淡淡地说了一句:"小伙子嗓音不错,但艺术,要静得下心,好好磨砺!"说完,微笑着看了一下小伙子、小老头,还有大家。

气氛缓和了,又一位朋友自告奋勇登台亮唱了,是毫无争议的俄罗斯名歌《莫斯科郊外的晚上》,把大家血管里的血都唱沸腾了!

临走时,我微笑着向小伙子告别。小伙子握着我的手,说:"老师,我知道自己做得很不好,但您怎么还这样宽容我?"

我笑着点了点他的脑门:"回去再好好悟悟那首歌吧。"

"目光与目光对接,也许只是一个瞬间……请留下你的柔情你的怀念……"

惊险一幕

还未到大年三十,鞭炮声就时不时地在城市上空炸响。这也勾起了多年未聚的几位老友相会后的又一个话题。他们已届知天命之年,对这一惊一乍的玩意儿,早已不感兴趣,竟都提及这爆竹伤人的一幕幕。

老伍说,他们弄口有个小孩,一不小心把点燃的鞭炮扔到他妈的腿上,被他老爸一顿猛揍。

刘六说,去年春节,他二哥买了几个"二脚踢",有一个直蹿到十五层的窗户里,人家一家子都在吃年夜饭,都被炸懵。

老孙说,大年初五,单位都要安排人值班,放鞭炮,我点着火线后,鞭炮被风一吹,竟横倒在地,我想去扶起来,却见火线嗞嗞叫着,已来不及了,鞭炮直向头儿那边冲去,头儿被吓蒙了,一屁股坐在地上。

我说,你们说的都是别人的故事,我说说我自己的。众人都有些将信将疑。

我说,那年大年三十,我买了上千元的鞭炮,在吃完年夜饭后,在小区的一个空地上,我母亲、我儿子、我家人和亲朋好友都在,轰轰烈烈,闹腾了一番,喜庆了一番。临到最后一个焰火"大蛋糕",却哑火了。凑近一看,是导火线短了,湿了。我于是把导火线从纸包里脱显出来,用手扶挡着,让人点火。点火的是司机,他拿起打火机就点,点火的一瞬间,这焰火就在我手掌上炸开了,灼烫,极痛。火星还溅到我的眉毛上,一绺眉毛迅即烧焦了。此刻,我心里想这左手一定完了,赶紧去医院。手掌是火辣辣地疼,手心里焦糊了。

到邻近的医院急诊,医生看了一眼我的手掌,就让我打开自来水冲洗,自己又忙别的病人去了,再催他,他竟说,你还是换一家医院吧。

我气不打一处来,赶紧叫车去了一家有烧伤科的医院,一进门,人家医生一看,还没等我挂号,就给我消毒上药,包扎,娴熟从容,我感觉这手有救了,悬了半天的心,归位了。

就这呀,不算什么惊险呀!老友眼里似乎都是这样的神情。我笑了笑,继续说,包扎完手,付了钱,我刚出诊疗室门,几个扛着摄像机的记者就奔过来,直问我是不是被鞭炮炸了。我一瞧,这是来抢新闻的电视台记者呀,忙说:"我不是鞭炮炸的,里面有。"随即撇开他们就上车开溜了。

当天半夜,我就见电视新闻报道了好几位被鞭炮炸伤的新闻人物,我差点上榜!

这真惊险,好惊险!老友们的目光都流露出完全的信服。

巴楚烤骆驼

一个巨大的烤炉,当地人叫馕炕,像一个口小肚子大的放大了几十倍的瓷缸,灰土色的,昂然而又黙然地雕塑一般地矗立着,肖然不动,却是冷面热心。一部起重机,黄绿相间,长臂高悬,铁绳和铁钩垂直而下,正中炉心,绷得紧紧的,如临大敌。

这馕炕上漆写着七个红色大字:"巴楚烧烤美名扬",上面还飞舞着一行同一含义的维吾尔文字。这起重机上则标有"神力重工"字样,标签上则注明,起重10吨。

有几位维吾尔族汉子在忙碌,一个系着白衣兜的壮汉还摆着桌椅,在招待食客,一个桌上还堆着烤好的羊肉,羊肉少有人问津。也许都在觊觎着正火热之中的烤骆驼吧。

这是上午十一时许,我见到的一幕:巴楚金湖杨岛的一个空地上,一头是烤骆驼的现场,大半是另外的烧烤美食和临时停车场。游客几乎都还没进园,我和我的同行是第一拨游客,进入园内,视线就被馕炕和吊车所牵引。

这架势不是没见过,喀什高台民居前的平地上,一只巨大的馕炕也常年挺立在那儿。但今天的气象有所不同,我也将有机会目睹,烤骆驼从这馕炕中被起吊的过程。

听说所烤骆驼约一小时前就置于炉中。骆驼大小如何,何种神情相貌,都无缘亲见。但有人告诉我们,这骆驼就与那边两只相差不多。于是就发现几十米开外,两只高大健实的骆驼正站立着,神情似乎是安详的。它们是否亲眼所见自己的同类甚或亲骆驼,遭受杀戮,并被送进烤炉的那一幕呢?它们如果见到,又是作何感觉呢?而此刻这烤炉里火烧火燎的,又正是它们的亲骆驼,它们是浑然不觉还是麻木不仁呢?我的想法也许真是可笑,一个高级动物对低级动物无端的猜度。

宰杀骆驼据说是很残忍的,我没有撞见过。但试想一下,面对以长刀为主要工具的宰杀行为,这活生生的骆驼会不痛苦之至,绝望之极吗?

还好,我没见到这一幕。不幸的骆驼已在馕炕之中了。

正午,秋日的阳光依然热辣。站在阳光中等待观望烤熟的骆驼出炉。先还有几分耐心,渐渐的,心情也跟着烦躁起来。

有人抬出了两只鼓,又有人拿出了一支唢呐。敲鼓的双手挥动,鼓点是有章法和韵味的节奏,敲得人情绪高昂;而唢呐声声,也令人身心激荡。在这兴奋之中,等待之心愈加迫切。

一个戴小白帽的维吾尔族老人先自跳起舞来,他身材瘦小,面带微笑,旁若无人地跳,仿佛自得其乐。踩着鼓点,愈跳愈欢,像一个停不下的陀螺。跳的应该是刀郎舞了,巴楚也是刀郎木卡姆的故乡了。有个大妈走上前摘下他的白帽子,塞进一张纸币,又有人在他的帽檐下塞了一张纸币。他仍然兀自旋转着,双腿配合双臂跳动着,面容一直微笑着。

游客流水般涌来,很快里三层外三层地围观着。我从最里面逃了出来,因为阳光太烈,脸庞发热。一站就是大半个小时,双腿也显疲软了。

在一辆面包车前站立,车身的阴影下显得凉快了。车内坐着有了一定年纪的维吾尔族老汉们,都戴朵帕,衣冠整洁,胸前还佩戴着奖章,大约是一批先进劳模,他们坐在车里足够安静,目光却关注着大馕炕。就像坐在剧场的包厢里一样。

我询问身旁一同站着的维吾尔族男子(模样似当地人),这里面的骆驼大约有多重,他迟疑了一会儿,说有500公斤重(后经翌日网上报道,说是350公斤)。这真令人惊讶,如此庞然大物,最后究竟是何模样呢?

刚才系着白衣兜的维吾尔族汉子踩着梯子,爬上了馕炕顶部,掀开覆盖着的铁皮一角,向里张望了一会。然后大声叫嚷了几句,我们却猜不透其意。有人说可能在叫吊车司机,骆驼快熟了,司机不知哪去了。又有人笑说司机在哪儿打瞌睡呢!我发现他是朝着展示馆呼唤的,感觉他是叫唤那些正参加美食节开幕式的宾客们:快来快来。这边骆驼快好了。同行也都赞成这一说法。

如此又是近半小时,馕炕前头已簇拥了不少人。但还不见任何动静。

那舞者老汉跳了这么久,还坚持跳着。站在炕顶的老汉也不停地叫唤着。有一会,两腿还都踩在那铁皮上。我们真担心他会一脚踩下去,跌落馕炕,那后果真是不堪设想。

我们还担心,那边人迟迟不来,这边久久不起吊,这骆驼会不会烤过头了。

巴楚烧烤堪称特色,不过如果烤焦糊了,那味道也一定异样了吧。

忽然听到一阵掌声和笑声。还以为是起吊了,却见起重机的驾驶舱里仍空无一人,那位老汉一手扶着铁钩,一手提着长棍,也无动作。原来是舞者老人累了,一屁股坐在了地上。这老人也够健朗了,这段时间我们站着腿都酸了,他一阵又一阵地狂跳,简直就像一个年轻人,不,比年轻人更强健。

他坐不久,又随着唢呐的吹奏和鼓点欢舞起来。他的欢舞似乎就喻示着,这众人期待的一刻即将到来。

今天的英雄之一,就是他了。

还有一位英雄,就是那位站得最高的老汉了,他是烤肉的,但更像一个大型祭祀的主持人,众目聚集之中,一举一动都牵动人心。他偶尔掀起铁皮一角,望馕炕里探望。我们的目光仿佛也跟着他,投注到那馕炕里了。

那边终于骚动了。一大拨人群浪潮一样涌来。该是开幕活动已结束了。

这边,壮汉和另一位年轻人将两三张覆盖炕口的铁皮彻底掀起了。不知什么时候,起重机的司机已入座了。壮汉一声呼唤,吊臂终于启动了。

铁钩冉冉上升,骆驼缓缓出炕。很快,烤熟的骆驼被悬在了半空。它头尾倒置,四肢被紧绑在一个铁架上,它的模样已然大变。它的变化已超出我们的想象。刚才我们还在猜想,它的形态,它的色彩,它的大小。一位同行说,瘦死的骆驼比马大。那么,这烤熟的骆驼呢?

这是骆驼吗?皮色已黑中带黄。身子已萎缩了,几乎就像一只羊了。当然,烤好的全羊更小了。

有一股焦煳味直入鼻腔,这烤骆驼真烤焦了?

那一刻突然心里一凛,对这骆驼竟生怜悯。嘴里则喃喃,自己是不会吃的,也不想吃的。不是因为它被烤焦,而是它作为一个生物,清早还鲜活生动,现在就只是美味佳肴了。心有不适。

我转身离开了,后面的刀起刀落,已不忍细读。

人群渐渐散去。我坐在不远处的一张餐桌边,与县领导们一块品尝其他美食。

很快有人端来一盘烤肉,已切成一小块了。金黄色的皮,红白相间的肉。他们说这就是烤骆驼,一定要尝尝。

我是在几番盛情之下,才抓取了一小片肉块。我将它塞进嘴里,咀嚼着。老实说,这肉鲜嫩入味,还真不赖。

紧挨我一坐的巴楚县委何书记告知我,这骆驼烤了约四个小时,再烤一会更好,愈烤愈好吃。而且烤的,绝对要比锅煮的好吃。

几位同桌的正在津津有味地品尝着,而我方才刹那的怜悯和感觉,也不知飘落到哪去了。

"踩"玉若梦

这条河有一个很诱人的名字：玉龙喀什河。喀什，在维吾尔语言中就寓意着玉石汇集的地方。长龙一般的河，蜿蜒伸展，也把人们的梦想引向缓缓流水，直至无限远近。

和田，也是雨水稀罕之地。北临世界第二大沙漠，塔克拉玛干沙漠。风沙时常遮天蔽日，迷蒙了几多岁月。但每逢夏日，莽莽昆山，在阳光的逼视下，积雪消融，冰川裂解，洪水一路奔突，玉砾与冰块共舞，齐齐汇入玉龙喀什河，经过千百万乃至上亿年的打磨，顽石也必然开窍。晶莹纯白的羊脂玉脱颖而出，一茬茬地洗就，将和田也衬托得光彩夺目。一个地区因为玉石而闻名，和田应该是独占鳌头的。

和田多少人趋之若鹜。玉龙喀什河，在阳光下也闪耀着耀眼而又神奇的色彩。"踩"玉也成为玉龙喀什河独特的一景。

河流朝天敞开了胸怀。大多数时候，它流淌缓慢，闲庭信步似的，对灼热的阳光，一点也不畏惧。河床宽阔，也随时接纳怀揣着梦想的人们。当年疯狂开采的情景似乎还在水中映像。但此一时，彼一时，捡拾成为合法，合情，也合理的唯一采玉方式。

还有"踩"玉。据说真正上好的羊脂玉都在沙砾和流水之中。用肉眼是难以察觉的。你看这一拨又一拨的寻玉者，弯腰俯瞰，虔诚前行，却总是与温润莹莹的玉石无缘。缘，在目光的追索中，更在脚底灵性的踩踏中。传说，和田早先不乏踩玉的高手。他们用脚在河流里"踩"摸，好玉石逃不出他们的脚心。于是后人也纷纷效仿，"踩"玉若梦,梦中往往惊喜连连,醒后则空空如也,也令人失落不已。

还是有人会去"踩玉",虽然注定一无所获,但在这奇梦异想中身心轻盈,遐思翩然,就是一种享受和收获了。

于是人来人往,玉龙喀什河最不缺的就是寻玉者的足履了。当然大多数的还是以捡为主。也拣到几块纯白的石头,却不是和田玉,只能说是名副其实的和田石。也有人拾到了一大摞的奇石,也令人眼睛一亮。那些纹理和形状,也是自然的造化,倘若不经历河水千百万年的洗磨,断然不会出落得如此别致的。

但至今还没听到欣喜若狂的喊叫。和田玉是奇迹,却并非人人都能创造奇迹。也许,真的"踩"到玉石,也许你也会小心谨慎,不敢过于张扬的。要不,凭借"见者有份",你的获得就会不得不被瓜分了。闷声发大财,在中国还是颇有道理的。

即便如此,那些从万里之外而来的上了年纪的人,也饶有兴致,孜孜不倦地在河滩埋首逡巡。他们不放弃梦想的权利,他们的梦想即使成空,也无伤大雅呀!

我将自己从来置身于这踩玉梦之外。一方面,我不愿肌肤的色彩因此而愈加沉着;另一方面,我明白自己与羊脂玉的缘,无从谈起。

我就坐在车里,远远地观望着。这些不乏寻玉梦的人,有一种执著和念想,值得去推究,同时,我也捧书而读,我骨子里已相信:"书中自有字如玉"的。

我不会嘲讽,更不会妒忌。我只是在旁观之中寻找到比玉更令我怜爱的一种善意的讥诮,一种美好的祈愿,一种天地如此静美的感喟。

我会为拾得一枚奇石的朋友赞美不已,也会把玩一块白石,摩挲不止。

我还在踩玉梦中品咂,当年的裸女"踩"玉的情景和奥秘。在皎洁的月光下,一群群少女,赤裸地入水,用纤小的足踝探玉。这踩踏仿佛音乐与舞蹈,美轮美奂,令人叹为观止。月光,玉石和美女,构成了大自然的一幅绝美的国画,真的宛若在梦中。乃天上仙境。至于裸女因此踩得的玉,更是让人心驰神往。被秋月照揽,被裸女亲抚,被圣水浸浴,如此之玉石堪称稀世珍宝了。

  只是梦毕竟是梦。"踩"玉真能踩出一个亿万富翁,玉龙喀什河早就被踩踏得不成样子了。

  就当"踩"玉是一种游览,一种情趣,在"踩"玉中,感悟玉的品质,玉的神韵,也怀揣一种气定神闲的修炼。

  至于,在那里躺着的玉石,究竟落入谁手,这就不足挂齿了。

戈壁深处有人家

一

我是在初春三月,去踏访这一处古村落的。此时,杏花已爆出嫩芽。喀什的天空,总是氤氲着浮尘,轻云淡烟似的,梦幻一般,缭绕不尽。

从喀什驱车一个多小时,到达水波不兴,浩渺静幽的英吉沙水库。又从水库再出发,穿越英吉沙县城和若干乡镇,在镇上的十字路口,人、畜、车挤挤挨挨,一周一次的巴扎节,让这里格外喧闹,我们的行进有所黏滞。但拐向一条盐碱土路,即便颠簸不止,但车子仍像一个顽皮而带有蛮力的少年,欢快地向前飞奔。

这一路只见戈壁,苍茫无垠。泛白的盐碱,一如大海的涟漪,目光所及,随时可见。连戈壁滩的俊儿——岌岌草和骆驼刺,也偶见身影,孤苦伶仃的,似乎是无奈地守护着这片不毛之地。

当地引导的车辆先停下了。跟着下车。眺望远方,才依稀看见远处的土坡上,有一片低矮的屋子。灰扑落拓的,粗看就像一排土墩。大约,这就是早已耳闻的古村落了。这也是我们这一行的目的地了。

走近这一高地,却发现影影绰绰的,像是有人。仔细再瞧,果真是人。活生生的,是一个扎着头巾的老妇人。还有一个小不点儿。再走近,又见到好几位,原来这都是土坯房,还住着人。

这土坯房据说也有半个世纪的历史了,裸露的土块都是就地取材,用的是取之不尽的盐碱土。多少年的风雨,已让这土墙坚如磐石。

几棵沙枣树,在庭院挺立。虽枯枝无叶,但树杈虬曲苍劲,也在无声地诠释着生命的沧桑。

同样沧桑的还有老妇人的瘦削的脸。里屋赤脚走出的男主人,也是黝黑精瘦,岁月在他脸上刻下了深深的印记。

二

男主人78岁了。他生有9个孩子,有2个已经夭折。

我们参观他们的居室。一个偌大的客厅,一角置放着一张土炕。土炕是他们休憩吃饭的地方。晒干了的芦苇秆铺了一地,一个年轻的妇人,埋首在编织着,一张芦席已大半成形。

蓦然抬头,见那梁上竟结着一只燕巢,再定睛留神,五、六只燕巢一字排开,别有洞天,安静而温暖。主人说,他们任它们在这里栖居,从不打扰它们。燕子们来去自由,寄人篱下,却绝无屈尊抑或压抑受辱之感呀。

一进里屋,就有一股凉意。比屋外略显凉快。主人说,这屋子冬暖夏凉。幽暗的土坯房,土炕占去一半,一堆被褥,闪烁着一种晶亮,蛰伏在土炕的一隅。火炉带锈的铁皮管,柱子式地顶天立地。除此之外,屋子里几无他物了。

从高高却狭小的窗口,透进一缕光线。在微弱的日光下,我瞥见对面墙上挂着一只包,是女式坤包,依稀是橘红色的,设计很新颖,装饰也很时尚,此刻,它就像一个高傲而宁静的公主,缄默着,淡然地注视着我们。它的主人应该是一个具有憧憬而且爱美的年轻女孩吧。

谜底并不难解。里屋还有一个小间,愈发的幽暗和静寂。一个女孩低着头,在轻轻摇动着一个竹篮似的东西,聚精会神,又充满温情。这原来是主人的小女儿,那竹篮其实是摇篮,里面躺着她刚满月的孩子。按照当地的习俗,女孩坐月子,是要回娘家的。那婴儿的气息,让这屋子显得生动活泛起来。

把心爱的坤包挂起,为的是把自己更多的爱乳汁一样,滋养这心肝宝贝。这是女孩一种母爱的选择吧。

三

东边数十米处,还有一个土坡,也聚住着十多户人家。56岁的他倚靠着一截土墙,一副很清闲的样子,与我们交谈着。他的衣裳陈旧,也沾满了土灰。瘦高个,胡子拉碴的,比实际年龄显得苍老一些。他光着脚丫子,踩在地上,陷在虚土里。说话时,时不时搓着脚。

他的20多岁的儿子也一样瘦高,但他只会说:阿Kan两个字。意思是哥哥。这让我想起台湾电视剧里那个叫哥哥的傻小子。乡书记小耿在一旁说,他就是一个傻子。他爸妈近亲结婚生下了他。

依提尔江还算健谈。他说他待在这儿,也有30多年了。小时候曾搬出去住过,后来还是回来了,还是这里住得习惯了。

我说乡镇的交通、生活毕竟方便多了呀。他说,"那边太吵闹,烦心,这边安静,安闲,想干什么就干什么,省心多了。"

那羊肉和菜蔬哪去买呢?他说每周赶一次巴扎。今天就是乡里的巴扎节。不过没去。一般每周吃一公斤羊肉。

他说他曾经生有8个孩子,死了5个,活着3个。

他去过叶城、莎车,也到过喀什市,但从未走出过喀什。我问他,听说过上海吗?他点点头,说知道,但不知道究竟是个什么地方。

他家有电视机。上面也派人来为他们安装了收看系统。但这里采用太阳能制电,功率很微弱,以提供照明为主。灯光也闪烁不定。要看电视,就得放弃照明。所以,电视机多半就是一种摆设了。

但他养了十多头羊,几头牛,日子过得还不错。那些羊们、牛们像这里的居民一样悠闲,在村子里自由晃荡。

说话间,三匹黑马旁若无人地,从我们身边穿过,踢踏起一阵轻尘,扬尘朝我们扑来……

四

井,是村庄的眼。生命的泉眼。又像是树根的年轮,也是最富内涵的诗眼。

全村就仅这一口老井,位于村庄的心脏。据说有六十多年了,终年不竭,水溢井沿。一村所有的人,所有的牲畜,饮用的,都是这口井里的水。

井口直径不到三尺。井深也不过三米见底。井水是清澈净洁的。我掬了一口品咂,凉爽微甜,喻为甘泉,不算过分。

这里所有的水洼湿地,水都是又咸又涩的。经常饮用,就会因碘多,生一种俗称大脖子的病。现在,谁都不会喝这种水了。不过,我的同行发现有一户人家,还在用这盐碱土熬制盐巴。于是困惑顿生,是经济拮据,食盐不够吃吗?

乡干部说,不是的。他们在烤馕时,用这盐巴涂抹一些在馕坑周壁,可以粘住馕饼。

井是至高无上的。全村的人对这口井,也像维护自己的眼睛一样,维护着它。

它是全村最整洁之处。砌筑了围栏。围栏设施是钢铸的,是村里最坚固的设施了。

这只眼睛,从来都是晶亮晶亮的,也昼夜注视着村庄,仰望着天空。

五

虽然在戈壁深处,这片不足一平方公里的土地上,却有着与周遭不一般的神奇和灵气。

几大片湿地天然形成,芦苇丛生,积水如潭。据说这水是地底下的盐碱水汇集而成。多少年潜滋暗长,出落成一个个宁静的处子。水碧绿清澈,有细长的野鲤鱼洄游自如。

这是一个奇迹。也就是这片土地水草丰茂,胡杨、柳树与沙枣树,散落在村头屋前,依然随季节而变化,蓬勃着,生存着。

我站在高地上俯瞰,那阡陌田埂上,白鹅成群,或欢快地奔跑,或凫游水面。那一片祥和里,浸透着诗情画意。

大自然,赐予这里的人们,一块世外桃源。

是的,我心里视之为一片净土,一个这世上已难以寻觅的世外桃源。

即便,这里还有诸多不便,与时代太多脱节,有些愚昧,也会令人皱眉。

但居住这里的人们,心是安定的,生活是清闲的。随行的派出所所长告知说,这里从未发生过什么治安事件,连家庭纠纷,似乎也未有所闻。

他们也许并不富足。以青杨树的树干肩起的一根长长的电线,因为发电机年久失修,也已废弃。穿越村庄的感觉,也显得孤单而且落寞。

他们与当下很远。

但与现实愈近,难道不是愈浮躁,愈聒噪,也愈烦恼困惑吗?

每个人自有自己的活法。世界也绚丽多彩。也许只有找到自己心有所依的地方,才是人的最温暖的故乡,心灵的最实在的天堂。

不远处,一片宽阔的空地,上面一溜土堆,已盐碱深重。这是古村落真正的遗址了。上千年来,人们世代居住在这里,即使戈壁依然是戈壁,他们的根也在这里。

这是再时尚的诱惑,也都是难以转变的。

告别村落时,我与那个五、六岁的小不点儿合影,他腼腆着,舌唇舔弄着脏兮兮的小手,而他脸上流淌着的是快乐的笑意。

我敢肯定,这是世界上最为纯净的笑脸。

距　离

下车时,导游再三提醒,你们别靠太近了,天鹅会飞走的。

我和游客们兴奋地扑向湖边,但很快一车人几乎不自觉地形成了一个扇形,向赛里木湖边缓缓走去。

初秋的赛里木湖一片静谧湛蓝,蓝天白云和远处隐隐约约的冰川雪峰,让这片天地宛若童话世界。七八个黑点,在湖畔一溜排开,像井然有序的省略号。那是天鹅在湖边优雅地栖息。

愈来愈近了。小小的一个个黑点已显出一个个婀娜多姿的形态来了。大家还在轻步挪近。

该停步了,我想,并且迅速抓起相机,拍了一个远景。这时,我看见镜头里有一个小黑点已站得更挺立了,翅膀也微微抬起来了。

我轻声唤道:别往前了,再走,天鹅要飞了。

只有边上几人朝我瞥了一眼。绝大多数人依然在往湖边走去。

又有两个黑点亮起了翅膀。这应该是明白无误的信号了,天鹅们已经开始警觉了。

我也急了,自己的脚步放得又轻又慢,仿佛在原地无声地踱步。但其他人还大兵压境似的,还在向天鹅逼近。

又有若干天鹅亮起了翅膀。有相机的咔嚓咔嚓声,也如炸雷一般声响。

这个距离已足够近了,我又低声唤道:"别再靠近了,别再靠近了。"我甚至伸出手臂,想拦住身边的几个游客,但他们乜斜了我一眼,躲开我,直往前去。

　　这时,先有两羽天鹅扑棱棱飞走了,又有几只,也稍稍迟疑了一下,也挥动翅膀,飞掠而去。很快,刚才在湖畔栖息的所有天鹅都远离了,差不多都立于粼粼清波上,又成为遥远的一个个黑点。

　　我想,在那些天鹅的眼里,散落的游客,此时也只是湖畔一个个失落的黑点了。

　　我无法精确地估算他们与天鹅的距离,但我知道,这些距离是必然存在的,就像我和这些游客,人和人之间,有时也存在不可回避的距离一样。

其实,是一种真相

我愈来愈喜欢"其实"这个词语。我的文章,包括我的诗行中,时不时会蹦跶出这个词来,让我的诗文或转折,或提升,或汩汩流淌,有了更广润更深沉更富有想象的内涵来。

其实(你看,我禁不住又用上了这个词),生活中有很多事物,是需要依仗"其实"来巧妙过渡,和谐衔接,以至于达到某一种境界的。随着阅历增多,有许多东西越来越看明白了,也放得下,舍得多了。一些真实的面相也随之回还了,清晰了,显得更重要了。我得用几则故事来佐证这一说法,一定会更加准确而又生动的。

还是初中时,那时午间休息。我随几位同学在操场闲逛。后来又一齐扒在一楼的窗户往里看。那是紧挨着门道的一个办公室,是体育老师的办公室,一位我素来尊敬的老教师,据说当年他是一位乒乓国手,现在年纪大了,整个大腹便便的模样。此时他直躺在办公桌上睡午觉。已记不清当时是否有呼噜声响起。我们其中一位同学冷不丁说了一句:"像头猪似的。"说完,我们便嘻嘻哈哈就离开了。没过多久,那老师腆着大肚子,摇摇晃晃地走近了我们,他径直走向我们,问道:"是谁这么说的。"他虽一脸严肃,但语气还是带着一点和气。后来,他又以长者的口吻说道:"我也不追究你们,但以后不要这样说,这是不对的。"而说此话的那位同学躲在人家背后,一付若无其事的样子。原本以为这事就过去了,谁料班主任老师在过道碰到我,扔了我一句:"你真的太不像样了。"我一愣,未及理解,也不容我分辩,老师已走了,扔给我一个冷冰冰的背影。我什么都没说,也无从述说,我此刻才知道,被冤枉原来是多么痛苦和伤悲的事!

其实,我要说,我从来不是一个出口不逊的孩子。

我不想辩解,不是我怯弱。而是,小时候有这样一种概念,如把同学说出来了,那我就是一个叛徒,是更被人鄙视的。其实,我是在委屈和被鄙视之间,选择了委屈。

其实,在那个青涩的年代。我也不算是纯净的孩子了。那年在工地学工劳动。我的脚后跟踩着了一根朝天的钉子了,鲜血直流。我被打了破伤风针,并被送回了家。虽走路一瘸一瘸的,但毕竟还可走动,闲不住,憋得慌,就叫了隔壁的一位同学A陪伴。又一起打了公用电话,想把另一位在工厂学工的同学叫回来。电话是那位同学的班主任老师接的,她追问找这位同学有什么事情,我们鬼使神差,竟说道:"他父亲工伤了,让他回家。"这事就有点闹大了。人家父亲好好的呢,这不是触人家霉头吗?同学气不过,料定是同学A使的招,就差点与他斗殴起来。A同学也不多解释,直到自己的父亲把他找回去,好好地教训了一顿。

真的,很抱歉,事情已过去了三十多年。我得说,其实,事情的始作俑者是我,与A同学真的无关。我也是浑浑噩噩撒了这么一个谎,原只想让同学捞一个假,一同玩耍,却不料惹出了这么大麻烦,冤枉你了,A同学。

此后,我与同学A也再无交往,至今,也毫无音讯。只是,我当年留给他的是年轻的创伤吧,那疤痕完全愈合了吗?我在他和他家人的心目中,是否已确定是一个坏孩子的印象呢?

小学念书那会儿,我也是一个班干部,记得是劳动委员。那时,全国都在宣传蓖麻子的功能,也都在大量种植蓖麻子。教室后面正巧有一片空地,老师就让我们去劳动,种植蓖麻。

我从家里拿了工具,一把精致的小锤子,还有其他物件。劳动贪玩,加上夜深了,累了,就回家了,后来发现丢了那把小锤子。那可是鞋匠出身的父亲的一件爱物呀。那一阵吓得就不敢吭声。父亲找不见,又没见到我拿,也无法怪罪我,就嘟囔了几句:"到哪里去了呢,这么好的一把工具?"我心虚,就不敢正瞅父亲的眼睛。这事一晃就二十多年过去了。直至父亲全身瘫痪,被切了气管,在床上躺了三年。我每每陪伴在他身边,就有想和他倾诉的欲望。那一天,我就告诉他:"还记得那把小锤子吧。爸爸,不好意思,我现在得承认,其实,是我弄丢的。我是在课余劳动时拿走了它。你能原谅我吗?"我是带着玩笑的口吻说的真相。父亲听明白了。他咧嘴笑了。我明白,父亲原谅我。忽然,父亲又无声地哭了,并引发了一阵剧烈的咳嗽。说了这真实,我一阵轻松。但随后,我又在父亲的眼泪和咳嗽中,感受到一种沉痛,无比强烈。是的,为何真实的话,要到了这样的时刻,才终于吐露。我给父亲带来的是轻松,还是刺激了他的烦恼?

其实,确实就是真相。不说,也一样。说了,似乎也如此。尤其是当岁月流逝,许多事情已成往事,已经丧失了还原真相的必要。因为它毕竟只是一个微不足道之人的生活琐事。但我还是要说,其实,说出来,就是一种直面人生和剖析自我的正直和勇敢。因为,路还要走下去,我要给自己也给别人一个警醒。

其实,你并非完人,但你有生活中的教训。你,不可放弃人格的完美。

第四辑

开往春天

哎,我们的少年日记

初冬一个寒冷的深夜,老同学 L 君夫妇忽然造访。他们眉头紧锁,眸子里有忧愁凝聚。我断定这对历来本分的夫妇遇上了什么麻烦事,否则不至于如此唐突地叩开我的房门。

他们从手提包里掏出一本笔记本,笔记本封面蛮精致的,是我喜爱的一种颜色:蓝色,相当纯净。我接过,里面是歪歪扭扭的字迹,已记了大半本。我有点纳闷。L 君赶忙叙说。说是这是刚念初二的儿子的日记,我们也是偶尔翻看的,发现他记得乱七八糟的,什么都有,特别是男女同学的事情,记得很详细,我们看了真为孩子担心,想来请教一番,你想想,我们那时怎么会有这么复杂而隐秘的情感,还用日记记着?

我认真翻阅了一会儿日记,心里头如释重负。孩子稚嫩而又真实的文字记录,虽谈不上是优美的散文或诗篇,可真是心里汩汩流出的清泉,那些透明、纯洁,一路奔腾,既有青春的欢乐,也有少年维特之忧伤,那些平凡的日子和事例,生动曼妙起来,让我恍若回到了自己的少年时代。这是少年鲜活而稚朴的心脏在跳动呵!多么难能可贵。

我也有一大摞日记本。可是我少年的日记本,都无法卒读。记得那些日记我还是偷偷地伏在窗台上写的,羞于被人发现。其实,那时的笔触是不敢提及自己的丝毫"私心杂念"的。虽然是偷偷记着的。但仍有一种期盼某一天会公开发表的强烈愿望,这并不奇怪。那时连篇累牍地报道的英雄,差不多和雷锋一样,都有自己的日记。这些日记都是一个模式,豪言壮语似的,表明这些英雄自小就有英雄本色,从来都是大公无私的。一位少年勇救落水孩童不幸捐躯,那些公开发表的日记完全是大人的口吻,大段大段为人民服务的铮铮誓言。又一位青年为保护国家财产壮烈牺牲,随后也有日记披露,每天的日记都准备着为共和国奋斗终生的雄心。那是一个英雄辈出的年代。英雄日记也是铺天盖地。

少年的心因此也受到感染甚至震撼。我和我们同学也开始记起了日记。第一天,我抄录了毛主席语录:下定决心,不怕牺牲,排除万难,去争取胜利!第二天,我记下了:××的事迹让我感动。我决心做一个好孩子,随时为保卫他人牺牲自己做好准备。第三天……我坚持不懈地记着,等待着某一天,我成为万众瞩目的英雄的时候,我的日记也会成为万人赞颂的佳作。

很遗憾,这一切没有发生。也很幸运,再长大一些,在被禁锢压抑了多年的文学百花园开始春光烂漫的时候,我们的青春的心弦被拨动了。突然发现世界是多少丰富,生活是那么美好,除了英雄之外,爱情、事业和为人,都闪烁着神奇的魅力。那些少年日记是太刻板、太抹杀人性的,几无一点真实的乐趣了!我的日记,开始有血有肉,生动丰满起来。一切个人的情感乃至隐秘也在日记得以袒露和栖居。青春的心灵是何等奔放!

日记终究泛黄。这并不可怕,只要是自己的心路历程的真实写照,再泛黄,内容和意义也不会褪色。但如果,这日记本身就是崎岖的,荒诞的,甚至是毫无真实可言的,那才是莫大悲哀!

L君,你说呢?

居室，有一种气息

有朋友到我陋室做客，才坐定，就鼻子有些夸张地使劲嗅了嗅，说：你家里有一种气息。是么？我也抽了抽有点过敏性鼻炎的鼻子。什么味儿也没有呀！

有的，肯定有的。朋友却很坚决。那眼睛像发现了什么似的，亮亮的，让人不容怀疑。

你知道，每个人的居室都会有一种气息的，一种独特的气息，因为只有这种气息，才会使你如鱼得水，神镇气定，身心得以最大限度地满足、适意和松弛。这也正是自家的感觉。

我也颇赞同这种见解。好比劳累的我，如果躺在别人家的床上，我准保睡不安稳；而栽在自家的床上，要不了几分钟，就可能鼾声大作，进入温柔之乡了。这种境况或许用气息来注解，显得更加美妙一些吧。

临走，朋友才告诉我：你的家有书香和兰花相裹的气息，很别致，也很高雅。

我理解这是朋友过誉。但满满一房间的书，随处可见的书刊，还有家人的那份亲情，我自感他道出的是一番真心。

这种气息既清晰，又迷离，时而游丝一般飘忽，若有若无；时而香雾似的浓郁，挥之不去。

出门至外，栖居宾馆，毕竟都是有星级的，那一份豪华和舒适，虽不及居家温馨，倒也差强人意。可有一回，随同学到他亲戚家借宿，那一夜,睡得真不是滋味。

这是一个相当干净,也颇为平常的居室。老两口倒也蛮热心的,送来茶水,送来床被。

被褥是拆洗过的,凑近了闻,还有一丝阳光的暖意和气息。

但这一晚,无法入眠。

总觉着这屋子里有一种气息,陌生的,浓浓的,压迫着我的鼻腔、喉管和心脏。我好困,脑子却十分警醒,是被那种说不出来的气息逼将出来的感觉。折腾了一个晚上,我昏昏沉沉,眼圈发黑,肩膀仿佛扛不住自己的脑袋似的,人萎靡了不少。

老两口很关切地问这问那。我发自内心地感谢他们的热情关照。可那怪模怪样依然引起了同学的关注。

他问我怎么了,是换了地方,睡不着吗?

我说,好像有一种味道,我有些受不了。

有味道吗?我怎么没有感觉到?朋友使劲嗅了嗅,鼻腔没有明显的收获,倒让眼神蒙上了一层迷惑。我有些过意不去。毕竟,这是他的亲戚家。哦,对了,小时候,他还乘暑假之便,在这里待过一个多月!

难怪,他闻不出,或者说,完全适应了这里的气息。

念小学的时候,有一个小伙伴,我们经常结伴上学校。通常,我起得比较早,背着书包,啃着大饼油条,就到他家催他了。

他起得似乎都很晚,穿衣、漱洗、吃早饭,我等了很长时间。

他们家一个大屋子,用一个大木板隔成了前后两间。家里兄弟姐妹好几个,大概我那时尚幼,似乎他们对我也不避讳。

总觉得那屋子里有一种味儿,跟自家完全不一样。怪怪的,涩涩的,裹卷着一种温热的气息。三十多年之后,那种气息宛若就在鼻子底下,却仍无法说清。

我只知道,他父亲是位知识分子,不苟言笑,母亲是一个十分淳朴的家庭妇女,家里人话儿不多。他的学习成绩一直在班里遥遥领先,蛮聪明的,可后来听说工作和个人生活却一直并不太顺利。

他是否也感觉到了家里的那份气息,抑或完全适应和融合了呢?

有一位发了财的朋友,精心装修了自己价值昂贵的别墅。

我也曾听说朋友对他的评论。大多颇有微词。

有一回,也因朋友相托,找他商量过一点事。他当时满口允诺,之后几次催促,未见结果。

曾到他府上去过。呆了不多久,就被一种气息刺激得喷嚏连连。借故逃也似的离开后,那气息仍是令人难耐。

后来,我曾和几位朋友仔细回忆他家里的布设,始终没找到什么异样,即便晃眼的金元宝四处点缀,摆得多了一些,似乎也不可能散发什么味道来。

我也在猜测,是否他自己身上的什么气息在屋子里弥漫开来,让我们熟识他的人,也有些忍受不住?

挺有意思的是,也就是这位伙计,前些日子碰上了麻烦,问题的起因,居然也是因为居室里的气息。

他老婆出国旅游回来,就发觉这别墅里的异样了,然后也不给这伙计任何面子。在他和几位兄弟搓麻将的当口,开始了震天动地的狮子吼。那一番斥骂,那泪汩流淌的眼泪,让大伙儿不由得不谴责这家伙忘恩负义,惹是生非的偷腥癖!

后来有人问他老婆,怎么一进屋就发觉了他曾拈花惹草的事呢?

他太太很得意:我自己家里的气息,我怎么不熟悉,你带一个人进来,和我的气息不对味,我立马就闻出个子丑卯寅来了,看他怎么隐藏和狡辩!

那种气息,竟然还有这么神奇的功能,看来,真应该很好研究一番了!

美宅，在水之湄

由于工作的关系，因为个人购房而找我的，可谓"三、六、九，天天有"。有的是希望办证快些，有的期盼打点折扣，也有的只是想通过介绍认识一下开发商，从而使购房的心理从容，而操作又便利些。

唯独她是例外。她是我孩提时代的邻居，一位温文尔雅、气质恬然的大学毕业生。

她找到我，说她走过不少小区，也去过很多房市，也还经常读一些房产广告，但她却一直不中意。住在闹市中心的她，渴望找到临近黄浦江畔的住宅。

"只要能看到江水就好了！"她说得很坚定。这一刻，我不能不信服她的独具慧眼。依山傍水，这自古至今就是人们神往之居处。山水总是能慰藉心灵、寄寓人情的。岂止文人墨客，大凡身心健康者，登高望水，都有"心旷神怡，其喜洋洋者矣"之感。这是热爱自然、亲近自然，也是在紧张的工作生活节奏中，放牧自己精神的良辰佳时。

到过香港，那里的住宅愈临近水，看水的视野愈宽阔，价格也就愈高，也更易受宠。温柔的维多利亚港湾展现出她特殊的魅力——魅力自然是昂贵的——见缝插针的楼群和建筑简直价值连城。

也到过浪漫的夏威夷，坦率地讲，那里的建筑并非世界第一流，也因为有海水的拥抱，那里的美轮美奂，也是任何城市无法比拟的。至于威尼斯水城所散发出的诱人气息，也时常拍击着我们的心灵。

上海，已经成为钢筋水泥筑成的森林。竞相向天空疯长的建筑鳞次栉比,挤挤挨挨。夸张些说,似乎来一阵飓风,我们就快挤成相片了。那温柔的水脉,似乎早就被疏忽了。

我们无法选择自然,然而我们也拥有黄浦江。这一条上海的母亲河养育了我们,她静静地流淌着,微微泛着波澜;她凝重而又安然,少有喧哗;她温柔地注视着上海的繁华变幻,却汩汩地向东依旧,她是上海的历史、上海的文化、上海城永远的骄傲。

记得小时候,每当夜深人静,江畔传来的几声汽笛,伴我入眠。那是一幅心底里永远抹不去的图画,何等恬静,何等温馨,何等完美。

这也许正是她,我,还有很多生于斯长于斯人们的心结?

太多太多的楼盘,在城市开发的新交响曲中忽然绽放;太多太多的楼盘打出"精品"旗号,鼓吹自己的创意;太多太多的楼盘标榜"天人合一",号称"浦江第一";太多太多的楼盘还在闹市中心、楼群森林中高昂着头颅,待价而沽……

很多很多的市民在这些楼盘中寻觅着,苦等着,或如获至宝,或大失所望。

他们唯独遗忘了母亲河——黄浦江,那悠悠流淌的江水。

这种旁若无"水","忘水之情",岂不是太让人遗憾了吗?

也许,黄浦江的水并不清澈如许,可她毕竟正在治理和关爱之中愈显澄静;

也许,黄浦江的水并不柔和驯良,可她终究只是在两岸的护卫之下来点小小的任性;

也许,黄浦江的水并不浩渺广阔,可她载动多少船只,用母亲的亲情滋润着远航游子的心。

当然,我并不是否定远离江水的楼盘,否定他们所拥有的阳光、绿地、豪宅以及种种新的概念和超值享受。云集在沪上的四面八方的开发商,正运用他们的智慧和实力,书写当代上海房地产的历史。

可我还是信服她的独具慧眼。

而且,在撰写这篇短文之前,我很高兴地获悉,在黄浦江畔的几家楼盘,开盘之初已门庭若市,而此刻,能够眺望江水的居室几乎售罄,尚未开盘的那些居室也成为"众望所归"。

看来,她的独具慧眼并不是曲高和寡。一个购房新视野正在上海逐渐展开,一个购房新观念正在人们心中融入。

楼不在靓,见"水"就佳。

美,在于发现呵!

凝望着窗外不远处闪烁着的两岸灯火和微微漾动着的一带江水,我想给正在寻觅新居家的朋友,来一点美丽的提醒。

又一个熟悉的春天

我从南方来到大西北,这算是跨过第三个年头了。而春天,将是迎来的第二春。

过了春节,重又踏上这块广袤的土地,眼前一片银白。大地银装素裹,表情严峻。而我竟然觉得这比想象的要暖和许多。晚上,外套也不穿严实了,袒露着毛衣裹着的肚腹,大踏步地健身。没感到南方的冷风湿雨如刀割。一会儿就走出微汗了,脚步又愈加自信起来。半个多小时,只发觉脸颊和双手冰凉冰凉,想这立春的时节,毕竟在大西北,还算温柔。

孰料,很快拉稀了。排除了其他因素,只能是敞着外衣,挺胸凸肚的结果。原来,一件毛衣抵御不住这份严寒的,毛衣已冷如冰霜,也不会吱声,而我的肚子更是事后诸葛,早些咕咕叫唤,或许就扭转这种狼狈的局面了。

现在知道,这冬是何等威风。它的淫威,早已没过了春的门槛。

冬天还赖着不走,春天不至于这般软弱无能吧。

在南方,我见过珍贵的雪,见了阳光就羞涩。而在大西北,我见到的厚实的雪,像男子汉一样默默无语,而阳光如此娇弱而又害羞!

我还是感到了春的气息。在乌鲁木齐,看见了一棵树,亭亭玉立着。虽枝桠上挂满白雪,但她摇曳着,仿佛送来一阵轻柔的微风。在喀什,东湖水面即便冰厚逾尺,还有人在冰面上行走和玩耍,但一侧流水淙淙,紧挨着的冰块已在慢慢融化之中,阳光充沛,穿透了尘雾,照耀在身上暖融融的。

春天是来了！

这又是一个熟悉的春。一个令人向往的春。一个充满生机勃勃的春。

绝大部分的春我都是在南方度过的。我对南方的春已是十分熟稔。而大西北的春，我也经历了一次，第二回再遇，也算是老朋友了。

我想起去年，也是这个时候，三月了，雪还在时不时地出现并降临于大地。我去戈壁探望树木。只有积雪皑皑，万物哪有复苏的痕迹！我颇觉郁闷。这在南方，早过了倒春寒，虽不到风和日丽的时候，风已开始柔了，雨也诗意氤氲，春的足音已橐橐响起。丰富的想象早已展开翅膀。水在绿，鸭先知暖了，树枝在抽芽，嫩绿的让人心软心疼。南方的春天，来得是时候呀。

而大西北春天还是如此冬景的模样。但失望也只是一闪而过。很快，我被这难得的春天里的冬景所震撼。除去茫茫无际的雪，所有的树木，傲然挺立着，它们像是列队的英雄，还在艰难地操练着，没有怨艾，等待着春天的检阅。

是的，无论是杏花还是沙枣花，它们含苞欲放还有待时日。并不粗壮，但颇显坚韧的树干和枝桠，不见怯弱萎靡，挑着纷乱的积雪，就像开了花一般。

眼前顿时生动起来。

这被冰封的湖面，晶莹剔透。仿佛也厚实坚固。但你凑近些，侧耳倾听，会听到一声声的冰裂之声，倏忽响起，向远方延伸。而冰面底下，还有一阵阵的咕嘟咕嘟的声响，显示冰正在苏醒。

冰裂之声，是北方的专利，南方，总是在无声的娇羞中，消融块垒。轰隆隆，分明是闪电在冰面下飘掠，向远方跳跃。我现在确信，冰裂之声是最初的春雷，水骨朵也是鲜花之先。春的跫音，就是破冰的韵节。

我不得不发出如此感叹！

随后，这个季节显现出我心中更多的期待。

春雪不止，开始我是迟疑的，弯下腰去堆雪人儿，是否有失身份？堆出了是否也会引发，如雪纷乱的猜度？一个孩子的目光，牵动了我，也牵回了我的童真，我把成人的矜持，抛给了寒冷，我堆起了童年，在围观人的眼睛里，一如再现了图腾，我离开时，那雪人儿眼泪汪汪，我感觉像幼时一样无奈，又像幼时一样心狠。

一片红柳，就是一片春天，满目的雪，是一只只蝴蝶。树梢已压弯了细腰，她也不会在诗句中呻吟不断。那其实是一片不谢的鲜花，戈壁的四季都蓬勃成了春天。弥漫的尘，掩盖不了她的风采。我从她身旁经过，为她在冷冽中的从容惊叹！

真是美好无比。

原来等待春的到来，远比见到春更令人心情激动和精神亢奋。

这个冬天，从江南到北国，漫长得仿佛就是全部人生，黑夜的城，亭亭玉立的树，冷冽中舞出了轻柔的风，像梦中的梵阿铃，并不陌生，原谅我，不知是该忧郁如诗，抑或雀跃放歌，来了，又走得匆匆，这是谁都熟悉的过程，但大地的冰封，绽开了花纹，若梦，闪亮缤纷，这一个早到的春，已不可阻挡地劫持了我，向着夏的炽热飞奔！

是的，来去匆匆，人生又有几多春天！但这每一个春走来，我们都应该满怀豪情和自信，与她拥抱，紧紧地，让周身也充满春的气息。

万物复苏。春风骀荡。

从立春、雨水、惊蛰、春分、清明、谷雨，春，走过的每一步，每一个影子，都是让人温馨难忘。真的，倘若有过忧郁，有过寒冽，甚至有过悲伤，春天总是让人怀恋的。

春天，熟悉的春天，我正伸开双臂，等待你的到来。

行走在天池的湖面上

不是张狂,不是拥有轻功,也非故弄玄虚。穿着中跟皮鞋的双足,是实实在在的与湖面接触,一百多斤的分量全都沉甸甸地投放于此。谜底很简单,这是寒冽的冬天,冰天雪地,天池被冰层覆盖,不见一丝碧波抑或涟漪。

这原先也是我未曾预料的。颇负盛名的天池我之前从未登临亲近。我曾经设想某一个夏日,蓝天白云的时候,我能够饱览天池景色。梦想归梦想,我久无实现。时间,非吾所能把持。夏日也许又是一个忙碌的季节,事务缠身,无法轻易解脱。梦想不断发酵,那种向往也就愈益强烈,仿佛天池有一种特殊的醇香,已侵入了我的鼻腔,刺激了我的神经。

也是巧合,那天在乌鲁木齐开会,会议报到后还有些时间。外省市的同行都又鸟一样欢快地飞出了笼子,有一位竟然驱车直奔天山,相会天池去了。我很纳闷,这样一个隆冬时节,上得了山吗,见得着天池吗?当地同行则告之,只要不封山,天池还是可以领略的。心忽就奇痒,赶紧嘱人备车,一路奔驰而去。那正是乌鲁木齐大雪深积的日子。雪让车轮迟钝,与我的心情很不和谐。好在司机何总善解人意,这一路开得还是蛮顺顺当当。有趣的是,这个生于斯长于斯的小伙子,冬天却从来未上过天山。他母亲阻拦,雪山路滑,怕出事情。这回,他完全为了友情舍命陪君子,路上,还拐到车行检测了一下车辆,车辆很健康,一切安好,就大踩油门,掠过两侧绵延的丘陵,忽略了雪中伫立的白杨、榆树,出了市区,抵达阜康市郊,雾蒙蒙的天气,忽然就清澈明净起来。

一上山,就有惊喜。天空一片湛蓝,太阳高悬,晴空耀眼。本担心山上甚冷,乌市此时零下24℃。却见巨大的LED显示屏打出的信息:零下6℃。不敢置信,以为出错了或是播映的某个片子的情景。定睛一看,真是这么一回事。踏出车门,一点也不冷,阳光下还有融融暖意。口罩、手套、帽子之类的,显然变得多余而累赘。

天池真的很美,冬季冰冻之美,晶莹剔透,与远处的雪山相辉映,让我久久凝视,身心轻盈。轻轻的,我就这样走来,走向天池湖面。先是小心翼翼地,之后,豪情大增,远甚于胆怯。走了几步,口中喃喃:行走在天池的湖面上。诗意而豪迈。偌大的湖面上,冰就是王者归来,用一种厚实和冷静雄性了这一片世界。冰冻二尺(大约60公分),连车都可以缓缓通行,何况血肉之躯?不过,也有一些用石块标注的区域,薄透而又脆弱,踩下去,说不定就成了一个窟窿。殊不知,天池最深处有100多米,掉进去,就与天池共岁月了。

这一天行走天池,那份喜悦和骄傲雾岚一般久久不散。即兴写了一首诗,也给自己许多感悟。谁说湖面不可行走呢?只要找准季节和时令,铁树也能开花,奇迹总会出现,难道不是吗?

人生的转场

我们总是惊叹生命的神奇，它诞生于无数的偶然之中，就像在苍茫而又混沌的天地之间的一道彩虹，一缕云线，你会诧异她从哪里而来，又会无限地沉迷于她的瑰丽风采。

在戈壁山峦，我也时常为那些柔弱温驯的羊群而感慨。它们在这里繁衍生息，它们给这片天地带来了鲜活。而这片天地也赐予了它们生命的琼浆和营养。我也时常冥思，在四季变幻，草木枯荣之中，羊们拥有什么样的生活秘诀，才能让它们在四季自如地穿行，与草木长久地亲近？这样的秘诀，一定蕴含着大自然与生命的神秘契合，也一定蕴含着生的本能与生的智慧。遥望山脉，山系绵延，色呈黑褐。我瞥见一缕细细长长的深色。在其中隐现，像一条忽有忽无的血管，又似一丝随意垂挂着的雨瀑，弯弯浅浅的，却没有停顿和阻遏。

羊道？人道？还是混合之道？在克州的冰川公园，我和余秋雨夫妇也曾几多猜测。最后确认那是人行羊迹。人行羊迹。也是一个更加富有诗意的称谓。

由人行羊迹，我又想到了一位新疆朋友写过的一本书，书中阐述的一些思绪，我还是认可的。如书中所说：转场是草原文明的文化遗产。如果没有转场，草原文明不会像今天一样形态化，地球上养育人类的草原等不到农耕和城市文明的来临。

在广袤的山峦草原上，这种源自农耕文明的家园意识被一种叫转场的生活方式演绎着。

草原上，由于海拔高度和地理位置的不同，形成不同草场间雨水、草类、草季的差异。牧民们遵循长期游牧的经验，按照气候的寒暖、地形的坡向、牧草的长势在一定区域内转季放牧，对牧场进行轮流利用和保护的做法，哈萨克人称为"阔什霍恩"，就是转场。

牧道，一定存在，它是生命得以兴旺的驿路，是逐水草而居写在山峦上的诗文。转场是生的必然，也是繁茂的必须。没有一块土地永远地花开草绿，也没有一片天空始终蓝天白云。

如此，人生的转场也不可避免，即便各类生灵，也莫不如此。雁南飞里就是这种动力的推拥。树挪死，人挪活，也不无这样的因子。一根筋地走到底，有时是值得击节赞叹的执著，有时是实不可取的愚钝。

转场是存活，更是寻求一种崭新鲜绿的出路。转场是生命之积极，是超越，是充满自信，是从一个胜利走向另一个胜利。转场与坚守并不相悖。相反，它是坚守一种生命的规律，进取的规律。在转场中，获取生命更多的希冀。

羊已做出榜样，万物之灵的人，还有太多的自以为是，自我圈禁，自我封闭是固守着一种陈腐的思想，对自己的转场无所思考，自然也无所作为。

职场的变迁，是一种转场；行进方位的调整，也是一种转场。转场只要无伤大雅，无害他人，只要有利社会，有益自己，就是无可厚非的。

此一时，彼一时，透出了几番无奈和残酷的现实，也应该是对转场的激励。此处不留人，自有留爷处，也展现了转场的豪迈和英气。

转场，只要适应规律，适合自己，就会转出一片新的天地。多少因为故步自封而失去机会的人，还对转场充满陌生或者恐惧，其实，他们已然丧失了创造生活的勇气。

奥运圣火炽热的日子里，我为国手们鼓掌，也在他们获得的掌声、奖牌和鲜花中思索，我也联想到了这深刻的人生转场。

我首先想到的是那些黯然神伤的失败者。他们这一次是失败了，奖牌与他们无缘，鲜花与掌声也与他们无缘。然而，这失败只是暂时的，也迅即成了过去式。也许，明天的世界杯，也许后天的锦标赛，也许四年之后的奥运会，他们会脱颖而出，光芒四射。或者他们执教了，转岗了，会在新的位置，英气勃发，收获成功。

转场，就有希望；转场，可以创造新的辉煌！我也想到了那些幸运儿。他们获得了殊荣，值得一生骄傲和自豪。但谁能拿着一块奖牌，从此荣耀不缺，掌声不断呢。偏巧我收到了一则友人的短信，说是以前奥运会金牌的获得者，有的转业，有的继续疆场驰骋等等，不一而足。

但也听说了有的当年的幸运儿，不再幸运。光环已经不在，落魄也时时出现。有的甚至埋怨自己从事体育的失误。

对此，我也不愿妄加评论。但我还是得说，他们中的有的人，也许对人生转场毫无意识，也许对人生转场缺乏把握，他们如今的境地，也许只有通过顽强，执拗的转场，才会有所改观。那么他们自己，还有曾经为他们鼓掌欢呼的我们，能否为他们再一次呐喊助威呢！

孤独的境界

孤独这个词,常人不会多说,贵人也不愿多说。我写下这个题目,也不是空穴来风。我想从人性、哲学、社会学等角度,有感而发,诠释自己对孤独境界的理解。

还是在九月中旬,我在喀什接待一批上海知名艺术家。他们即兴表演了几个拿手节目,我也不甘示弱,扯开嗓子,唱了两曲。其中就有我自己的那首《你还有多少童年的朋友》。在场的上海话剧中心一位老总,就把我演唱的这个画面,上传微博了。他还标注了一个题目,叫做一个援疆干部的孤独心声。我当即表示,这首歌与孤独无关,虽然歌词里也有孤独的字眼,但整首歌是对童年的怀恋和纯净的追求,是成年人的一种情怀。把它归类于孤独,那是一种误读。这位老总也挺利落,迅速就删改为一个援疆干部的深情告白。

前儿天,几位朋友小坐,新疆武警总队的一位大校问我,你有孤独感吗?我坦然地告诉他,有呀,有时还挺强烈。我明白他指的是创作上的孤独,而我也叙述了一连串有关孤独的几个观点。翌日早晨,我进一步展开思路,在微博上对孤独也舒放了一行行飞翔的文字。

昨有朋友问我,你有没有孤独感?我即兴写下一组有关孤独的文字,孤独是人不可避免的情绪感受。它与你的人生相伴相随,就像自己的影子,其实一直存在,只是你感觉时有时无。当你的心灵得不到期盼的呼应时,孤独就会占据你的心灵,它比失望更加深沉。

然而,孤独是具有不同内容、层次和境界的。不同的人用不同的内容和方式驱赶孤独,这也就造就了不同的人。

孤独的内容和境界是因人而异的,虽然皆属于精神层面,但因人的需求不一,人的境界及其所思不一,也就形成不同层次。

这也是一个悖论,也更加证明,孤独就是高贵的生命的附属。当一个人以不断的超越,包括超越别人和自己,以获取快乐,驱逐孤独,他愈有所得也就愈发会感到孤独。我想站在顶峰的人,是风光的,但也是最孤独的。

年少时我拜读法国小说《约翰克·利斯朵夫》,作者罗曼·罗兰在自序里的一段话,让我铭刻于心。他说他其实很孤独,他站在了文学的巅峰上,但许多人向他抛来有关人生、艺术乃至日常生活的形形色色的问题,他常常陷入旁人难以理解的深深的孤独之中,无法自拔。

今天想来,我似乎愈益理解了这一种孤独。这是一个大师的孤独,它属于他个人,又属于整个人类的精神探求。这样的孤独,常人不可比拟,庸人更难比肩。

青春的寂寞与这样的孤独也不可同日而语。有一位朋友,他常感寂寞。他说他心里老是空落落的,孤独尤甚。他自己以为是还没找到另一半的缘故。

某一天,他终于找着了他钟爱的女孩。有一阵,我再没听见他抱怨孤独寂苦了。然而好景不长,他很快又忧郁起来,向我几次诉说他心中的孤独。原来爱情并非是万能的。他的许多渴求和心结,爱情可能给他减少一些孤独的时间,却冲刷不了他内心的一些东西,有时,还会给他更深的孤独感。带给你最多快乐最大幸福的人,往往也会带给你最深沉的孤独。

人如果以麻醉自己的方法,来驱逐孤独,醒后则是更强烈的孤独。孤独有时也是一个分水岭,它让智慧者更智慧,愚蠢者更愚蠢。

孤独有时也是一种催化剂和显影剂,它让追求精神快乐的人,精神不断升华,显现出愈加的高尚。当孤独感强烈地向你袭来的时候,请你站稳了你的脚跟,安顿好自己的灵魂。

在强烈的孤独中,能够安稳住自己的心神,让心灵修篱种菊,找到清幽又不失悠扬之路,这正是优秀之人必备的要素。

没有人能知晓和包容你所有的孤独,但是最能知晓和包容你的人,就是你真正知心的人,也是你最可信赖的人。能遇到这样的人,也是你人生的幸福。

其实友情,爱情是能够消弭一些人的孤独感的。那些美好、坚强、丰富,生动而又真挚,并富有创造力的灵魂,是最可亲近的人,也是抵御孤独的有力保证。

不是靓丽英俊,也并非挥金如水之人,能够让你驱逐孤独。找到心灵丰沃的人,境界高尚的人,睿智而又务实的人,你的心灵可以有更多的契合和依靠,不断汲取营养,你的孤独就会发生变化。

孤独的变化,在于境界。当你的孤独走向了更高的境界,反刍当时的孤独,也就会咀嚼出别样的感悟。

一个有所作为的人,往往留一点孤独,给自己一个仰望天空,摄取灵感的心窗,学会在孤独中走路,也享受走路时的孤独。

我何必避讳孤独呢?就像众人都跌倒了,而其中一个率先爬起,面带微笑,自嘲几句,尔后又精神抖擞地向前走去,这样的人不算英雄,也是好汉一个呀。与孤独握手,然后让它随你行走!

一 棵 树

　　这一定不是巧合。在我的血脉里,在我的骨髓中,一棵树,早已发轫,并且潜滋暗长,已渗透了我的身心。我某一天发现,我对于一棵树的描述、寄寓和联想,竟然从幼年直至如今人到中年,每个时期均未间断。虽然有时笔墨的色泽不一,叙及的视角也各有不同。

　　这些诗文,不仅对某一个时期来说具有无可辩驳的特征和作用。即便现在读来,仍是感动着我,激励着我,情感充沛,意气风发。更有一股子青春豪气和人生经历之后的颖悟感喟。

　　树根。是树的灵魂。不显山露水,却缄默着这一个庞大的世界。这个世界的风光,都给了树干和枝叶。他埋藏留在地底之下,却捍卫和挺举着一种高贵的生命的尊严。

　　并不是喧闹的生命才最辉煌。天地之间还有一种无声的歌,紧扣大地的脉搏,在土被里震荡。

　　无疑,你曾经是被埋没者,可谁能说被埋没就一定意味着悲悯和无望?你显然又是丑陋的,但心灵的丑陋才是美的消亡!

　　如今,虬曲蓬乱的须发,沾满泥土的黑褐色的骨骼都被强行曝光,你更沉默了,绿色的沉甸甸的记忆和被肆虐的风暴折断的脊梁,在夕阳里,竟凝为一片悲怆!

　　你毕竟是大地的儿子。

　　当你终于从沉沦的痛苦中昂然自拔,勇敢而自信地接受艺术的整容,又有谁不惊叹你的仪态万方和刚强!

哦,正是因为你,我才深深懂得:作为人所应该具备的形象!

二十多岁。我也算是在一个青年工作岗位上,让青春飞扬着。

我是敏感和理性融于一身。青春舞台上的轻飘和浮躁之气,也让我嗅觉到了,并化为诗文,成为座右铭,及时警醒自己。这一篇短小的散文诗,当年发表在上海青年刊物的扉页上了,让许多同龄诵读并牢记了。一位长我二十岁的部队转业干部,在机关任要职,工作之余,就时常到我办公室,兴致盎然地背诵一遍,对此文的立意和意境夸赞有余。

就像青春一样,激情容易外露,而含蓄总欠不足,这首诗文的直露,还是一览无余的。

那年,我还创作了一首小诗,叫《岩松》。发表在了《解放日报》朝花文艺副刊上。

所有的日子,都痴立成一种美丽的渴望。面对迷乱如星群的时空,常绿着有韵的遐想,即使蔓草潜滋暗长。落日的句号沉甸甸的,无数次剥蚀执拗的视影。簇簇浓烈的孤傲,都绝不会,一片片碎裂。也许咬定了苍翠的岩芯,寂寞的山巅也不再寂寞。

也许比前一首稍显深沉了,那种铿锵锐气,还是剑光毕现。

时光荏苒。几多拼搏,几多感悟,几多春秋,几朵沉浮。事业的,感情的,健康的,家庭的和社会的种种细微的波动和跌宕的变迁,都是对人心的历练。

视线和思路又无数次转向了树木。那些沉默如金,风不止而不得清静的树木。

它们在城市、乡村无处不在。总能跳进我的眼帘,吻合我们的心境,成为我们各种心思和情绪的代言。

人过四十而不惑。从大都市一步跨入大戈壁,撞见大沙漠,树就越发显得伟岸和特别。

世事多变,人情冷暖,历史尘寰,茫茫大地,又留下了多少可歌可泣,顶天立地的事物。

一个北方女孩说,她三十多了,哪怕再晚,也要找到一个顶天立地的汉子,像树一样。

一个南方男孩说,我心中的偶像一个个都凋谢了,太经不起历史的炙烤。但那天我见到沙漠里的胡杨,我发现了自己真正的榜样,我甚感欣慰。

当榜样都如明艳的花朵,纷纷飘落。我还有你,伫立着,过一种顶天立地的生活。阴郁时,也仰望一下天空。风雨的戏弄,是为了放弃飞翔的幻想,催生沉着。一时的飘舞,是大智若愚。足下一步未挪,纵使弃于无尽的荒漠,也仪态万方,悠然地思索。学做一棵树,是一生的功课。长成一棵长明灯,闪亮的,是芳香和婆娑。

我某一日在大雪冰封的清寒凛冽之中,忽然瞥见了一棵树,我心忽地一热,感觉春天正向自己走来。

只是站在原地,风没让她欢舞。我走过,也走的是自己的路。在戈壁,她披一身的雪,让我想到了冰肌玉骨。不动声色,已摇落了一地孤独。天地很静,她更是宁静,在她边上,我加快了自己的心速。这个冷冽的季节,谁的歌,能触动心中的景物。放慢脚步,我回首一望,柔风恰好,惹她浅浅一笑。

所以,当一位素昧平生的小伙子问我,这世界什么值得你爱。我不假思索地回答,就从爱一棵树开始吧,迈出爱的无限绵长和深情款款的路,这一生就无惧孤独。

所以,当一位有志于在艺术舞台上独树一帜的朋友向我征询,下一步应该如何迈步。我殷切地告之,就打出一棵树的旗号吧,一棵树,就是一把利剑,他会在戈壁上闪亮,让艺术激情芬芳四溅!

于是就有了这一番遐思和期望:

找我长久站立的一处,朝着南方,种一棵树。不要高大茂密,也无需珍贵名木。就像我的身子,离群索居,抖落古沙漠万年的尘土。在我走了之后,支撑一片天地,凝结一个时代的孤独。从黎明到夜深,给看见过我的人,一种生命的感动。

谦让的美丽度

两个女孩，一对很要好的朋友，为了一套都十分心仪的房子，相互间产生了隔阂和哀怨。因为都是朋友公司里的两员干将，朋友为此焦虑不堪，找我倾诉。

我没什么锦囊妙计。这两位美眉都待字闺中，恐怕也正谈婚论嫁，房子自然是成家立业的重要前提。幸而她们看中的是同一套房子，倘若爱上的是同一个俊男儿，这事一定就更麻烦了。

我嘴上这么一说，脑海里蓦地就闪现出十多年前的一件往事。

那也是一对形影不离的好姐妹，一个叫慧，另一个叫芳。都留校任教同一个教研组里，连娴静优雅的性格都很相似，只是慧更漂亮些，肤色白如凝脂，那双丹凤眼格外迷人。芳则像个丑小鸭，细眼睛，黑皮肤，确无动人之处。

她们都跨过了三十岁这一个危险的门槛，可都当嫁未嫁。谁知道，没多久，她们竟会同时喜欢上了科里新调来的男教师。那教师身材颀长，鼻梁上架着一副当时还是很不俗的锈琅架眼镜，白面书生，倒真不逊于黎明、张学友等什么四大天王。俊男倩女，本就天造地设，慧自然很快与那男教师恋上了，那感情的炽烈度直线上升。而芳则若无其事，她把自己的爱恋一直隐藏在心房，仍和慧相处很和谐、很愉快。

这时，学校给教职员工分房子。据说这是最后一批福利分房，僧多粥少，大家都像挤末班车一样，争先恐后。那时候的上海，一套房可真是价值连城,金不换呵!

这对姐妹所在的教研室,除却几位已经养儿育女的老教师已有安排之外,仅有一套一室户的房间,要在她们两人中选择。

两位好朋友这回都真诚地谦让了。慧说你先拿,还可以尽快找个如意郎君呵!芳则坚决摇头,不行,不行,还是你拿着,快点入洞房,生个大胖儿子吧。

边上的人都被感动了,为这份弥足珍贵的真情。但房子都不要总是可惜,于是有人建议抓阄吧,这样大家心态也可平和些。

可两人也不愿抓阄。她们是真正地谦让,不忍任何言行伤害了两人之间的这份情感。最后,是校长拍板,要她们必须抓阄,以决定这套房屋的归属。

有人找来一只紫色的塑料袋。在笔记本里撕了两张纸片,一张纸上写了一行字,并扔进口袋里。这回,芳主动要求先摸,她怪模怪样地朝大伙儿笑笑,一副志在必得的神情。她把手伸进塑料袋,过一会儿,捏紧的拳头出来了。

她摊开了手掌。那纸团似乎被汗津津的手一直抓得紧紧的,竟有几份湿润和柔软。展开,那纸上是一片空白。

惋惜的神情和言语包裹了她,但迅即,又骤变为惊喜和祝贺,慧愣在了那儿,不用说,她抓到了。袋里的那个纸团也不用拿了。

当时在现场的我,对芳真的生出了一番怜悯。上帝分配为何就不能公正、均衡一些呢?

但这时,芳的脸仍然是宁静和优雅的。一份笑意在嘴角翘起,并伸出自己的手,向慧表示祝贺,而慧的神情似乎充满了愧疚,仿佛是拿了不应拿的什么东西,握着芳的手,有点不忍。

多么令人羡慕的一对好朋友!

那个秘密是在人走屋空的时候被发现的。有人在收缀办公室,随手拣起地上的那只紫色塑料袋,一个纸团居然滚落在地。那个纸团上居然也是空白!想起刚才芳的那副神态和笑意,才深悟那笑容中隐含着的机敏和诡秘。若干年后才知道,是芳做了手脚,事先把一张空白纸捏在手心,把抓到的那张悄悄藏了,玩了一个小魔术。

一时间,我们真的感觉芳是那么清澈、智慧和美丽,她是用她的真挚和率真,为好朋友送上一份由衷的祝福呵!

后来,芳也找到了如意郎君。那是一个隔壁学校的教师,长得挺帅,可谓一表人才。我们确信,那是一个很有眼力的小伙子。倘若小伙子获悉这段故事,他一定会为这种谦让之美赞叹。这至纯的谦让,是人性的光辉呵,因此让丑小鸭也焕发出由里及外的光彩和美丽!

遥望三仙洞

在喀什市北郊,有一个颇有名声的三仙洞,某一日空暇,萌生拜望之意,询问当地朋友,都说无法登临。愈是如此,愈是想一睹为快。

出了市郊十多公里,已进入柯尔克孜州阿图什境内,车子从314国道拐入了一条尘土飞扬的土路,不久就看到对面山崖陡峭平直,犹如人工修筑的防洪大堤,与我们遥遥相对。中间数百米低谷,是干涸的恰克玛古河床,自冰川融化的河水现已改道,但当年汩汩奔流的宣徽之声,似乎仍在耳畔。虽然此刻静寂无声,那种宽阔,空旷的天地,却有难以湮灭的记忆。

车已无奈熄火。因为这二十多米深的河谷,缺少通畅易行的坡道。我们干脆就止步了,在这山路的一头,隔谷遥望那一边的山脉。这是天山支脉,由西向东延展,而到了这一段,山舌一般的绵长,东端已平缓柔和,而中间部分则突兀耸峙,峭壁,如同刀削,这真令人甚为惊叹。自然的造化,总是创造出不可想象的奇迹。

经当地朋友遥指,才看见了三仙洞。它们在半山腰间,俨然三户门洞一样并排,感觉得出它们的幽深和庄严。如果没有任何特殊工具,是绝对无法登临进入的。朋友在文物局工作,他说曾经调用消防云梯攀入,但云梯也够不上它们的高度,只能悻悻而返。考古学家则是通过山梁上悬下绳索,缓缓下移,才得以进洞的。绝大多数的旅客自然是望洋兴叹了。

朋友说,当年修建未必如此,只因上千年的河水冲刷,这支脉才愈见陡峭和高峻。也意外地保护了这三个洞窟,增加了它们的威仪。他小时候曾在岩壁下往上攀援,借着山体的凹凸,成功进入了洞窟,而现在,则是难上加难了。

三仙洞里究竟有什么呢？还是顺道入洞的考古学家,揭开了谜底。三洞相连,各有前大后小两室,里边中洞唯后室尚存一尊坐佛,无头,佛身彩绘已然剥蚀。西洞不见实物。而东洞则令人眼界大开,坐佛栩栩如生,光环耀人,洞壁四周的佛画像,也足见功底。

这洞窟历来是佛家僧侣隐居修行,逃避世俗之处。佛画洞窟的开凿和构建,也是小乘佛教的一贯传统和特征。这三仙洞也无疑证实,上千年前,佛教之兴盛和影响甚远。玄奘西天取经时,也曾拜谒三洞。国内外一些旅游和考古学家,比如英国的斯坦因等,也曾在洞壁上留下了"到此一游"的印迹。

我自然无缘深入,但幸得朋友指点,也可想象出其中一两,至少不至于像清朝的一位叫苏尔德的官员,自欺欺人,未能如愿深访,却妄下"亦无甚异"的结论,贻笑大方。

我在数百米之外的山坡上遥望三仙洞,其实是向三仙洞行长久的注目礼,我是对历史文化的敬仰,也是对喀什这片天地的眷恋。

在这片土地上,还有多少奇迹,正在悠悠地发生呀……

那些令人难忘的事

那一晚,在喀什,在简陋的屋舍里,与喀什文化人一聚,这是令人难忘的,而我提议大家都说一件去年最难忘的事,每一位真情的叙述,同样令人难忘。

行伍出身的李小林开场就充满了悬念。他说有一晚他在QQ上收到一则短信,从短信中获悉是一位女性。她常读他作品,很是喜欢。后来他们开始了短信往来。她问他你当过兵吗?他回答是。"那你一定在帕米尔高原待过吧?"他说你怎么知道的呢?"你的作品里有不少生动的描述呀。"他想这是千真万确的。"那你现在好吗?我知道你模样不错的,又有才气,很仰慕你呢。"他笑而未答。有一晚与妻子谈起此事,妻子笑笑,也没生气。之后,又有几次短信回合,他也是不卑不亢。某一天,那女人竟提出想见他,约在一个宾馆里,他觉得挺离谱,便不再搭理她。他笑说自己以前在部队有力量,却无胆量,现在有一点年纪了,是有胆量,却没了力量。晚上又主动与妻子提及,妻子却笑得怪怪的。还与他说笑起来,那口吻竟与那陌生女子十分相近。他蓦然醒悟,盯视着自己的妻子,不容置疑地说,"原来是你在搞鬼呀!"妻子憋不住笑喷了,他恼羞地假打了她一下。

我们也都笑坏了,我提议大家敬他一杯,祝贺他经受了一次妻子的特殊考验。

长发凌乱、不修边幅的喀什市作协主席茹新风,最具有风流文人洒脱不羁的模样了,他说的一则亲历事,让我们对他有些刮目相看。

他说那次到深圳，主人盛情款待，他喝了不少酒，都昏昏沉沉了。离席到住处，依稀记得是一位建筑商搀扶着他，其他则酒后失忆了。但朦胧中醒来，忽然触碰到一个柔软光滑的身子，他一凛，睁眼细看，竟是一位裸着身子的妙龄女郎，他慌忙坐起，问道："你是谁？怎么进来的？"那女子嗲声嗲气地说，"我是你朋友安排的呀，他把钱都付了，你想怎么玩就怎么玩呀。"说着，就往他身体粘去。他一激灵，板起脸来，大声吼叫着："你给我出去，出去！"他把女人的乳罩、衣衫什么的，都向她扔去。那女人悻悻地出了门，他猛地关上房门，重重地吁了一口气。他说他担心门外就站着几位黑道上的人，等着逮他个现行，敲他竹杠呢！幸亏他酒后依旧保持了足够的清醒。

翌日他问了那位建筑商，那位老板一脸坏笑，听他说了过程，又直叫唤：遗憾，遗憾，太遗憾了！也许他是在疼惜那已付出的钱款吧！

《散文选刊·下半月》执行副主编黄艳秋也说得令人沉思。她说她老家在安徽，她有姐妹七个，只有她在北京。去年一位姐姐来投靠她，因为姐姐突然离婚了。在姐妹中，这位姐姐原本是她们眼中最幸福的一位，至少也是最富裕的一位，姐夫生意做得红火。但没想到，姐夫在外竟有一个情人，相处已达八年之久，还私生了一个孩子！这还是姐姐的儿子在姐夫的手机短信里最先发现的。这对姐姐犹如晴天霹雳。黄主编感叹说："你们在座的都是好男人，对家很珍惜。其实一家人在一起是最幸福的，如果不发生那些出轨的事。"

朱大珪先生的叙述最让我们感喟了。他今年75岁了，他说人必有一死，这个年龄总得想想自己的后事了。但他十分犯愁，就是一旦妻子也辞世了，他们如何合葬。因为他们夫妻很特殊，他是汉族人，而妻子是维吾尔族人。在喀什，这样的合葬不符合民俗。妻子信奉伊斯兰教，不会随他在汉墓合葬，而他要与妻子合葬在麻扎（维吾尔族语：坟墓），就必须皈依伊斯兰教，从现在开始，每天得做乃玛孜（礼拜），念古兰经,而他又确无这一信仰。倘若让他们夫妻俩分葬各处,他们也死不瞑目,他们是患难夫妻,当年他因文字遭祸,维吾尔族妻子对他不离不弃,倍加呵护。结婚四十多年来,他们从未红过一次脸。

那天,他从北京出差返回,在乌鲁木齐停留。在乌市经商的大儿子宴请父亲,还叫了几位朋友作陪。朱老先生就又提到了这件堵心的事了。没想到,儿子的几位维吾尔族朋友说,您老一点也不用担心,喀什那里民俗过重,不便安排,您和妻子百年后,我们在乌市给你们妥善安置!他闻言,顿时心头一亮,随之,老眼泪花迷蒙。这样一个老大难问题,在热心的年轻人那儿,就这么迎刃而解了。

曾任《喀什日报》总编的潘蒙忠先生是我的浦东老乡,也是一个颇重情义的爽快人,是一个孝子,虽然远离母亲,但总时时牵挂。他说某一日读蒋介石的日记,得悉蒋介石笃信算命,并曾在老家算了一次,说他的归宿是四面环水,果然,他兵败如山倒,退居并长眠在孤岛台湾了。潘先生于是也请人给自己的母亲算命,结果说她母亲可活到百岁。他也甚为相信,她母亲现年已九十有七了,生活在浦东,还常常口齿清晰地和他通电话。我于是建议共同举杯,祝愿她母亲健康长寿,寿比南山。

女作家花妮、建伟兄、李总等也都说了去年难忘的故事。最年轻的肖琳则以自己美丽的歌声,为我们的叙述画上了一个圆润的句号。

我一直被感动着,心潮难抑。多少难忘的事,已留存心底。而我们怀揣着美好的希冀和激情,正拥抱着已经到来的新的一年。那里的时光,必将还会闪烁着令人难忘的波澜壮阔和温暖深情!

开往春天

又到一年最为归心似箭的时候。遥远的那一端,温馨而又葳蕤的气息像绿草地一样的铺展,亲切而又熟稔,令人心驰神往。那是家乡与春天相偕等候着。

火车站,这本就与闹市一般喧哗的人气聚焦处,此刻更是摩肩接踵,水泄不通。只有在这个时候出入过火车站,并且期盼回家的人,才能感受这里的焦虑,心悸,烦忧和浓烈的思乡之情。一年思念的积聚,四季的情愫的释放,让这里奔腾不羁,就如同不同心情和面容的人,从四面八方汇聚而来,步履匆匆,并不停息,一江春水向东流。

一票难求,这是毋庸置疑的事实。对急于返乡的人们,无异于当头一棒。国家机器说是已全部启动,没有偷懒的了。票贩子也正被严重打击,秩序已大有好转。铁路部门对外宣称,狠抓内贼,倘若倒卖车票,一律开除公职。铁路部门可谓铁腕有力。火车站依然还是那般嘈杂,售票处愁眉苦脸者有之,脸色萎黄,疲惫不堪的也大有人在。拿到车票的,满脸喜悦,不逊于范进中举,也堪比彩票中奖。售票处是一个最鲜活的舞台,不必用聚光和追光,也把人的喜怒哀乐淋漓尽致地展现。那天忽然闻得大叫一声:有人裸奔了。一个五尺男儿,竟上身赤裸,仅一巴掌大的短裤遮羞。从售票处奔向车站广场。广场寒风凛冽,刺骨,数九寒天呀,他是真不要命了!他当然要命,他还要票子。两张车票。从这里始发,抵达他的家乡。他的妻子已有身孕。他们得回家。他排了五天的长队,有一次还是凌晨就候在售票处的,眼瞅着别人紧攥着一张张车票欢欣地离去，他几乎崩溃了。他决定裸奔。起先是一种行为失当的愤怒的宣泄，后来又转化为一种获取车票的极端路径，有点自羞取辱，却又博得了广泛的同情，他本来并不知道会奔向何处，这次裸奔未经设计也充满拙劣。但嬗变往往始于某些事物的聚焦，比如曝光。比如媒体竞相的不惜篇幅的披露。是的，不只是滞留于车站的人们瞪大了眼睛。无所不能的媒体也介入了。在到处都在大雪的时节，在冻雨半为景致半成灾的日子，裸奔男奔出了一条阳光大道。

铁路部门把他叫进了办公室。那里比铁路广场要温暖很多，更为令人惊喜的是，他获得了可谓梦寐以求，弥足珍贵的火车票了。那两张纸片，仿佛是上帝恩赐的礼物，通向家乡的路，像舞台一样，光芒炫目。这一天，我知悉了这一新闻，真不知是喜是悲，怔忡许久，慢慢地泪往心里渗透。

一批西部大学生志愿者也准备返回老家。拟定的回归日期一拖再拖。一拨民工终于盼来了春节的假期，托人再托人，还是不知何时是归期。季鸟的迁徙，看来不仅为自然的气候所牵引，还受制于售票处的冷热，这个世界，冰火两极，冷热无常，人在其中，不可不敬畏！

此时，我是坐着温暖舒适的空中客机驶向久别的家乡的。虽然因为飞机的油箱盖子受冻凝住了，航班延误了好久，但心无怨艾。一飞机的人也无甚指责。因为心情一直翩飞着，向着那个温馨的万里之地。只有当飞机着地，当我从媒体获知了裸奔男事件，心脏骤然收缩，一种说不出的情绪涌上心头。

在这样的日子，我还幸运地听到了另外的故事。那列火车，正驶向家乡。普通的绿色皮的列车，站站都停，给本已人满为患的列车，又倍添了烦乱。但我的一位朋友告诉我，他久已不坐这样的列车了。因为要到一个西北小县，又因为行程匆忙，无奈挤上了这班列车。并且，非常糟糕的是,还是一张站票。他说他就像20世纪八十年代还没出道一样,上了火车,就一头钻进了人家的硬座位底下,铺上几张报纸,什么都不管不顾,在铿锵有力的火车车轨声中,呼呼大睡了一场。他让我想起了当年的自己。也是从广州到上海,路途遥远。我也是第一次屈膝躬身,不知脏臭,在他人的屁股底下,躺了许久。我知道,我这么沉睡的一觉,醒来就是我的美丽的家乡了。这难熬的时间,也妊娠了期盼。朋友还讲到,他躺在座位下,正好可以瞥见对面座位的那一对年轻男女,他们一路依偎着,脸上充满了甜蜜的微笑。车厢里的一切纷杂,喧闹,似乎与他们都无关。他们沉浸在一片美好的梦幻之中。作为记者的他,最后下车前,禁不住和他们聊了几句。那原来是一对准备返回家乡结婚的男女。他们说他们苦恋多年,终成正果。远方的家人正等待着他们。那男孩还幽默地说了一句:"这列火车,对我来说,是开往春天的。"家乡,春节,又是新婚之喜,还有比这更春天的事物吗?我对朋友说,那男孩是个诗人呀!那是多么充满诗情画意的优美生动的语言啊!倘若不是内心抒发,是不会那么感人的。那年第一次到青岛,因为当时管理的缺失,大海边也是乱糟糟一片。就听到一个小伙子面朝大海,诗意般的说了一句:"青岛,青岛,青春之岛!"这一刻,让我心头一热。现在,我又耳闻了同样让人血脉贲张的诗句。我为不能亲眼见到这一对新人而深深遗憾。

　　但不用遗憾的是,我的心情因此愉悦起来。我十分留意那些节前忙得一塌糊涂的熟悉和并不熟悉的人,也到火车站、飞机场迎送客人。我发觉,人们大多是带着微笑的。因为,冬天已到,春天就在前面,那是一个万物复苏,生机盎然的季节!

第五辑

冬宫,拷问我的想象

普希金，我失礼了

我少时莫大的遗憾，就是未能与普希金生于同一年代，因为那就永远失去了和诗人饮酒论诗、促膝论文的机会。可以想见，这一次俄罗斯之行，我对拜谒普希金故居是多么憧憬。很遗憾，这一次还是被搞砸了。

在莫斯科，我已在普希金与其娇妻的双人雕塑前，无限虔诚地留了影。凝望着凝固的普希金，他那音乐一般的诗句又在我的心里流淌：假若生活欺骗了你，不要忧伤，不要心急，忧郁的日子即将过去，相信吧！美好的时刻即将来临。

……

可到了圣彼得堡，一切都被一个导游给忽悠了。这个导游其实是一个中国留学生。他是在读书之余揽上这份为国人做导游的活。小伙子二十左右，在这个年龄，吾辈不少人已熟读甚至能背诵普希金的诗了。作为当时的文学青年，我的抽屉里已积淀了百十首诗作，虽然未公开发表，但那份澎湃诗情，至今仍难抑制。小伙子本来显得蛮可爱，有问必答，显得热情而从容。一路上按既定的景点线路，倒也顺顺当当。圣彼得堡如贵妇人一般的神韵让人颇有感受。在车上，小伙子竭力向我们介绍了涅瓦河畔的夜景，说是在涅瓦河畔游览，更能感受这座城市的魅力，船上还有民族歌舞，有美食小吃，不游的话，一定十分遗憾。我们被说动了，也没在意要加多少钱，反正晚上空着，就让他赶紧预订了。到了下午，我还惦记着普希金，惦记着皇村，连忙催问何时到皇村参观,小伙子似乎很诚恳地说:"你看,都下雨了,再去皇村已来不及了,到了也该关门了。"我有点发急:"那怎么行,皇村一定要去看的。""但去了也关门了,还要耽搁我们上船游涅瓦河。"小伙子说。小伙子是这里的权威,既然这么说了,去了就折腾了,我顿时感到怅然若失,直后悔怎么就没提个醒,拉掉一个景点,也可去皇村看看呀。同伴们心是向着我的,对导游事先不告知也都有不满。但事已至此,也不能扫了后边的游兴,也只能就此安排了。我不吭声,大家也就作罢了。或许涅瓦河上的游览可以找回那份愉悦吧。

满怀期望地登上了游船,可船刚出码头,就明显感觉上导游当了。船舱逼仄压抑自不用说,两旁的玻璃窗紧紧封闭着,也感觉不爽。表演的明显是一个草台班子,歌之舞之,倒有点俄罗斯味道,可品位并不佳。每一段表演之后,到游客身边又咕噜和舞蹈一番。这粗俗的热情,有些让人承受不住。末了,还变着法子要小费,你不给,她(或他)就在你身边逗留不走,搞得也挺狼狈。小伙子在一旁闭目养神。后来知道,导游之前报的价是包含小费的,但他装模作样,最后我们只能多掏了小费,至少不想当场让俄罗斯人下不来台。那晚的游览效果可想而知,心情不佳,再好的景致也要大打折扣了。我们这个文化贫乏的小伙子拿走了精髓,可给了我们粗鄙,感觉实在不妙。小伙子是知道普希金的,但他绝没有我们这上了年纪的人对诗人的挚爱和感佩。俄罗斯人自然对普希金也是颇感骄傲自豪,甚至有些顶礼膜拜,据说,20人就拥有一套普希金诗集,于此可见一斑了。可在俄罗斯,我还是与皇村失之交臂。

那天清晨,我很早即醒,写了一首三十六行诗,写给普希金:

你是诗歌王子/讴歌大海/讴歌爱情、自由
你音乐一般的诗句/长久地/在我的心灵鸣奏

我少时莫大的遗憾／是未能与你／生于同一年代

那就永远失去了／和你饮酒作诗／促膝论文

甚至于不能／阻止你无聊的决斗／乃至抛弃了所有

这是诗的悲哀／也是人类的滑铁卢／时间仿佛已经停留

然而真的失礼了／皇村，我竟擦肩而过／一切迷失于一个文化贫血的导游

就像多年鬼使神差／我弃最爱的文学而走／至今在诗歌之门晃悠

我看见你的海了／波罗的海／那么平静悠悠

那是你诗歌的元素／是充满激情的因子／此刻竟会如此安谧

也许决斗使你解脱／死亡／让你走向了真正的自由

普希金／为何到了你的故乡／我却这么轻易就被忽悠……

雪 鸡 别 克

隆冬时节,乌鲁木齐的气温已达到零下28度。没想到天山上的天池,却暖和得多,而且冰清玉洁,犹如童话世界一般美轮美奂。童话世界就是吾辈人心目中的天堂。天堂是永远的梦幻。

在天池认识了雪鸡别克。这是一位哈萨克男子,肤色被紫外线晒得黧黑中酡红,双目也炯炯有神。他的毡房就紧挨着天池,十分美妙的一个位置,天池景致尽收眼底。在他的毡房里把酒论盏,品尝他妻子烹饪的鲜美的马肠,野蘑菇和雪鱼汤,心情甚为轻松愉悦。

雪鸡别克是他的名字。他说他就出生在山上。他出生那天,一拨雪鸡飞掠而过,他父亲瞥见了,遂给他起了这么一个名字。现在山脚下的阜新城内,他也拥有一套住房,设施齐全。但他还时常上山,他的八十多岁的老父亲,也还住在更高的山坡坳里,那里海拔3千多米,他始终不肯下山居住。

也有人说他不孝,把老父亲扔在山上不管不顾。他说这真是冤枉他了。他多次请求老父亲下山与他同住,老父亲就是不住。老父亲乐呵呵地说,这山上冬暖夏凉,空气又清爽,我待在那儿,才活得舒畅。老人家健康朗润,到时候在草滩上放羊牧马,山上的空气清爽,山上的雪也是清热祛毒的。他说他就生活在天堂!

雪鸡别克理解了父亲。但好多城里人无法理解雪鸡别克。雪鸡别克无奈地笑说:只要父亲高兴就好! 都在寻找天堂。寻寻觅觅,苦苦追寻,蓦然感悟,其实,它并不遥远。雪鸡别克和他老父亲,着实给我上了一课!

听过一个故事。两位杭州的旅游者长途跋涉来到异乡。那是一个偏僻幽静的小乡村。世外桃源似的,名声不凡,旅游者络绎不绝。有一位老农在田地里劳作。旅游者上前询问:"你们这里什么最美呢?"老汉回答:"什么都美!"旅游者又说:"你在这里生活不乏味,不单调吗?""你在家里乏味单调吗?"老汉反问。旅游者一愣,说是正因为乏味单调,才来这儿旅游的。老汉回答道:"那这里也是乏味和单调的。"旅游者撇了撇嘴,他觉得这个老农回答不对路。他于是让同伴去询问。同伴问:"老伯伯,都说你们这里是天堂,你说到底是不是呢?"老农瞅了他一眼,看见他的挎包上印有杭州西湖的字样,便又问道:"你是杭州人吧,你觉得杭州是天堂吗?"同伴顿了顿,立即自信地回答:"是呀!""那,这里也是天堂!"老汉回了一句,转身又去莳弄庄稼了。两位同伴咂摸了半天老农的回答,渐渐悟出了一点什么。他们在乡村的阡陌小道上徜徉,仿佛就在苏堤白堤悠闲地溜达一样,心情开朗,足下的路也开阔平坦了许多。

我去南疆小城泽普,拜访过中国长寿第一人。这位老人今年124岁了,与蒋介石同龄,跨越了三个世纪。南疆乡村比较贫穷,戈壁沙漠占据了大半土地,自然条件也相对恶劣。但就是这样的一个戈壁小城,每百人就有一位百岁老人,堪称中国长寿之乡。那位老人住的是极其普通的维吾尔族民舍。家徒四壁,大炕和桌椅,成了房内的主要设施。因为入冬了,火炉点燃了,老人坐在火炉边,几乎没有挪步。他的也已90多岁的妻子,一个佝偻着背的老妇人,提着颤颤巍巍的脚步,忙乎着,老人别无他人照顾。我怀疑是不是走错了房间,甚至怀疑这老人是不是已高寿如许,真是戈壁人瑞吗?这与想象中的人瑞的居住地相距太远了!这就是百岁老人的天堂吗?陪同走访的县委书记的一番介绍,是不容怀疑的。那国家、自治区等政府部门颁发的奖章、证书,也充分证实了这一点。这是一个终年干旱而又风沙时常肆虐的地方,为什么,上帝会如此眷顾他们呢?

很长一段时间,我百思不得其解。直至在隆冬,我第一次登临冰天雪地的天池,认识了一个叫雪鸡别克的哈萨克男子,由此也知晓了他的老父亲的故事。辛卯春节,朋友L回国了。二十年前他逃也似的离开国土,奔向他心目中的天堂欧洲大陆。在那里也有了一番事业,还有一位西班牙血统的妻子。我原以为他这回是回家探亲的。他却说,他这次留下,不准备走了,他把妻儿也留下了。走了这么多年,虽然还没到叶落归根的年岁,想想还是家乡才是天堂。

在天堂的感觉,就是踏实温馨的感觉。

我拍了拍L的肩,说:欢迎回到天堂。

磨坊的记忆

都市里的孩子,是缺少对磨坊深刻的记忆的。大半是借助了旅游、影视和书本等,对磨坊有了粗浅的印象。而印象中,人力石磨坊无疑是主角。到了离上海万里之外的喀什,我对磨坊更多亲近,从此魂牵梦萦。

人力石磨,小时候见过,在一些农户家里。摞在院落里的磨盘,多半沉重,古朴,风霜雪雨,时光浸染,像历史的一座丰碑。而搁在灶膛里的,则显轻巧一些,使用频率也高,贵客的到来,也会使磨盘欢快地转动起来。由此磨出的面,格外鲜美。

一个春日,沙尘迷漫,真正苍凉凝重的磨坊,在我的眼里清晰起来。

泽普。从喀喇昆仑奔泻而下的叶尔羌河,由渠沟引导,丛生诸多枝蔓,喧腾地流淌。在一处水闸口,我们驻足观看。因为人为制造的落差,河水形成巨大的冲击力,令木质叶轮快速转动,转动的力量又带动木柱的中轴,很快让磨房里的磨盘,也缓缓旋转,发出声声沉吟。

这力的传递,让古老焕发了活力,让生命依然充实。

后来知道,这种水磨坊在喀什历史悠久。大约4、5千年前,人们逐水草而居。喀什水系纵横,林草丰饶,人丁随之兴旺。水磨坊也星一般散落,发出了呀呀呀呀的生命的欢唱。河水在这里奔溅流芳,居民也在这里汇集交流,叙短述长,可以想象,文明也是迅速荟萃于此,让这片土地从此承载了厚重的文化力量。

虽然,文明的发展,也让这些水磨坊变成了古老的事物,但走近它,你仍然会感到震撼。那里有人类的智慧,有缱绻的情思,有生命的跃动,也有深沉的回望。

维尔吾族兄弟告诉我,水磨坊至今还有人使用。除了我在泽普亲眼所见,在英吉沙亚吐格曼村,就还有七、八个磨房。在疏附,也有常年不息的水磨坊。磨面,磨油,磨玉米……水磨坊养育了人们,也见证了历史。

走近水磨坊,感觉面对一位沧桑的老人,倾听他的娓娓道来。而阳光下,喷溅的水雾,又像一片蒙蒙幕布,将过去和现在,五彩斑斓地展现。

这就是喀什的又一个迷人的地方。

不只是水磨坊。人类为了生存和发展,自会发明各类生产工具,磨坊也不例外。

在泽普,当地朋友又将我引领到了一个青杨树下的屋子。屋子昏暗,破旧。却见一匹老马在一个圆坑不停地打转。那圆坑直径不过五、六米,老马推动了沉重的磨盘,那石磨之间,透明丰润的食油悠然渗出。

晕。如果让我这么无尽地打转,还不会晕倒吗?还是水好,自然而又人性。

由马磨坊也联想许多,当晚即兴挥就了一首小诗。

  这屋子里看不到星辰,也听不见哒哒的马蹄声,老马识途的抱负何处寄托,千里马矫健的步伐已然迟钝,就连呻吟都比空气沉闷,在昏暗的时空里,埋头走着一个不休止的圆坑,马不知道晕眩,站立的我晕眩了,那眼前拉磨的根本就是我,正一圈又一圈,机械地消磨人生。

在新疆,上海客人都说面食好吃,嚼劲足,也香。这与冬麦有关,也有磨坊之功。

在大都市,都现代化了,机器磨面,也是主宰了,嘴里吃不出那种美味了,还得吃。

有一次郊区一位朋友吃请,说到他家里吃当地土菜。满桌的土菜就不用提了,那几个窝窝头,竟让我们吃得欲罢不能。朋友告诉我,这米是新疆朋友送的,这面粉,则是老母亲用手推磨,一点一点磨出来的。难怪这么可口清香。见那毫不起眼的手推磨,被搁置在屋角。便对它竟生出几份敬意来了。

磨坊应该是古已有之的工具了。据说,中国古代要比罗马帝国还早,就开始广泛使用磨坊,当时最为普遍的当数借助水流转动涡轮的磨坊,称为水力磨坊。说水力磨坊发轫于大农业时期,又发明于古中国,应该也是可以考证的。所以,山川大地,只要有水,磨坊曾经随处可见。在咯吱咯吱的声响中,谷物的清香也在悠悠飘逸。

在荷兰,运用风力发电堪称世界之最了。风车林立,风轮随风晃悠,一片自然祥和,也是一大景观了。因此,风力磨坊也就应运而生。当年到荷兰观光,特地去郊外去踏访水力风车,也走入农户和工场,去亲近给人带来温馨的磨坊。却因一个德国不太绅士的司机的促狭,未能尽心尽情。但风力磨坊现在还广为使用,也足见其环保和实用了。

动物磨坊大约是最不人道的了。在南疆泽普,我眼见为实,却看得头直晕。离开后,每每想之,也会阵阵头晕目眩。我为这些拉磨的动物哀怜,也为至今仍有这样的磨坊存在,又显悲哀。

磨坊,本该是为人谋福的工具,人作为地球最高级动物,我们的行为创举,可否做得更高明一些呢?

法国诗人古尔蒙,曾写过一首名为《磨坊》的诗,充满古老的忧伤,足见磨坊对人类之深远影响了。其中有一段回旋其间,让人感怀不尽:"西莱纳,磨坊已很古老了,它的轮子,满披着青苔。在一个大洞的深处转着;人们怕着,轮子过去,轮子转着,好像在做一个永恒的苦役……"

这让磨坊又抹上了一种深沉的忧伤……

有一种声音属于天籁

最初,发现在睡梦中唤醒我的,就是这种声音:哗,哗,哗……轻轻地,缓缓地,却很执著,也很有节律。在喀什的清早,天比内地亮得迟,在晨曦刚刚露脸之时,这种声音,就在窗外的院内响起,确实让人不胜其烦。

真的,它如公鸡报晓,每天分毫不差。几次不满地探出窗外张望,他或她的身影十分清晰,在黎明的背景下,有点机械,也有点突兀。是的,突兀,在本该梦中逗留的时辰,这样的背影和声音似乎并不和谐。这也是早已落后的清扫方式了,想年幼时,上海的大街小巷,就是这么拙笨的程式,拿着一把大笤帚,一下一下地挥动着,绝无姜文在电影《芙蓉镇》里清扫时浪漫的舞姿,聚拢一片垃圾的同时,也扬起阵阵尘土,路人常常唯恐避之不及,掩鼻者有之,匆匆逃离者也有之。如今现代化的上海滩,也难寻这种落后的举动了。清扫车常常伴着悦耳的歌声,吹鼓着清亮的水帘,展示的是一种都市风景。而在喀什,雨水本来就奇缺,风沙肆虐,笤帚扫起,尘土弥漫,更让人摇头蹙眉。那些清扫者,往往戴着口罩,若无其事地比划着,在尘埃飞卷中,那双眼睛却清晰地闪现,我无法欣赏。

到了深夜,那种"哗、哗、哗"的声音又轻轻地,缓缓地响起,执著而有节律。那身影在月光之下,朦朦胧胧的,也有一种说不出道不明的感觉。他们如此辛勤地劳作,是不是也打破了夜晚本该拥有的安谧,惊扰了星光下渐渐入梦的鸟儿们了呢? 在夜色中出现的那种声音,我一时也无法恭维。

　　但那天,我却被深深感动。白天,沙尘纷纷扬扬,如雪花,遮蔽了天空,也迅即遍布了大地的每个角落。喀什的地委宾馆,在沙尘的裹卷下,一片迷蒙,一片混沌。尘土很快积压,阳台上,院落里,沙尘厚厚的,真有点寸步难行了。在沙尘中行走,这时,又耳闻一阵一阵的"哗、哗、哗"声响,轻轻地,缓缓地,执著而又有节奏。他或她的身影更见朦胧了,仿佛若有若无,在沙雾中忽隐忽现。那曾经清晰可见的身影,动作,乃至闪亮的眼神,现在都被尘沙遮掩,唯有那"哗、哗、哗"的声音,穿透了尘雾,传递着一种不屈的倾诉和抗争。在这声音的引领下,地上的尘土渐渐和顺地让开了道路,即便空中沙尘土还在雪花一般地飘落,但足下的通往远方的路正愈来愈明朗!而这"哗、哗、哗"之声,竟变得如此悦耳,让我心情也愉悦和兴奋起来。这声音,分明就是属于天籁的,它沉稳而有力,飘缈又坚毅,它摒弃了沉闷压抑和举步的忐忑,它抛却了个人的怯懦和忧虑,它就像被囚禁的鸟儿,向着明亮的地方,淋漓尽致地歌唱,在这歌声中,你能感受到一种来自于天籁的纯净与奔放。再凝视那隐现在尘雾中的身影,又感觉到了一种特殊之美。在有害的尘雾中,歌声飞扬,更是一种乐观和豁达。"哗、哗、哗"的声律中,我的心灵仿佛也被一遍遍地洗刷!

　　久违了,这美好的乐章。从此之后,它就如啼鸟声声,在拂晓、也在深夜,婉转的鸣唱,唱响了我在喀什的日日夜夜。

昆仑山上第一乡

昆仑第一乡，这是我给叶城西合休乡的命名。

这三年在喀什，到叶城不计其数，足迹也几乎踏遍了这昆仑山城的各个乡镇，唯独西合休乡一直未能有缘深入。

西合休乡的名字，我一来就耳闻了。它蛰伏在昆仑山的深处，有一条修建到一半的残破公路，筋骨裸露一般的，与外界艰难地相连着。还有一则故事，是县委书记介绍的，说是一个老太，在西合休乡生活了一辈子，从未离开过这片土地。年轻时她曾想到县城甚至更远的地方游玩，但丈夫怕她受不住外面世界的诱惑，会离开他，便不同意她外出。而待她可以说服丈夫时，她也老了，腿脚不便了，到县城的路坎坎坷坷，翻山越岭，坐毛驴车也至少得三天三夜。她只能作罢了。

前些年，乡村公路建设启动了，但实施到一半，因为山势陡峭，施工危险，又不得不搁浅了。新一轮援疆，上海对口喀什之后，我们无数次拜访自治区有关部门，呼吁并争取项目复工，几经周折，终于落实了数千万资金，开始了后续拓建工程。我感到欣慰之余，也甚为遗憾，因为西合休乡究竟何种面貌，我久未一睹。几次在叶城意欲进入，都被告知，或天气不适，雨水致道路泥泞不堪，或山洪冲击，通途险象环生。只得无奈放弃。

那天，到叶城调研工作接近尾声，于是提议上山，去西合休乡一看。获取的信息是，山上连着下雨五天，公路局部还有塌方，不宜上去。我稍作思索，还是决定，明天上山，若真受阻，就打道回府，那只能说明真与西合休乡没有缘分。

事实证明,这个果断的决定是明智的。我们的车终于克艰攻难,抵达了西合休乡——倘若今天不去,日后要去,就更无时间保证,真不知猴年马月能够成行了。

虽然这一路,确实令人提心吊胆的,有好多时间几乎是头皮发直,手心冒汗,眼睛也不敢正视车窗外的山谷。

从新藏公路零公里处出发,驱车127公里,翻越了127号大坂,然后长驱直入昆仑山深处。这一路山道弯弯,我们在崇山峻岭间蠕动爬行。五十多公里的路,走了三个多小时。车子忽而登上了山顶,海拔最高达五千多米,一览众山小,忽而又潜入了山谷,为群峰所环抱。忽上忽下,弯急坡陡,那种危险的程度,用千钧一发来形容,一点都不夸张。雨水洪水将本来就狭窄松垮的公路,侵蚀得更不成为路了。竖向的土块隆起或者塌陷,让车轮随时都会沉没抑或弹跳而起。而如稍不注意,也有蹿下山谷的可能。依山而建的公路,好多段都只能供一辆车通行,外侧多为虚土,底下则是悬崖,深的至少也有数百米。我这一路几乎不敢闭眼。坐在副驾驶位上,右手紧抓着把手,眼睛也不敢匆斜一下峡谷,还不时提醒司机小心、慢些、注意什么的,生怕司机稍有不慎。那真是差之毫厘、失之千里,不,还不止千里,几乎就是生死之距离呀!司机的目光刚离开前方的路,甚或说了一句,那远处的山头什么的,车内必有人憋不住,让他千万别走神了。

有一处横坑,车子跳将起来,大家也发出了尖叫。有一个弯口,竟然还有一辆小货车迎面驶来,速度还挺快,我们的车紧急避让,幸亏此段路面宽些,才不至于腾空飞出。而手机信息和微信全无,让我们更是心生惶恐。如果出了什么意外,也是难以及时获得救援的。沿途的路还在施工,断断续续的。高而险的窄小的工作面,皮肤晒得黝黑的工人们,在阳光的烘烤下,蚂蚁啃骨头一般,在艰辛而又执著地劳作。

这盘旋的山间公路,蜿蜒曲折,登攀也难,修筑更难!

西合休乡终于到了。首先映入眼帘的就是居民沿路而建的土坯房。还有路旁的巴扎,当地人在那里交谈,交易,三三两两地聚集。乡政府算是比较醒目的建筑了,也就简陋的几间平房,一个水泥地的院落。

乡镇海拔2995米,位于昆仑山的山洼之间。西合休乡所在绝大多数是高山野岭。目前居住了五千多人,维吾尔族人最多,其次是克尔柯孜族、塔吉克族人,汉族仅十三人,皆为县里派来的干部。那几个瘦黑的小伙子,最小的二十三四岁,年长的也仅三十岁出头,也并不都是新疆土生土长,分别来自甘肃、河南、江苏和四川等地,在新疆念的大学,都是叶城县乡的公务员,被派来这偏僻穷困的西合休乡工作。时间最长的是一位复员军人,待了七年。他们的生活与工作的艰苦是可想而知的。

一位姓香的副乡长告诉我,按规定,他们每月必须有二十天在山上,其中十天必须沉到村落去。另外十天可以回县城,但路途迢迢而艰难,他们有时也就待在山上了,工作是他们几乎全部的生活。

雪山融化的水,在山涧流淌,有时湍急,有时不绝如缕。它们汇成一股闪烁的波光,跃动着,鲜活着,让这深山沟壑间增添了一脉生动。这清澈洁净的水是大自然的恩赐,不仅滋润着山间万物,也是这里的居民唯一的饮用水。

这里用的是太阳能发电。蔬菜也无法生长,都是从山下县城运上来的。但这里的牲畜达到七万多头。以羊、牛为主。只适宜在高原生存的牦牛,在路旁山坡时常可见。它们高贵而谦恭,毛发闪亮,脸相英俊,信步悠然,不失尊严。当在公路上与我们的车撞见,它们全无主人的骄横,只是往路边退去,礼让着,绅士一般的姿态。

在乡政府便餐,吃的是夹生米饭,这是高原的特色。简单的几个蔬菜炒肉丁,已令我们心满意足了。没想到他们宰了一头羊,已下锅煮了,还备了伊力特酒。实在盛情难却,我攥了一小块羊肉,仰脖喝了小半盅白酒,代表我们这一行给了他们一些赠款。

去了数公里之外的草甸。绚丽的山花开得极其烂漫。那大片密密麻麻的黄色的花,我们原以为是菜花了,实际是这高山的产物:青稞草。而那细弱单薄粉白柔嫩的花儿,香味淡淡的,则是野茴香了。还有几种野花,叫不出名儿,但在微风中摇曳,在这深山鲜艳夺目,也让人折服。它们与在这里生活的人们,都具有别样的质地与价值。

这里数百公里之外,就是边境了,从这里翻山越岭潜逃出境的事时有发生。今年一月,当地公安就击毙了22个歹徒,抓获了十余人。这些歹徒都是极端宗教分子和暴力恐怖分子,他们制造了土炸弹,实施袭击。作为一个边防重地,长期居住的人们,生活在那里,就是一种功绩。屯垦戍边,是边境农牧民的一种责任和贡献。

我们的车缓缓离去时,虽车窗已经关闭,镀了膜的车窗,外面的人已看不清车内的人影,但还是瞥见了路旁两位老人,留着长须,头顶白色小帽,面带祥和,向我们挥手致意。那轻轻地扬手,让我们心生感动。

来回十多个小时,精疲力竭,但是终于圆了西合休乡之梦。而心里又从此有了新的挂念:这昆仑第一乡,这朴实善良的乡民,我们还能够为他们多做些什么呢?

给心灵安个家

深夜散步回家，妻子告诉我，君来电，他搬进新居了，要找我们聚聚。你说去不去？

君是我的一位老同学。老同学乔迁之喜，本该主动上门祝贺一番的，可三年来搬了四次家！前几次，我们都抽暇捧场，送了贺礼，也与几位朋友尽兴品茗，间或对君的新宅也奉上了赞美之词。就像传说的当年周恩来总理参加某著名文学家的婚礼时曾经说过，我希望这是你最后一次婚礼喽。我也意味深长地提醒，你不会过不多久，又见异思迁吧？在座的朋友都会心地笑了。君也笑了：这可说不定，你知道，我对老婆是十分专一的，但对住宅可绝不想从一而终。谁让现在的住宅愈来愈漂亮，让人眼花缭乱呢？

他娇小的妻子则小鸟依人一般露出微嗔的神情。

那一幢住宅，是位于近郊的联体别墅，自然也是诸多白领梦寐以求的居室了。是从一位朋友那儿接盘的，价格并不俗。他说，他图的不是价格，他真是被这小巧玲珑的别墅看得心动了，不住一段时间，夜不成寐。

确实对房产炒卖不感兴趣。他频频迁徙，就是抵御不住这些年新建楼盘花样翻新的诱惑。为了这一诱惑，他把精力都投掷到了看房、买房、卖房、再看房、买房、卖房的循环的折腾。他乐此不疲。我们都看着心累了。

也有很多朋友问我，你什么时候搬新居呢？你可是近水楼台，是不是置身其间也看花了眼?

我住在这个小区,真有七八年之久了。为迁移也确实有许多同事、领导、朋友,给我热情关切和出谋划策。但因为种种缘故,我至今不想挪窝,其中很重要的一个原因,在这个方圆不到一公里的地区,我累计已生活了二十多年,我对这片土地无疑有着一言难尽的缱绻之情!那是自孩童时代、少年时代就萌发的情缘,我大部分的青春懵懂时光也在这儿如青烟袅袅般地飘逸。我没齿难忘呵!

说起来,我也曾暂别过这个沪上绝不起眼的地区。我的婚房在缓缓流淌的浦江的另一侧。那是一个陌生的但也相当优美的居住区,可那些日子,虽有新婚的甜蜜,心之隅总有些牵挂,如游子一般飘荡。毕竟,信奉"父母在,不远游"的我,也并未离开过生我养我的这块土地。有一天,我终于在邻近双亲居住的小区,找着了自己的新居,我的心境竟是如此安然。

那条支路实在是太嘈杂了。港区的煤炭码头还会爱你没商量地若有若无地洒落一片灰尘,弄得道路、墙壁、玻璃甚至水沟上都蒙上了黑色的尘土。但我对它的依恋从来没有改变。某一日,我蓦然想起,这个小区,原先竟是我启智发蒙的小学校址。小学的一切,在我而言,恍如眼前。也许,这也是一种说不清道不明的情结,令我对此深深的眷恋?

去年,我到香港举办房交会。和几位购房的香港市民攀谈。问及他们为何要到上海买房,他们的答案竟然如出一辙:他们或者他们的双亲都是老上海了,上海这些年发展又这么好,他们都希望回去生活。

听着他们用熟稔的上海话说出这番心声,我的眼眶都有些湿润了。

周末,接到意大利定居的好友来电,特别提及他想回来买房的,他说上海的房价千万不能太高呵。我是信誓旦旦:这几年房价不会狂涨的,故乡肯定会接纳你的。

　　联想起又一位朋友。他的职业需要他在几大城市奔波,因而他也在几处地方购置了居所。但他曾经深情地说过,也只有在上海,这生他养他的地方,心灵才会特别宁静,才感觉住得最舒服,睡得最踏实。

　　原来,让心灵找到最适意的栖居之处,才是每个人冥冥之中的追求!

　　或许,忙忙碌碌的,也真该为自己的心灵安个家啦?

基辅有条陡坡路

基辅有一条街巷,不长,仅700多米。但却颇有特色。

它是一条斜坡,我目测了一下,大约30度的倾斜。如果是一个滑梯的话,完全可以自由而又轻松地滑落。但是它是一条路,倘若如此溜滑,车辆和行人必定难以行进。

所以这条路从头至尾铺砌的都是石头。不仅路面如此,连侧平石都是几近方方正正的台石路。这样一条台石路,历经近一个世纪,依然无甚毁坏,路面平整,古朴而又坚实。一辆辆小车或轰鸣而上,或轻盈而下,仿佛在传世的琴键上弹奏一曲现代文明的乐章。

一个当地小伙子骑着一辆自行车,从人行道上行驶。他玩杂技一般,侧身用左脚踩住后轮,或轻或重,自行车忽疾忽缓。他熟练地避开行人,有时一个急骤的停顿,有时一个顺畅而又快速的下滑,如燕子展翅,自信而飘逸。

据说在基辅,有钱人才骑自行车,那是用来休闲和玩耍的。那么,这小伙子是不是属于"富二代"呢。想起在国内那些在夜晚飙车的"富二代"。

路中间间或一两个铁窨井,一种是横条式的透空,一种是严严实实的整块,年代都已久远。下水道如此早的设计埋设,也佐证着这个城市的悠悠文明。

这条古老的台阶路能够原样存留,也是值得肯定的。

陡峭的斜坡高处的一端,是富人居住区,低处的那头,则是贫穷的市民蜗居。而有趣的是这斜坡的两侧，摊位相连，甚至一侧两排摊位，还挤出了一个狭窄却富有生气的步行小径，让人生出别有洞天之感。

设摊摆放的多是乌克兰当地的工艺物品等，比较引人注目的当是油画、邮票，各类饰品、纪念品，以及苏联时期的望远镜等用品。物产算得上丰富。在这里风采纷呈，风情独特。不管富人穷人，无论本土还是异乡人，来此浏览甚或淘宝的，都随时可见。

这条陡坡似乎把穷人富人联系在一起了。但高低差距依然还在。

因为当年在坡侧建造了一个富丽堂皇的教堂，名曰安德烈。此条街不久也跟着起名叫安德烈路了。

教堂或许让人心里稍许平衡，贫富悬殊的现实却无法消失。而真正建筑和文化的传承，又与贫富无关。

在这斜坡徘徊回味，思绪翩然，如同在高低音阶翻飞，联想葳蕤。

冬天里，街巷行人稀落，穿堂风打在脸上微微生疼。

这700多米，是一次历史与现实的穿越，是冷热交集的行走。

阿格尔的正午

从德里到阿格尔,"印度奥巴马"说,单程可能需要五个小时,必须一早就出发。我们都万分惊讶,百度地图明白无误地标示,这段高速公路只有200公里左右,怎么会这么长时间?"印度奥巴马"说,路堵,堵得不可思议。不可思议的印度,这真是许多人对印度的评语。"印度奥巴马"是我们导游的自称。他是个长得消瘦的印度小伙子,黝黑的脸,白白的牙,透露着一股机灵劲儿,长得酷似年轻的奥巴马。

一早七点半启程了。一路却异乎寻常地顺畅。两个多小时,就到了阿格尔,车外,阳光敞亮,下了车,光热就将我们周身裹拥起来。渐近正午,阿格尔的金秋,竟如夏之玫瑰一样炽热。

泰姬陵是阿格尔的骄傲。通往泰姬陵的马路上,车水马龙,人来人往,卡车、轿车、旅游巴士、摩托车、自行车穿梭其中,一种当地叫做蹦蹦车的交通工具更是活跃其间,它是一种三轮车,用于出租,分成黄色和红色罩顶的两种,或疾或缓地驰行,成为一道风景。而更显优哉的,当属马车了,马高大而健壮,旁若无人般奔跑,马车则稳稳当当的,仿佛身处于古国。

有一只流浪狗竟然侧卧于路间。黄中带黑的皮毛,在阳光下,微微发亮。我们轻步走过,它只懒懒地抬了抬眼帘,毫无感觉似的又闭上了眼睛,返回它的梦乡。它躺着的位置,在两个车道之间,它就不担心在梦中被可能避闪不及的车辄辘碾压得粉身碎骨吗?

没有人在意这条流浪狗。几位身穿制服的警察也在路旁谈笑着,对此熟视无睹。我在心里却好久放不下。

　　街旁搁置的硕大油锅在沸腾,翻滚的油金黄黑亮,在正午的阳光照射下,有几分灼眼。出锅的油炸饼撂在一边,问津者寥寥。

　　泰姬陵是拥有惊世之美的,走近陵园,在波斯式花园瞻仰陵墓,纯净的大理石建筑体,闪耀着一种光芒,晶莹洁白,气势宏伟而又迷蒙。据说,泰姬陵在清晨、白日和夜晚,会呈现出不同的意境与韵味。我们无缘周全,但这正午的泰姬陵,一定也是最独特的,最强劲的阳光,给它周身涂抹上了一种晶亮,令这建筑刚柔相济,色泽辉映。

　　泰姬陵的游客络绎不绝。自然本国人居多。在陵园门口,看见长长的、回字形的通道进口,心头一怵,仿佛已有憋屈之感。"印度奥巴马"引导在前,我们进入了一条快速通道,径直进入,接受礼待,算是享受了一回"老外"的礼遇。安检也特别紧,连一副扑克牌、一颗糖也不可带入。同行挎包里的扑克牌被搜查出来,我则随身携带着的几粒银杏胶囊引起了安检的注意,但还未作解释说明,安检人员已视之为药品,痛快地让我进入了。他的脸颊也带着阳光般的微笑,浮现着善意和友好。

　　在泰姬陵边走边观赏,很快衣衫就汗湿了。是套着鞋套步入肃穆的陵墓的,也有许多游客裸着双足在院中移步。听说夏日地面灼烫,游客几乎像"跳舞"一般踮着双足,地上因此铺垫着一条长长的地毯。我试着光脚在地上轻触了一会儿,因为是金秋,脚底只是传递着一阵温热。但身心仍是感受灼热。导游说,这泰姬陵是当年的国王沙贾汗为他的亡妻所建,大兴土木,精心打造,为实现对妻子临终前的承诺,为死去的她建一座世上最豪华的陵墓。这似乎是一场炽热真挚的爱情的洁白晶莹的象征。泰戈尔说:这是"永恒面颊上的一滴眼泪"。导游又说,不过,没人相信沙贾汗是出于爱情而为,他其实是一个暴君。好大喜功,极尽奢侈之能事。难怪他的儿子最后篡位后,也不能容忍他,将他送入了牢狱。这究竟是怎么一回事呢?

忽然一阵晕眩,不知是阿格尔正午的阳光太热,还是泰姬陵的传说令我一时惑然。

于是催促同行匆匆返程了。不幸的是,车在转向高速的土路上,困陷了两个多小时,几乎寸步难移。幸运的是,我们幸好提前返程了,要不,再耽搁半小时,恐怕得至少再堵上个大半天了,高速公路也跟着陈列了僵尸般的成堆的车辆。

回首泰姬陵,刚从阿格尔正午的阳光抚慰下走出,白色的建筑依然闪耀着一种炫目的光芒。我知道,那一种建筑艺术之美,与世纪同在。

印度的不可思议,由此可见一斑了。

寻找"老窝"

夏日炎炎。迁入新居不久的居民们都抱怨晚上蚊蝇嗡嗡嗡的,于是开始了一场集体寻找蚊蝇孳生地的行动。牵头的便是我的忘年交,刚退休不久的历史专业的罗教授。

罗教授是宁波人,虽然生活在上海大半辈子,但乡音未改,说一口温软儒雅的宁波话,待人也轻声细语,和善礼貌。他这次挂帅出征,有点让我吃惊,莫非有人退休了会性格嬗变?

罗教授在楼底下高声询问一番,便在众多居民的簇拥下,朝着小区的东围墙走去。小区是新建的,入住也不过半年时间,罗教授有点知名度,他抱怨说,大热天,连个门窗都不能开。他的声讨引来一片声援。果然,镂空的东围墙外紧挨着的一块空地,上面堆满了渣土。据说,这是规划中的一个公交站点,但不知为何迟迟未建,远处有几个在建工地就偷偷地把渣土倾倒在了这里。罗教授他们认定这就是蚊蝇孳生地,当即喊来物业公司老总,当场向执法部门打电话,还与电台某个直播节目也联系了,要求立即清除。这股子劲儿还真神威,三天不到,渣土就被全部清理,土地平整了,还加了挡板。罗教授首战告捷,心里也挺痛快。看来退休之后,自己的潜力才发掘出来,英雄仍有用武之地呀。

夜晚,罗教授把门窗都打开,清风徐徐进屋,心情也爽快许多。坐在电视机前津津有味地看电视剧,与老伴啃起半只大西瓜。忽然又觉得不对劲,耳朵旁还是时不时地响起嗡嗡声,腿肚子、手背上,甚至脸颊上阵阵奇痒。手在老脸上捋了一下,手心里竟然留有几缕血丝,还有已然变形了的蚊蝇残骸,顿觉一阵恶心。灯光下,蚊蝇依然飞舞不断。他感到事倍功半,自己责任重大,脑子里想起孙中山先生的名言:"革命尚未成功,同志尚须努力!"立马来了精神,按响隔壁人家门铃。在证实大家都依然处在蚊蝇袭扰之中后,他又率领居民开始了新一轮集体寻找蚊蝇孳生地的行动。

在小区巡视一圈之后,他们又找着了新的目标。在一幢住宅楼的西侧有一个水池,水池里的水几乎都干涸了,有角落积水加垃圾,只看到蚊蝇在那里齐聚欢腾。罗教授用手一指,物业公司闻风而动,把垃圾铲除,拉来粗大的水龙头,一阵猛灌。罗教授临走时还关照,这得常常换水清理,否则蚊蝇还会孳生,孳生知道吗?这是专业词汇,意思很精确!罗教授班师回朝,又向老伴炫耀了几句。老伴说:"瞧你得意的,比当年评到教授还得瑟。"罗教授说:"你别说,这还真有相似之处,都有成就感,不过一个是个人学识,另一个是组织能力,学校只让我当了一个副系主任,是埋没人才了。"说完,他自己也笑了,皱纹在脸上绽放如花。

这天,我到罗教授家拜访,刚喝几口茶,他就不自在起来。问他怎么了,他说把门窗关上,开空调吧。我说别浪费电了,这清风挺好。罗教授说话有点结巴了:"是,是,有点,有点蚊子。"我听罗教授说过前些天挂帅灭蚊蝇的骄人业绩,便开玩笑地说:"这小区的蚊蝇老窝不是让您老先生带领着给端了吗?这十五楼又哪来的蚊子呢?""有,又有呀!我查了两天没找到。"罗教授说完,走到了窗边。我也跟了过去:"我也来帮您瞅瞅。"

窗外边是一只大阳台,一方天地上瓶瓶罐罐的,有的种植了花草,有的还空空荡荡的。我眼尖,有只大花盆里积了半拉子的水,里边蚊蝇齐齐地浮在上面。便拍了下罗教授的臂膀,指了指那几只花盆。罗教授眼睛直了,走过去细瞧,看了好半天,才喟叹了一声:"原来老窝就在我自己的屋子底下,我只盯着别人的地盘了!"

祝福最美

同学聚会,不知怎么又谈到了他,那位姓施的男同学。三十多年了,大家几乎都没见过他,也少有他的音讯。在我的记忆里,施是一位聪颖好学,心地善良的同桌。他个子较矮,但身材匀称。那镜片后面的一双眼睛是明净闪亮的,透着种早熟而又睿智的光芒。他后来考上了一所大学,毕业后分配到了一家国企,之后,他的身影声音,就没再出现过,只有往日记忆中的他。

"他是清高吧,不想与我们这些愣头青为伍。""电线杆"从来是直言不讳,像他的身子骨一般,直直的,念中学那会,就获得了"电线杆"的绰号,他也从不生气。"我看他大概是被许美丽伤透了心,上次,我还对许美丽说过呢!"李文娟话音刚落,许美丽就在一旁作生气状了,收起手中的一把纸扇,不轻不重地在李文娟的脊背上敲击了一下:"看你又胡说!这算什么事呀!人家没你这么脆弱!"大家都知道,施曾对许美丽心有所想,不过,那时年轻,又是紧张的高考期间,他们之间也未发生实质性的情况。"听说他在单位算是一个小领导,我有一次在马路上撞见他,喊了他一声,他打量了我许久,竟然问我是不是认错人了?我叫他名字,他分明就站住了的,真怪!"唐军说着,无奈地摇了摇头。"不会吧,也许你真认错人了,不是他。"我说道。他与施当年算是好哥们,虽已无往来,但他想施不至于这样吧。"哎,不是让你去联络他的吗?这都两年了,都没有他电话?"班长刘发话了。两年前,同学们在知天命之年相约一聚,时光飞逝呀,当年的同窗之情是让人难以忘怀的。大家都来了，唯独缺姓施的同桌，之前的多次聚会也不见他，他与每一位同学都毫无联系，召集人也曾给他单位发过信件，他也没回复。这很令人纳闷。

"我们是不是派人再去找找他？"班长刘沉吟了一会儿，说道。大家的目光都聚焦到了我的脸上。我与施是同桌，也最为亲近，何况我现在又是同学之中的佼佼者，也算事业有成，出面去联络他，也不至于被人看低，他应该会给点面子。我从大家的目光中看懂了其中的意思，他也怀念昔日情谊，决定找时间去履行大家赋予自己的使命。施同学不可永远"失联"呀，班长刘说出了大家的心声。

城市改造，日新月异，当年与施同学共同居住过的小区早已拆除，重新崛起一片高耸入云的商办大楼。我托了一位在公安的朋友帮忙打听，被告知与施同学同名同姓的在本市竟有上百人之多，一时也找不着北。这种小事又不能动静太大。我谢过朋友之后，遂另辟蹊径。我找到了施同学的一位远房亲戚，了解到他成家立业，各方面情况也都不错。我还拿到了施同学的手机号，某一天，发出短信，邀请他参加下周的同学聚会。可是施同学依然没有回复。我不明白是手机号本身出错了，还是施同学本人并不想回呢。

几天前，我巧遇了施同学的一位同事。我问起了施的情况，同事说，他蛮好的，是部门经理，有才，很能干。还常常在晚报上发文章呢。"他是不是，不大合群，或者说，有点清高？"我怕太冒昧了，问得有点迟疑。那人说："还好呀，施经理与大家关系都不错的，待人也很和善。"我知道说多了不好，打住了，只是让他代向老同学问声好。

当晚，我就在晚报上读到一篇文章，作者说懵懂之年的回忆，可以珍藏在脑海，但没必要时时去触碰。有时候珍藏不是遗忘，也是一种珍惜。很多时候，走过去就走过去了，换了环境，换了岁月，就是一个全新的开始，是一条全新的路……作者姓施，后面的名字却不是他。

我不知道这是不是他写的,但从这一段话里获得了一种心灵感悟。

再次聚会,在班长刘和同学们的目光关注中,我启口了:"我找到了他。但我想还是别去打扰他了吧。他不与大家联系,一定有他的原因。这里可能有他的隐私,可能也是他的一种生活追求。人各有想法,作为曾经同学一场,我想,我们尊重他,也是珍视他。我们珍视他,无论如何,对他的祝福才是最重要的,也是最美的。"话音刚落,班长刘和大伙儿都异口同声地说道:"对,祝福最重要,祝福最美!"

巴黎的恶之花

巴黎的艳丽和浪漫,是世人皆知的。我对这座城市的欣赏乃至仰慕,也是发自内心的。不过,在这篇短文,我不想用华丽的辞藻,去赞美巴黎的无穷魅力,而是如实地记述发生这个城市的,与善良相悖的若干事例,这也是我亲历所见所为,是人性之恶在现代巴黎的潜滋暗长,并且呈现某种程度上的泛滥。

五月,原以为是一个美妙的季节。在踏上巴黎土地的第二天,车在路上行驶,就碰上了交通临时封道的情况。车辆排了有近百米路,道路的宽敞和略具一定的坡度,看得见远处的路口,那是一群群年轻人,举着旗,排着队,迈着拖沓的步子,慵懒而又不可忽视地穿越十字路口,连绵不断。从北向南,所有的车辆都乖乖地趴在那儿,不急不躁,也不喊不叫,连按一声车喇叭都没有。像自家温驯的狗儿们,静静地注视着主人旁若无人地溜达。这一堵,就是大半个小时。据说,这是人家预先在警局备案的线路,警察都在为他们一路维护。我们,还有多少人,因此耽搁了多少私事或公务。这也罢了,那天傍晚,我们在市中心的一条大街某家商店门口等候,一位旅居巴黎十多年的朋友早早出门来接了。忽然朋友来电,说本来快到这条大街了,但在路口被宪兵拦住了。我们尚未明白其中含义,就见大街上各类大小警车呼啸而过,一辆接一辆,阵势撼人,如临大敌。仿佛全巴黎的警车都出动了,还有数不清的面包车,装满了荷枪实弹的宪兵,像紧急奔赴一线一般的阵势。还是地陪告诉我们,是运输行业的工人在罢工游行。还说,这在巴黎是司空见惯的。罢工是一茬又一茬的。听说明天警察也要罢工,想要顺利出行,别寄太大希望了。果然,第二天警察们也迈着拖沓的步子,在通向协和广场的几条大街,缓慢而行。路人车辆驻足观看,也并不显得特别地讶异。据说,和其他罢工群体一样,警察也自有他们的诉求。这一次是因为社会对他们的执法有不公之议,他们愤而集体上街了。罢工如此自由,看似人性,其实某些危害也是不可估量的。好多次,我们这些异乡客只能改变行程,在街头踯躅。

在酒店,我把一摞早餐券塞在信封里,搁在床头柜上了。晚上公务回来,信封及其餐券早没影儿了。床柜上下,犄角旮旯,都遍寻不见。不用说,这一定被打扫房间的服务员收走了。我这并非主观臆测,因为另一同伴也是如此遭遇,他也是坚信只有服务员会拿走。我们两人同时也自我发现,我们都忘了将小费放床头了。莫非服务员权当这就是小费?

巴黎的偷盗之风,正是猖獗之至的。早些年,我的一位同事,就在巴黎遭遇了一场智慧的"滑铁卢"。在一家时尚的服装店里,他正在衣柜前逗留,一位法国女郎走近了他,和他亲热地招呼。语言是有隔阂的,荷尔蒙的气味却是无所阻碍的。何况女郎金发碧眼,身材窈窕。我那同事也是美髯一哥,倜傥风流,所以当女郎挨近他,与他攀谈时,他是一时沉浸在这法式的罗曼蒂克之中的。但一转眼,美女飘逝。他还未回过神来,有朋友就提醒他了,他连忙摸一下上衣口袋,刚刚还鼓鼓的口袋,现在已完全瘪掉了。再四下搜索那法国女郎的身影,却已一无所获。懊丧加之悔恨,只能独自品尝并传为笑话了。

还有一拨同仁晚饭后步行回酒店,快要到了,迎面碰上一个法国男子热情地招呼:你们好! 用的是中国国语。同仁们自然也热情地回应:你好! 用的是拗口的法语。男子说,我给你们表演个魔术吧。说罢,便在一位老兄面前手舞足蹈起来。有人眼尖:他拿了你的钱包。

男人一笑：我是逗你们玩的。说完把钱包塞回了那老兄的手里。然后，又扭了几步胯，准备告退。又有人眼尖，发现那人手心里捏着几张纸币。于是团团围住，一阵斥责之后，那男子不得不摊开了手心，三张百元大钞赫然展露在他的手心。真是够狡猾的，这就是传说中的"高手"啊！

这天在奥特斯特，我们的一位于姓司长在一家店里，试穿一双皮鞋，他把随身携带的双肩包搁在地上了。也就这短短的五秒钟之内，他转眼之间，这双肩包就不知去向了。急告售货员了，他们也不帮找寻，打了电话叫来了一个箍着红袖章的人，那人把他带出商店，带至某一间屋子里问询。于司长要报案，那人说可以，要到警察局报案。还说必须要有护照原件报案，复印件不行。公务在外的护照，都是统一保管的，也不会随身携带。说是拿好证件，各地警局都可报案。这般一折腾，已过了大半天。双肩包里有价值上万元的照相机、手机，还有一些来时兑换的欧元美金。按中国导游的经验，报案也无济于事，这些基本上打水漂了。果然，到了当地警局，坐了十多分钟，也不见一个警员露脸。同仁中有人断定商家是内外勾结，而警察也是睁一眼闭一眼的。我不敢肯定，但也对此摇头叹息，这是在代表现代文明的大都市巴黎啊！

清早在酒吧门口集中，就被告知，大巴士堵路上了，又有哪个公会在闹罢工了。公务时间来不及了，我们只得大步流星，埋首赶路，还得护着挎包，时刻提防路上突然冒出的"高手"。

斯特拉斯堡的深水静流

从巴黎到斯特拉斯堡，是从繁华雄阔、熙来攘往的世界，进入了一个宁静有序、独具风韵的天地。这么说吧，巴黎如果说是一个纯粹的、颇具浪漫的法国女郎的话，斯特拉斯堡则显出一个不乏风姿，也保有几分静雅的西欧女子的性情。面对如此相似而个性又不无差异的姐妹，我一时喘不过气来，心也一时无法平静……算你猜对了，对她们我都仰慕惊叹，只是，我又理性地退后一步，想品鉴，也想分辨，她们美丽的特质。

是周末，街上商店都关着门，这是政府的强制规定，周末不得有一家营业，否则处以重罚。据说这是为了维护劳工的权益，也有说是保证市民在家休息。巴黎是如此，斯特拉斯堡也无例外。然而黄昏时分我们踏入这片土地，还是被街头的宁静震慑住了。行人稀落，车辆奇少，周遭安静得只听见我们自己的足音。有轨电车缓缓而来，我们纷纷避开让道，它却蜻蜓一般轻盈地停住了，这里并不见站点呀，我们左看右看，才明白它是在礼让我们。心一暖，赶紧加快步伐，跨过几乎与路面一般齐整的轨道。直到我们这拨人全都穿过了街道，有轨电车才重新启动，几十米后，缓缓停靠在有若干路人等候的站点。说实话，这辈子还是第一次碰上，有轨电车给我们主动让路。这也够气派绅士的了。

穿越城市的运河不宽，但河水清澈潺湲。河面是平静的，岸堤也毫无喧嚣之声。绕着运河的步道在绿草中延伸，此刻也静寂无人。驱车又到了莱茵河畔,河面开阔,蓄洪处则更显壮观,如一泓湖水,波平浪静,涟漪不起。水分明在流动,却听不到一丝喧响。周边的树木密密匝匝,茂盛葳蕤,景致美得纯净自然。这份从容雅致从何而来?

我在河畔站立了一会儿。我凝视着湖水,感觉这水流看似缓慢,其实水深而凝重,仿佛有意无意地在遮掩着什么,也在承受着什么,它似乎想融合什么,又未免艰难,但依然在坚韧地努力着。她的无声,是一种包容,也是一种执著。

从遥远处就看见了斯特拉斯堡大教堂的钟楼,它是单钟式的,没有巴黎圣母院一般的君临天下。这座哥特式建筑的门内门外,也不如巴黎圣母院那样摩肩接踵。但它的庄重肃穆,依然无愧于欧洲著名教堂之誉。红褐色砂岩筑就了这座教堂,也是法国人工匠精神的创造。其精致乃至神圣,竟连当年希特勒率部都却步于此,难怪著有名篇《巴黎圣母院》的法国大师雨果,对斯塔拉斯堡大教堂自有非凡的评价:是集巨大与纤细于一体的令人惊异的建筑艺术。

不仅如此,在斯特拉斯堡徜徉,只要细加观察,你就会有更多惊喜地发现。老城中心,河流小桥相依,法式风情浓郁。人称:小法兰西。而位于市区的一个叫做卡莫泽尔堡的中世纪建筑完全是德国风格的木结构房屋,无声地表述着一种不可抹去的记忆。在斯特拉斯堡,法德风格建筑并存,令人充满遐想。原来,历史上,斯特拉斯堡就一直在法德统治的变换之中。这变换是战火和灾难,是百姓的不幸。在共和广场上有一座雕塑,一位母亲正悲伤地抚摸着她的两个儿子。他们都在战争中丧生。战争在法德两国之间展开。她的儿子,一位为德国而献身,一位为法国而捐躯。

斯特拉斯堡的建筑竟然并非巴黎一样纯粹。城市的外表下是两种文化在争奇斗妍。

小时候就读过法国作家都德的小说《最后一课》,原以为只是战争的来临,破坏了校园的宁静,中断了学生的听课。其实,是德国人重又夺回了对斯特拉斯堡的统治,法语将不再被允许学习和讲授。作为报复,当法国人又夺回了控制权之后,法语成为唯一语言,德语被禁止登入学堂。

莱茵河从瑞士发源,流经了德国和法国。这是无法割断的。当年瑞士一家化工厂发生爆炸,其污染影响到了德国,也一直影响到了已属于法国的斯特拉斯堡。此影响甚大,直到数年之后才终于消除。而这消除,若非几国联手,是不可想象的。所以联手和融合,应该是必经之路。

斯特拉斯堡终于走出了这条融合之路。从小的说,连道路上的标记都法文德文兼有。从大的说,欧洲议会在此落脚,欧洲联盟由此起步。

联手治理后的莱茵河,水清河深。水面下是奔流滔滔。

斯特拉斯堡更是一座混血之城,那里必然有碰撞,有喧闹,有妥协,也会有融合。

深水静流,也是一种姿态。

马赛的风情

刚才还是阳光绚烂,蓝天白云之下,海蔚蓝,楼橘黄,风平浪静,路人徜徉。转眼之间,乌云密布,雨水直降,波涛汹涌,街头清凉。马赛风情万种,阴晴不定,盖是风情之王?

到马赛的第一天,见到老港,就记忆乍醒。白色的游艇齐崭崭地汇聚,桅杆林立,沐光披霞,老港的臂弯,给它们恬静安然。我来过,也是这样由远而近地眺望,只是觉得船只更多了,港湾拥挤了,当然那种撩人的风情还在。谁不奢望拥有一只可以自由调遣的游艇,在风和日丽的时光,去海上悠游一番呢!美丽的地中海赐予了马赛人高贵的享受,此刻夕照之下的港湾,无数只游艇,轻轻地摇曳着,仿佛还在惬意地品味着这种曼妙的快乐。

我们也登上了一艘游船,可以容纳五六十人的游船,是一种混合动力的船只。它轻轻地滑行,很快就驶入了开阔的海面。船稳稳的,几无明显的摇晃,在船首船尾走动,如行走在陆地。两旁的石灰岩山丘连绵,有一处与陆地相连,蜿蜒挺立着,延伸到了远处,由山脉形成了一个硕大的鸟礁。岩石错落,粗粝,光秃秃的,草木稀疏,像极了戈壁滩上的那些山峦。那里有从马赛过来度假的人,三三两两的,半裸甚或全裸地坐躺在岩石上,沐浴着阳光,一待就是半天,有的还携带着各种食物。另一端是兀立的石岛,壁立着,难以登攀,毫无人烟,船只是不容许靠近的,这亿万年前的地质演变,是属于重点保护的范围。

不远处,还有一座依稀留有建筑遗迹的鸟礁,这就是《基度山伯爵》里与主人公命运相连的伊夫岛。岛上的城堡是十六世纪建造,具有中世纪的风格。三个高耸的炮楼,与岛西端的灯塔遥相呼应,有一种肃杀威慑之气。这座岛与那两处宁静而拙朴的山丘,一阴一阳,感觉迥异。

忽然,浪卷潮涌,起风了,顶风而行的游船启动了电动力,船身颠簸,人无法站立,更难以行走,有人跟着腿一软,差点跌坐在地上。只能老老实实地坐着,双手紧握前面的椅背。十多分钟光景,肠胃也有了翻江倒海的滋味,反胃恶心的症状有所显现。心里盼望着早些回返。船上的工作人员倒是神态自若,除了提醒我们尽量坐着,别无任何担忧。拐个弯,进入了卡朗格峡湾的深处。游船稍微平静了一些。那边岛上,竟出现了一群民宅,挤挨在一块,仿佛有了一些年代。原来这是原住民的住宅,现在多半不常住人了,只是度假偶尔一住,成为当地的一种奢侈物了。峡湾精巧、秀美,自然的造化,让这里恍如仙境。那边岩石上,有四、五人在海风的吹拂中,享受着阳光浴。我们朝他们招手、呼唤,他们也欢笑着向我们挥手呼应。浪涛拍打着礁石,激起碎白的水花。游船再返航时,弱风细浪,人,又在船前船后取景留影,乐不思蜀的样子。

马赛的近郊,也有成千上万顷葡萄园地。一株株葡萄树整齐地排列着,鹅卵石散落在地上,给葡萄树储存了热量。玫瑰月季也灿烂开放,花香扑鼻。所以,这里酿造的葡萄酒特别香,特别醇。当晚,就在酒店里配置了一瓶红葡萄酒,仅仅约十欧元。在入睡前,喝了一杯,身心格外舒畅。

午餐和晚饭后,几次都快步健走,踩着砾石路面。穿街走巷,路过巍峨的教堂和现代化的美术馆,路过一家家商店和闪着魅眼的摩天轮,到了海边,正午的阳光或者夕阳,庇护着这一片天地,游客抑或行人在此驻足,徜徉,悠闲自在。

周末，我们放弃了到尼斯、戛纳的匆匆一游，选择在马赛过一天的慢生活，感受马赛人的幸福指数。清晨仍早早起床，在酒店吃了早餐。外面雨水不停，泼洒似的密集。回到房间，翻一会书，竟又沉沉入睡，收获了久违的一个回笼觉。醒来时，窗外已是阳光明媚，直晃眼睛。中午在视野开阔的街头餐厅，找了遮阳布下，桌前长坐。风吹得膀子冷冷的。干脆把桌子和座位移入了阳光之中，身子立刻暖和起来。点了西餐，要了红酒，一坐两个小时，胡侃闲聊，要的就是马赛人的懒散劲。可我们聊着聊着，就又聊起来严肃的工作，不由得自嘲一番。灰白色的鸽子，还有翅膀艳丽的当地麻雀，倒比我们怡然自得，在我们脚旁桌下栖息、逡巡，仿佛在炫耀它们主人的身份。一道菜，吃了一个多小时，又来一道袋泡红茶，细细品茗。终于挨到有人坐不住了为止。我们哈哈一笑，也算领略了马赛的风情。

路不堵，车都很顺畅。但有一天清晨，车迟迟未到，说是油箱里的油，半夜被人偷了，只能临时换辆车过来。罢工、罢电、罢油，也难免殃及了我们。这也是马赛的不可抗拒的风情。

马赛的女人也是风情万种的。也许是节假日，法国的美女们都到马赛来度假了？

有一位同伴遇见两位小美女，她们迎面走来，笑容可掬，同伴差不多已掉进美女的瞳仁里了。幸亏女导游喊叫了一声，仔细一看，一个小美女用报纸作掩护，手指已触及同伴背包的拉链。阴晴突变，眼镜大跌。也许可以肯定了，这是马赛风情中的风情！

普罗旺斯的古城

五月,薰衣草尚未盛开的时节,在普罗旺斯的阿维尼翁,身心依然被芬芳清雅迷醉,思绪也闲适浪漫翩飞。

车子在具有坡度的公路上蜿蜒。葱郁的树木,万顷葡萄园,泛着微微涟漪的罗纳河水,和似乎是点缀其间的多半橘黄色的建筑。天湛蓝,云轻淡,一切在眼前展现,迫不及待地踏上这片沃土,置身于这自然祥和的情致之中。空气中仿佛有一种芳香、一丝甜润,沁人心脾。

教皇新堡在小山头上只留下两片陋墙了。当年罗马教皇的兴衰,在这风雨和战火的剥蚀中,已可触摸。但小山头乃至周边区域,都成为生性自由慵懒的法国人休闲游乐之处。九代教皇虽未能圆梦罗马,但在这个小村落沉潜上百年,广植葡萄,精心酿酒,最终在此缔造了皇室美酒,罗纳河河谷第一的品牌。被当地著名诗人,诺贝尔文学奖获得者弗里德里克·米斯特拉尔誉为:勇气之酒、史诗之酒、爱情之酒、喜悦之酒。

正届周末,一些年轻夫妇结伴或带着孩子,在一个不大的园子,相聚野餐,其乐融融。有一个小不点儿,嘴里还咕噜着一只色泽鲜艳的奶嘴,在园子边缘摇晃。我禁不住叫他 BaBy,故意逗他。他回转身,跌跌撞撞地扑入母亲的怀中。母亲在微笑地劝慰他,直至他也不再胆怯地打量着我们,眼睛大大的,神情可爱极了。

阿维尼翁断桥在风和日丽中,保持着它的古拙和凝重。在狭窄的桥面上走着,耳畔讲解器送来优美而诙谐的古老的阿维尼翁民谣。微风携来香甜的气息,圣尼古拉圣教堂宛如一弯月亮,依偎在桥间,无声无语。站立在断桥处,远眺对面的绿岛和静静流淌的水面,想象中世纪年轻的圣贝内泽和后人锲而不舍地建桥,桥梁屡垮屡修,历经沧桑,如今由原来的22个拱孔只剩最后的4个,风姿犹存,引无数游客竞登临,此是古城一奇。

位于城中最高处的哥特式教堂自然是令人朝拜的。颇具特色的古城墙也凸显了历史的深沉。周边的街头巷间,餐饮、咖啡和工艺小店,都呈现轻松惬意的气氛。据说,有的人点上一杯咖啡,一边慢饮静品,一边与伙计随意交谈,一坐老半天。男女老少,都处于慵懒放松之中,令人不无妒羡。

有一对夫妻,手牵怀抱,还推着婴儿车,携带四个未成年的孩子,一路缓步游览。那个稍大些的小女孩,调皮地扭动着纤小的身子,把我们都逗笑了。在教堂前的广场上,两位年轻壮实的黑人,正投入地学习着太空舞,边上一个小男孩,半裸着瘦小的身子,也聚精会神,旁若无人地跟着劲跳,跳得身上的肉肌,也有韵律地在抖动。

四辆旧而不破,陋而不俗的敞篷吉普,引人注目地穿行在街头。各坐着四对男女,男的一律驾驶,女的则副座一坐,有的白白的长腿搁在车门上,有的纤指夹着香烟,神态怡然,顾盼生情,风姿绰约,魅力四射。路经时,风驰电掣一般,马达隆隆。我们一阵呼喊,他们也声声尖叫,既是招呼,也是共同欢笑。嗨得我们也身心轻快。

叮叮当当的小火车也在广场四周奔驰。笑意荡漾在每位游客的脸上。

建筑外墙多半都是厚厚的,坚固敦实。原来,这里临海,地中海。暴风雨说来就来,一般风速都得五、六十迈,厉害的要达到一百迈。这样的墙壁令人踏实。如若有风,当局还会宣布学校停课,让学生待在家里。安全,是最重要的幸福感。

一位姑娘左右手各捧着一盆硕大的花卉,娉婷而行。一阵大风吹来,她逆着风,抬不动脚步。正想迎风趋前,也许想演一出毫无坏意的英雄助美人。风偏巧轻了,姑娘又起步了。

薰衣草一般的芳香,已积蓄于各类工艺和生活用品之中,并正悄然地散发,弥漫在街头巷尾,飘逸在四周。

阿维尼翁的景致是看不完的,也无法立马全部享受。逗留在街巷许久,想入非非,竟迷失了团队集中的地方。幸亏碰上一个在此留学的成都女孩,才知晓路口。于是,不由得感叹:如果找不到自己前进的方向,也得记住自己出发的地方,这才不会丢失自己。阿维尼翁,真是一个容易丢失自己的地方。

梦得巴黎半日闲

在巴黎的这一周,学习考察排得满满的。时差尚未调整,午休也取消了。只有一回,午饭后车回住店。但在房间闭目不过十分钟,又忽然惊醒,匆忙下楼,大巴士还在等候,大半人并未下车上楼,就选择在车上打盹。时间实在是太短了。车上静悄悄的,大伙儿都在迷糊着。车又摇摇晃晃地行进了。下午的活动就差十来分钟了。

巴黎其实是一个舒适悠闲的都市。一年超过150天的节假休息,让巴黎人生活得轻松惬意。可他们竟然还时不时地罢工,似无休止地追求个人的自由宽松。那几天,先是运输行业职工罢工,之后警察也跟着罢工,好几个路口被游行队伍堵住了。一堵就是大半个小时,我们惦记着行程,可被堵的车辆没一个急不可耐胡按喇叭的,也没见谁打开车窗甚或下了车骂骂咧咧的。大家都很从容,毫无脾气似的等待着。街上来来往往的行人,也都是散淡随意的模样。心里难免生出一丝妒羡,也衍生出一种梦想来:何时能觅得在巴黎的哪怕半日的轻闲时光呢。

是夜。结束一天的公务,算是最早回返住店的。回到房间,先快速洗浴,再把换下的内衣内裤搓洗了。小坐半刻,就不知不觉地进入了身心愉悦的半日闲的状态了。

是在游客中穿行,瞥见一群灰色的鸽子,旁若无人地飞翔着,轻巧无声地栖落在玻璃建筑上,我站立的草坪上。随后,又见到了人头攒动的蒙娜丽莎的画像,断臂但尤显美丽的维纳斯,还在久已神往的米开朗基罗的雕塑作品前踌躇良久……我在拉丁区终于找到了伏尔泰咖啡馆,并在咖啡馆的一隅,闻到了服务员递送的浓香扑鼻的咖啡。不远处坐着的几位法国男人,都是高鼻大眼,有的脑袋上还顶着拿破仑戴过的士兵帽,表情严肃,又不乏深沉凝重。我感觉他们就是与伏尔泰、卢梭等一样的哲人、文豪。我的心狂跳不止。原来我与法国的大名人挨得那么近,简直不可思议。白天我曾几次向导游打听过伏尔泰咖啡馆的具体方位,导游无法作答,也让我深知此番寻访伏尔泰咖啡馆,一定是一种奢望。没想到,愿望这么快就实现了。

那一泓清流,就是塞纳河了。我曾见到过它,也曾在河中坐船游览。两岸的著名建筑,此刻在阳光下飞扬着独特的风采。我闲庭信步,在左岸且行且思。有美妙的诗句在我的脑海奔涌。我索性在岸边的长椅上坐下来,掏出笔,一字一句地,记下这灵光一闪的佳句。抬起头,发觉一个不知名的人物,在雕塑基座上昂首挺立着,目光似乎正对着我。我向他发出了一个飞吻,迈开步子,沿着河岸,又欢快地前行。巴黎的天蓝云白,空气是如此清新,我竟然合着步调,哼起了小调,仔细辨别,唱的是美国大兵的歌曲《扬基嘟嘚儿》。我知道自己唱岔了,可仍然唱得很带劲,脚手并举,而且举得很高。我心情舒畅,因为我终于得空,潇洒自如地走在塞纳河畔。

香榭丽舍大道好美啊。夕阳之下,凯旋门英姿卓尔不凡。遥相对应的拉德芳斯的回字形建筑也是大气磅礴。我在凯旋门下伫立久久,我难得有这样的兴致,这么长时间地于此逗留。我凝望着拽动的长明灯,长时间地出神。

巴黎街头的咖啡馆是诱人的。我就在露天找了一个座位,要了一支啤酒。我沐浴在阳光之下,浑身暖融融的。接受阳光的抚摸,这在巴黎是一种享受和追求,我也拥有这样的闲情逸致,一坐半日,心境无限美好。这时,一位调皮的法国小男孩骑着单车,在人行道上晃悠忽然他的车轮碰撞了我的桌子,尚剩一半的啤酒瓶倾翻滚落,我连忙去抓,但已来不及了。啤酒瓶砰然落地。我在酒瓶清脆的碎裂声中惊醒:原来这一切都是梦,我太累了,刚才坐在椅子上,竟然沉沉入睡,撞入梦乡了。再看一下表,嗖地站起身来,赶紧穿好衣裤,拿起电脑包,飞快下楼。八点四十分要准时出发的。酒店门口无车,也无一位同仁。纳闷间,拨打了向导的手机:不是说早上八点四十出发的吗?是呀,没错呀。那怎么八点五十了还没见车,没见一个人?什么呀,你现在酒店门口?现在还是晚上呢,您糊涂了?啊,哈哈,原来我真瞌睡糊涂了呀!是累,太累,而脑子里的弦也实在绷得太紧了!

冬宫，拷问我的想象

到圣彼得堡，自然要去看名闻遐迩的冬宫。

没想到，汽车一拐上涅瓦河畔的大道，还没见到什么巍峨的高楼，导游就伸手一指：喏，这就是冬宫。冬宫，就是这样低矮地蛰居在平静悠悠的涅瓦河畔的建筑？心里暗想：我们外滩哪一幢高楼都比之高大伟岸雄奇的多了。然而再仔细地端详，冬宫的富贵华丽、恢宏精美的气质就愈益浓郁生发，那种辉煌夺人眼球，摄人魂魄。

确实不能小看了这仅有三层的楼房。它沿涅瓦河一字排开，长约230米，宽有140米，而高度不过22米，但几百年来，它以自己独有的形态和风格，征服了世人。在蓝天白云和河流的温情呵护之间，它的雄性壮美，熠熠生辉。整体建筑气势如虹。早在19世纪中叶，当时的俄国就颁布了一项特别法律，圣彼得堡所有的建筑，除了教堂之外，都不得超过冬宫。在二十一世纪的今天，笔者在圣彼得堡建筑保护委员会考察交流时，这个委员会的主席还颇为自豪地介绍，他们坚持限高至今，无论什么时候，都没有突破，这是这座城市的骄傲。诚然斯言，站在涅瓦河畔的桥梁上，极目两岸，建筑与天空的黄金分割比例，仿佛在这里发挥到了极致，天空是美的，河流是美的，而人为的建筑也是十分和谐的。我不禁感慨：中国古人推崇的"天人合一"，这在西方的建筑不也有异曲同工之妙吗？

走近冬宫，这巴洛克式建筑风采更加绚烂。蔚蓝色与白色相间，外部结构和装饰注重严格规整，雕饰也是丰富气派。阿特拉斯的巨神群像提升了一种艺术震撼。而四周的柱廊,对称相应,又平添几分庄严。令人称奇的是:冬宫在壮观之余,一些细部的雕饰精致入微,颇见匠心独运。这种精致,在外墙楼角,在窗上饰框,也在浮雕的布设上充分展现,且不说室内的装潢是修旧如旧,保持了原创风格。紧挨着冬宫行走,艺术想象的翅膀会情不自禁地舒展,这一刻无比美好。

但是,还是难以想象,这样一个建筑,在我们的脑海里是与战争、起义、炮火一类的字眼所关联的,而如今竟是完好无损,它竟然是当今最大最古老的博物馆,它的馆藏一点也不逊于卢浮宫!据史料记载,叶卡捷琳娜二世,十八世纪的俄国女皇,最初从德国购置了数百幅名画,藏于楼内,并将此楼命名为"艾尔米塔奇"(隐宫)。从此开始,冬宫开始兼容并蓄天下宝物。直至今天,这巨大的博物馆已拥有各类珍贵藏品达到270余万件。这些藏品有代表史前文化的物品,也有来自巴比伦文化的埃及艺术作品,以欧洲国家为主的油画和雕刻是这里的主角,俄罗斯本身的艺术品自然也忝列其中,由此产生了巨大的艺术震撼力。这里有几处本文不能不点到。在小埃尔米塔室的铁孔雀是天下一奇,那个金灿灿的铁孔雀,栩栩如生,翅膀上镶嵌了许多粲然夺目的宝石,这铁孔雀和另一只铁山鸡、铁猫头鹰组合成一台精彩的演绎。当工作人员启动发条后,孔雀会缓缓开屏,而且张着美丽夺目的翅膀旋转,铁山鸡则发出啁啾的鸣声,猫头鹰的双目炯炯,也有一次华丽的转身,给所有游客都带来惊喜和欢笑。列奥纳多·达·芬奇的《圣母丽达》也是观众瞩目之处。它和卢浮宫的《蒙娜丽莎的微笑》一样散发着迷人的艺术魅力。圣母那份安详,凝视一刻足以回味终生!伦勃朗,这位荷兰伟大的写生派画家,也在这里展示了他的天才的杰作。彼得大帝创造了圣彼得堡的奇迹,他被后人尊崇也是情理之中。冬宫就有彼得大帝的专门展厅,彼得大帝生前的用品,在这令人驻足。他的蜡座像,更是令人注目。据说,蜡座像的头发是其本人的真发,由此可见馆藏如何珍贵了。

在冬宫,真的难以想象,据说有1.5万幅绘画,1.2万件雕塑,60万幅线条画作品,100万块硬币和证章,22.4万件古代家具、瓷器、金银制品、宝石与象牙工艺品。它们和冬宫自身的建筑,相互辉映,从而使得这个建筑宫殿更加富有内涵,更加具有生命。

这本来属于皇室的冬宫,初建于1754—1762年,战火中两度毁建。我更难以想象,站在涅瓦河对面,今天还可看见20世纪初的"阿芙乐尔"舰,它的炮口仍然直对着冬宫。当时,只要它发怒,冬宫迅即残破不全了。那时资产阶级政府正占据冬宫,那隆隆的炮火一定会让十月革命者十分解渴,那些大理石、孔雀石以及包金、镀铜装饰,也许瞬间灰飞烟灭。但这一切并未发生。它只是放了一下"空炮",作为攻打冬宫信号。冬宫完好无损,依然静卧在涅瓦河畔,并更具魅力。俄国人,这一点,真让人佩服!

在广场中央,又见一根纪念柱,名叫亚历山大纪念柱,高耸入云。据说,有重达600吨,是用整块花岗石制作而成,它稳稳地站立在基石上,一切靠的是自身力量,顶尖有个天使,又给人以诸多想象……

  冬宫/你以你的恢宏和瑰丽/改变了我的印象

  阿芙乐尔号巡洋舰的炮轰/和工人士兵的起义/熔铸了你的形象

  叶卡特琳娜二世的珍藏/被一丝硝烟/粗暴的遮挡

  十月革命/还你清雅和/艾尔米塔什的芳香

  拉斐尔长廊/溅起/世人惊奇的击掌

  埃米尔塔什宫/绽放/孔雀开屏的灿烂金光

  伦勃朗/让浪子回头/丹娜埃也令人神往

  达·芬奇/令游客止步/圣母丽达何等安详

这古老的绿色的建筑/本身就是/涅瓦河畔的艺术张扬

真像一个套娃/层层叠叠/拷问着我的想象

卢浮宫和大都会/一定妒羡/你的无可比拟的库藏

我匆匆一瞥/也把你/收进自己的心房

第六辑

像芦苇一样活着

父亲是标杆

父亲走的那时,那日、那月、那年,都没留下一句话。他静静地走了,但留给我们的,却那么清晰、那么执著、那么炽热。

那一年,父亲随着兄长,趴在火车顶上,从农村来到了上海。他艰辛、勤勉的人生从此展开了新的一页。他对这时代、这一城市、这城市的普通市民,都有一种山脉一样绵延厚重的深情。整整五十载呵,他是把自己完全奉献给了这个城市。

20世纪七十年代,年轻人打群架成风。一天,几个、十几个学生在街上大打一气,扔石头,拿斧子的都有,整个一个群武行。这都是一些涉世不深,可谓混沌未开的中学生,他们脑子冲动,不计后果,拼身家性命在与稍有摩擦的同学械斗。有一个小伙子真猴急了,跑回家拿了一把菜刀,就向对方扑去。数百人围观,都发出了惊叹,却无人敢去阻止。父亲挺身而出了,他冲进人群,冒着危险飞快夺下那把菜刀,避免了一场更血腥事件的发生。我至今难以想象,父亲怎么会具有这么大的勇气和力量,这般铤而走险。要知道,那些学生此刻正血脉贲张,完全丧失了理智,就如猛虎下山,什么样的危险都有可能发生的。父亲却是置自身而不顾。他是在用生命挽救那些陌生的孩子,也包括持刀行凶者呵!

父亲又是宽容仁慈的。他在繁忙的工作之余,喜欢莳弄花草。只要一得空,就到附近的花鸟市场走一圈,买来些姹紫嫣红的花草,把小院子布置得充满生气和美丽。那一次,他买来一盘君子兰,在他精心培育下,君子兰生机盎然,父亲和家人非常喜欢。新村里一些人也来欣赏。有位瘦高个男孩特别感兴趣,父亲毫无保留给他介绍自己的培育诀窍。没想到,某一晚,那盆君子兰不见踪影了。后几日父亲发现,它出现在那个瘦高个男孩的庭院里了。父亲没有恼怒,他只是委婉地向那男孩点明:君子爱花也应取之有道。既然拿去了,就好生莳养,希望他好自为之。那男孩十分羞愧,感恩父亲的博大胸怀和谆谆规劝,从此规矩养花,本分做人。

小时候,总觉得父亲挺忙,甚至子夜凌晨单位都会有人来找。父亲工作的煤码头上,也是天天加班,一片火热场面。那时电话稀缺,往往父亲疲惫的身躯刚刚躺下,居室楼下就有人喊父亲的名字,说是什么机械出故障了,让父亲帮忙去修。后来我才知道,那些维修活儿,原本不是父亲的分内事,但父亲叫得应,技术好,大家碰上这类事,也都来找他了。每次父亲一骨碌起床,不说二话,就摸黑赶往码头了。那种辛苦,让母亲和家人都感觉心疼,父亲却绝无怨言,他是将码头融入自己的血肉之中的。

那时候,家里人多,一间屋子挤得很,也挺不方便。我们都央求父亲找单位领导,再要大一些、层次好一些的房子。父亲是劳模,是标兵,理应享有这个待遇。父亲笑着摇了摇头:"让单位领导去安排吧,这么多人缺房,我不能去争些什么的。"后来,组织关心,房子换大一些了,可地段、面积稍差了点。父亲却很感动,更埋头苦干,仿佛这居室皇宫似的,让他有点不太自在。

父亲晚年全身瘫痪。被切了气管,进食只能依靠鼻饲。整整三年,父亲无声,更多是微笑着看着家人。他的目光流露出的是深深的柔情。就像他以前一样,话不多,却给了我们实实在在的爱。

果敢、宽容、慈爱、真挚,这就是父亲的形象。

父亲,是我永远的标杆!

偶像之塔

自古英雄出少年，而少年本身也是最需要、最容易在心目中形成偶像的时期。如果把这偶像比喻为一种有形之塔的话，它的永久和牢固与否，也总是会有一番争议的。

前些日子应邀给一些中学生讲课。又谈及了偶像这个话题。有一位长相斯文的男生竟对自己的偶像大发感慨："本来蛮崇拜谢霆锋的，一天不见他的相片，心里就空落落的，可不知怎么有点看不惯他了，现在还是感觉阿杜可爱、歌好听。人也像模像样的。一天不听他的歌，心里就着慌。"说着，从耳朵里掏出随身听的耳塞，向我扬招了一下，以示他这番话并无虚情假意。其他同学也七嘴八舌地议论开来，其场面之热烈让我出乎意料。

毫无疑问，这是一个偶像辈出的年代。想到我们这些20世纪六十年代出生的人，似乎真是缺少了这类偶像的精神支撑的。但我们也是有偶像的。我们的偶像更多的是充满舍生忘死气概的先烈和有志不在年高的小英雄们。除却雷锋、王杰、董存瑞、邱少云，有几位堪称我当年心目中偶像的人物，是值得在此一提的。

有一位老人，真的忘了他的姓名。恐怕当年就未曾过分留意他的名字。甚至于这位老人是中国哪一个省份的，我也都忘却了。但忘却不了的是他的事迹，乃至他的事迹在我心里曾产生过的震撼。一头老牛踱步进入了火车铁轨，其笨重的身子在铁轨上悠然信步时，一列载满旅客的火车飞驰而来。显然，火车司机突然发现了这头老牛，也猛然拉下了闸门,可巨大的惯性仍使列车滚滚向前,一场可能导致火车倾覆的重大恶性事故似乎触手可及。这时,这位平平凡凡、名不见经传的老人出现了。他用尽自己全身力气,在火车撞上的那一刻,硬是把老牛推出了铁轨,自己却未及躲避,被火车猛烈地撞击了一下。老人倒下了,可在我充满对英雄崇拜的稚嫩的心田里却十分高大地、塔一般地矗立起来。有一阵子,我是完全被老人所感动了。那时朦胧中已感觉世上最为可贵的就是生命,一个连生命都可以抛却的人,是何等高尚无邪的呀!我甚至于想,一个人反正都要死的,在行将就木前,用自己的衰落的生命之躯去创造万古流芳的英名,那真是太值了!这并非纯洁的念头固执地停留在我的心间,也让我对这老人充满了敬佩。那时连环画上老人奋力推开老牛的那个画面,至今深深地烙在我的脑海里,难以磨灭。

小兵张嘎是一部电影里的一个人物。这也是让我十分着迷的小英雄。在一个普普通通的村落里,小兵张嘎智勇双全,和进村烧杀抢掠的日本鬼子打起了游击战。他和后来拍成电影的《闪闪的红星》的主人公潘冬子一起,成为我少年时期最为向往的形象。他们的故事,一幕幕情节,现在都栩栩如生,恍若就在眼前。至于电影里的主题曲和精彩台词更是脱口而出。有一次朋友们聚餐,一位胡姓朋友的手掌打着石膏。有人就随意问起:"胡老板,你的手?"边上几位竟然一起回答:"让狼崽子咬了一口!"引来一阵哄堂大笑。说的是坏蛋胡汉三的台词,但却是自小就对潘冬子喜爱的表露。记得当时看了电影还不过瘾,还央求父母买了一本同名小说。又看又高声朗读。那时家里够拮据的,一本书就是一顿饭菜钱呵!满屋子的红星,张灯结彩似的,挂了好长时间。也足见自己的偶像的崇拜。至于那个扮演潘冬子的小演员,更让我羡慕不已了。后来听说那个演员犯了什么错,我的心跟着懊恼不已。前些年又见这位演员在电视里露脸了,当年的潘冬子形象依稀可见,就有一种温馨涌上心头。

有许多英雄作为偶像,可似乎就是没有什么歌星、影星之类。至于球星,倒也有几位乒乓国手让人钦羡,但也不如现在的年轻人这般痴爱和狂热。很多年过去了,这类英雄形象仍然难以忘却,有时梦中也会时常相遇,那梦就浸润了温甜,让人回味隽永。

朋友的一个对足球十分迷恋的男孩,对球星罗纳尔多崇拜得五体投地,连那身装束和言谈举止也都极力模仿。前些天,我再问朋友,孩子还那么痴迷罗纳尔多吗?朋友撇撇嘴:小孩三分钟热度,早把罗纳尔多像足球一样,踢得远远的了,现在迷上安贞焕了,说他才最最帅气,是自己的偶像,还要家里出钱,准备同学结伴到韩国去见见偶像呢!喊!

我知道朋友的语气意味。我也在想:现在的孩子心中偶像比我们那时确实要丰富、华丽、绚烂得多了,可这偶像之塔瞬间的倒塌,也是司空见惯的。我们的偶像虽然单调、乏味,太多的理想色彩,可却浸入了我们的骨髓,真是影响我们一生的呵!

倒走小夜曲

暴走是我每晚率性而又昂扬的进行曲,而倒走是其中最为舒缓和芬芳灿烂的乐章。

暴走,让汗腺吐舌,令毒素汩汩,为一天的疲累和承载卸去负担。

倒走,则是给矫健的步伐一点更加实在的支撑,给挺直的脊梁一些更加坚韧的力量。

倒走是有了一定年龄和阅历人的行为。年轻时的倒走淡然寡味,走也走不出什么情绪来。就像有悠久历史才能回望,有深长的往昔方可咀嚼一样,短浅的人生,倒走也如薄脆的粉饼,装饰遮掩不了本就凝重的自然的质地。

那时,看在小区暮色中倒走的大人们,影影绰绰,那看不清晰的神情,像幽远的天空一般,深不可测。往前迈步,是生活中的常规,怎么在这些大人们身上就变异了呢?这倒走的背后,是否有看不见的魔掌在挥动着,抑或是被古怪的念头一步一步牵引着。我有过九九八十一种猜测,但最后这些猜测都泥牛入海,不见任何迹象了。

经常看到的是一个瘦弱的女子,病恹恹的感觉,每晚在小区倒走,走走停停,两步一回头,走得十分缓慢。黝黯的夜色,也遮挡不住她的无奈和病痛。果然,有大人指点说,她是患了病的,医生嘱咐她必须每天倒走,不然难以恢复。当时说的是什么病记不真切了。但有一点很明显,她是被动倒走,是疾病所迫,因此就显得孤独而又悲哀。她不得不每天挤出时间来,在这夜晚踽踽行走,茕茕孑立,走得这么迟缓,走得如此狼狈,一点也没有什么美感甚或诗意。

也见过一些上了年纪的老人,倒走缓缓,白发苍苍。但走得小心谨慎,如履薄冰。仿佛背后陷阱密布,又不得不去踩走。

因此当我前不久在乌鲁木齐的一个小广场,在暴走的同时不断转换为倒走的姿态,一群俄罗斯游客对我发生了浓厚兴趣,一个女子竟然模仿我倒走,乐滋滋地笑着,像是对着我,又像是对着她的同伴。我一点也不惊讶。也许她们就如我当年见到有人倒走,胡思乱想,又觉得陌生好玩。

我的倒走,或许也是对她们的一种启蒙。

我的倒走,没有任何人要求或强迫。某一个精疲力竭的夜晚,我在暴走的过程中,忽然起念,倒走了一段。自然走得趔趔趄趄,像那个年幼时见过的羸弱女子,走走停停,两步一回头,怕后面的道路坎坷不平,或者哪怕一块不起眼的砖头,就会让我四仰八叉。我忽正走忽倒走,不断地变换,不停地行走。我发觉倒走比正走确实更加有效和神奇,走了百十米的倒走,再回过头来正走,会走得轻盈自如,如行走在云端,再倒走,就充满了信心和力量。

由倒走想到人生,想到每天的生活和工作。人生不能都急急地往前赶的。人生的旅途上,停停步子,倒走一阵,会看得更清楚,想得更明白。刚逝去的时光和风景,会让你生出许多新的感慨和感悟。人生毕竟短暂,回顾已走的道路,在倒走的时光里,得失尽观。一生如此,一天又何尝不是这样。每天的倒走,就是一种"每日三省吾身"。就是自我的一次检阅,就是心灵的一种反刍。

我每晚的倒走,是一次清理,穿行在草木的丰饶,让月光帮助抖落,一天太阳的尘埃。是一种飞翔的姿态,每天的操练,已经让我,身轻如燕。是心灵独自欢唱的时间,二十一克的灵魂,保持了自己的分量。尊贵不多不减,是出发奔向春天。已找准了一个罗盘,想在五月四日的这一天,安营扎寨。

我每天倒走,数日下来,已倒走如飞,恍若背后都长有眼睛。自然,这几段路都是我走熟了的,它的高低起伏,线形现状,我已熟稔于心。我倒走的每一步,都如正走的每一步,踩得稳当和坚实,一点也没有晕眩,一点也没有胆怯,一点也没有畏畏缩缩。

我的一位同龄朋友,也每天暴走。但他无论如何不敢倒走。因为倒走于他实在是寸步难行,两腿抖索,就是无法挪动步子。也有一位年轻些的同事,曾经因为倒走仰面摔了一跤,从此不敢再倒走一步。心有余悸。任我再怎么劝说指点,他也不愿背朝来路。

我每天的倒走,身心愉悦,愈走愈快,走得血脉贲张,浑身发热,仿佛任督两脉也因此更加畅通。精神也愈益倍增,每晚回到屋内,我才思喷涌,精力充沛,公文迅即处理,著文也下笔如有神助。

愈上了年纪愈会恍悟,倒走原来如此重要!

倒走,有益于脊椎、颈椎,有利于血液畅通,有利于舒筋活络,更有助于创新思维。

起初,每晚倒走,未免瞻前顾后;倒走,时常停停走走。但每晚的倒走,就是让每天的顺走得更加矫健!每晚的倒走,也是让明天的顺步每一步都愈益顺畅!

倒走百步,胜似顺走千步。倒走十日,年轻十年!这不得不让我正视并坚持天天倒走,人生不息,或许也就倒走不止。

只能送你到门口

到一个住得比较偏远的老教师家拜访。老教师是某一学科的带头人，德高望重，也完全是知书达理的长辈，平常待人历来谦逊得体。那天和他谈得挺投机，原以为告辞时他一定会送我到车站的。车站离他家不算远，师生俩似乎可以拉扯几句的。没想到，一出门，他就停步了，刚才的热烈气氛戛然而止："恕我只能送你到门口，车站不远，你走好。"我有点迟疑地和他道别。一路上郁结在心头的纳闷无法消除。后来与几位熟识这位老教师的老师聊起，才知道这是他一贯的送客方式。也有好友曾问他所以然，他爽朗一笑：礼节已到，再送，也终有一别，路还得他自己走呀。

有一天和朋友相约一同赴某处开会。到了他家，才发觉那天是高考日，他的儿子正准备赴考。朋友送他至门口，拍了拍他的肩，让他好好发挥，就算是送别了。我看不过，说，就让车子带他一段路吧。朋友摆了摆手，态度很坚决：让他自己去吧，这样，他反而踏实。何况，今后的路还很长呢！儿子也笑着向我告别，走得很轻松。我望着他年轻的背影，感受到了一种自信、坚定和欣慰。那孩子后来高考成绩十分优异。这两天，还收到了一家知名大学的录取通知书。我相信这样经受教育和训练的孩子，未来必定是不可限量的。

前些日子，也到一所中学去讲课。发觉学校门口早早地就停了一长溜各种车型的小卧车，还有一些上了年纪的长辈们和年轻的父母亲，在门口聚集着，是在等待孩子放学，好接孩子回家。后来也特别留意清早,送子女上学的队伍也在大街小巷蔚为壮观,那场面恐怕是国外那些家长们无可理喻的。我所居住的小区,原本有校车送学生到附近那所学校的,可坐的孩子并不多,家长自己驱车送孩子的依然占了多数。倒是有位在跨国公司从事高级管理的老外,挺大大咧咧的样儿,把孩子送到家门口,就自己到地下车库驾车走了。

更可笑的是我的大姐,对女儿宝贝得难以想象。都十八岁了,上下课都要自己去接。好几晚在母亲家吃饭,姐姐不亲自在校门口接到女儿,是断不会自己先过来用餐的。有一次歌星王力宏演唱会,也就两张票,两个同龄外甥女准备结伴而去。姐姐依然不放心,送她们进了剧场,自己在外面足足待了好几个小时,只等曲终人散,又将她们护送到家,其细致小心,让人直皱眉头。

这样说来,只送到家门口是很有意思的。不管是夜半送客,抑或是孩子的接送,只要不是尚未成年,甚至有什么特殊原因,送到门口是一种尊重,是一种信任,也是培育。早放手的孩子,容易学会走路。何况,再怎么送行,路总得自己走下去,还不如适可而止呢。

诗意地居住四题

一

近几年,东颠西跑,见识了不少沪上的新楼盘。凭良心说,比较早些年的房产开发,这些楼盘的确更见档次,更有品位,呈现出现代人诗意地居住的意蕴。欣喜之余,我还总是担忧那些空置多年的楼盘在市场上节节败退,恐怕难有出头之日。倘若不采取必要的调整措施,这淘汰出局的大批新居,真是莫大的浪费!

优胜劣汰,催生了一茬又一茬的精品。青出于蓝而胜于蓝,同样也酿造了眼泪甚至于血水也改变不了的被遗弃和遗忘的命运。陈旧的布局,逼仄的空间,笨拙的外形,钢筋混凝土充溢整个小区的气息,几十年一贯制,与自然、人文、地域的分离,已凝固成一种特性,

遍布大大小小的城市。居住区的趋同性如好多年前人们着装的单一、雷同一样,令人徒生悲哀和厌倦。

仿佛春风掠过,冰封、板结的土地倏忽绽放出万紫千红的鲜花,复苏的季节漾动着沁人心脾的芬芳和生动。簇新的楼盘,在雨后的世界里傲然耸立,清雅夺目。

这七八年,我几乎在房产开发的各相关岗位上都有所伫足,这种开发轨迹和态度,使亲历其间的我,无法不感到欣慰和骄傲。

二

也有遗憾,而且是深深的遗憾。

是一个极端走向另一个极端的偏颇,还是词不达意,破绽百出的错讹?甚或是华而不实、名不符实的刻意误导?

似乎是一夜之间,这么多"以人为本"或者"天地人合一"的楼盘在建筑群中、在城市角落、更在报首刊尾喧嚣鼓噪,难道没有鱼目混珠?没有滥竽充数?

没有"瞎胡闹"?没有"人来疯"?

曾经慕名走访过一个小区,是以"生态小区"名扬沪上的。原以为一定有出人意料使人惊喜的构建和布局。一圈下来,怅然若失,悲从中来。刚够规划标准的绿化率,高层、小高层摩肩接踵的容积率,还有据说从东北移植的一溜松树,和阳台有些怪异地加以封闭的特色。我不明白,仅仅这些就构筑了回归自然,皈依自然的"生态小区"?

后来发现,这样的小区还不算少。难道多几块绿地、多几株新树、多几个喷泉、多几座雕塑,或者再多几条人工小溪,就可称之为"天人合一"?

况且,类似的小区又像已被摒弃的那些陈旧小区一样,满城都是,层出不穷!

又是一茬多余的、最终难逃出局厄运的产品?

三

我并不是幸灾乐祸。我也绝非一概否定那些浸透了智者和勇者血汗的楼盘。相反,对于建筑理应贯穿"天地合一"的思想精髓,我是极力推崇并心神往之的。

所谓"堪舆"(即风水),我相信其合理内核是中国传统建筑的灵魂,那种勘查自然、顺应自然,有节制地利用和改造自然,选择和创造出适合于人身心的建筑及其行为需求的最佳建筑环境,使之达到阴阳合和、天人一统、身心交融的至善境界,是自古至今多少国人梦寐以求的。

造山、造坡、造水、造景毕竟只是点缀和附庸,天然去雕琢,是极致,也是一种追求。

我还去过另一个小区,有一条河流蜿蜒穿过。大概这条小河如闻一多笔下的"死水",奇臭无比,故彻底将它填埋了。在小区中央广场,另开挖了一潭池水。可回搬的居民并不很高兴,小河填了,又砍了那么多枝繁叶茂的垂柳,如果花点钱整治一下,不是更顺应自然吗?

居民有居民的道理。那条河也许陪伴甚至养育了生于斯长于斯的好几代人!说填就填了,感情上也受不住。如果留下来,对已经告别了老屋的居民也是一种安慰吧?

在高楼新居生活,时时可以聆听古老的、清澈的小河细碎的呢喃,在夜间也是温柔和甜美的催眠。

《风水辨》有一段话,对"天地人合一"之说有积极的诠释:"所谓风者,取其山势之藏纳……不冲冒四面之风。所谓水者,取其地势之高垒,无使水近夫亲肤而已,若水势屈曲而又环向之,又其第二义也。"

可见,人对自然的相谐,也是有其内在规律的。

四

到哪里寻觅这样的居住环境?

我忽然想起了"桃花源"。

"林尽水源,便得一山,山有小口,仿佛若有光,舍船从口入,初极狭,才通人,复行数十步,豁然开朗,土地平旷,屋舍俨然……"

可是如此妙处,也非俯拾皆是,人人可求。

于是又审视一遍所走访过的小区,还是发现其中不少可圈可点之处,或绿意盎然,冲破了水泥森林的挤压;或曲径通幽,氤氲着几多祥瑞之气;或造型别致,与周边建筑相得益彰,或房型得体,布置相宜。

虽然与"天地人合一"有一定的距离,毕竟在选址、规划、设计、营造及其管理中有其特质。各有千秋,是现代人的福祉。

只是不要说得太完美,太圆满,即便桃花源也只是一个梦境,现代居住小区倘着意去营造,也定然能让人产生诗意地居住的情思。

带着旅游的心情

这一年,我在路途的时间,大约等于我用于睡眠的工夫。不是夸张,大多数时间,你拨打我的电话,我不是在赶赴喀什的飞机上就是在新疆辽阔的土地上跋涉。倘若没有现代航空器和汽车作为翅翼,我平均几乎都日行300公里之上,是无法实现,也是难以想象的!

舟车劳顿,满目又往往是荒瘠一片,人很容易坠入迷惘和痛苦之深渊的。我非圣贤,虽然我拥有强壮的外表和处惊不乱的神情,但我的内心还是如同沙漠公路一样,时不时滚过一阵细沙,紊乱而又遮蔽天空,也只有冷静的雨,前仆后继,才会迅速平息这心情的波澜。

但南疆的雨是不太愿意露头露脸的。很长时间,不见一星雨点纷散,是最正常不过的事了。我因此不可能等待一场雨去浇灭我的心头闪跳的烈焰。这是我无法企及的奢靡。

我后来找到了一种途径,那就是把握住自己的心情,让心情注入一种期盼和新鲜的追索。这种心情的别名就是像旅游一样行走。

是的,带着旅游的心情出发和前进。原本枯燥乏味的旅途像春天的山野充满盎然的生机。那一草一木甚至一块顽石、一粒尘土,都演绎着一段鲜活的故事,抑或闪烁着诗歌的元素。心境完全大变。

以前,我在都市上班或工作,路上总是火急火燎的,总以为路上耽误了自己太多的时间。催司机,怨路堵,心情真像扬满了尘灰的天空一样烦乱。往往一天坏透的了的情绪,也就发端于这种灰色的心涌。很遗憾,那时候,在路途上的每一刻,都是难熬得好似度日如年。现在我大把大把的时间扔在了路上，原本也是无奈和浪费的。但我现在以一种旅游的心情去主宰，这大把大把的时间这分明也是以前赚不来的。

因为带着旅游的心情行走，我时不时仰望天空，留意蓝天白云，注目山山水水，打量人来人往，甚至观察河边树草细微变化。没有比让自己的心灵在自由随意的世界遨游遐想更快乐的事了。

在寥无生机的荒漠上，停下车，弯下腰，惊喜地发现了一丛顽强生长不为人关注地叫不出名儿的草茎。在枯寂乏味的飞机上，将目光透过舷窗流泻而下，去抚摸似乎触手可及的山脉和海洋。在贫瘠的乡村穿越，用心灵摄下那一幕幕催人泪下的场景，够我回味一生，也催我扬鞭跃马。

带着旅游的心情，人在路途上，就有了轻松愉悦，因此可以用恬然的视角，平和的心态，去发掘并接受纷至沓来的新鲜和变异，疲乏随之消遁，单调也迅即飘逝。

我把这种迷烦的心情也视为沙漠公路两侧的固沙。沙漠公路两旁多半是用稻草秆以方格网的形态，抑制沙的漂移，以防止奔袭车轮滚滚的公路。而我则用旅游这只温柔的手安抚心灵，触摸神经，活跃细胞，拭亮瞳仁，与扑入眼帘的自然的所有景物都能和谐相容，与路途中可能邂逅的所有事件，也都能保持良好的承受度。

老话说，在家万样好，出门处处难，既然如此，如果不以旅游的心情对待，自会怨言频频，烦恼阵阵，破坏了兴致，也毁损了大好的时光。

飞机出行，已成家常便饭，但隔三差五就坐飞机，况且往往一坐就是大半天，这还是在大陆范围，这怕也不多见。最初坐飞机的恐惧症早已扔进爪哇国了。可是，新的恐惧还会常常滋生。都说飞机起降的几分钟是最危险的，在乌市，连续发生了飞机起降因鸽群碰撞遭损，不得不返航抑或几近紧急降落。不过老是惦记着这种事件的话，你还敢坐飞机吗？就在飞机起降闭上眼，打个盹，养养神，不说想的就不多想了，这会让心灵平静。飞行时的遭遇气流更是常事，有时还是持续的较强气流，飞机颠簸不止，急遽沉浮，那也不用担心，就当是游艇正在蓝色的波浪中奔驰。

面对一路戈壁，坎坷的车程，那么令人索然无味。但就真的毫无情趣了吗？你看，在无垠的荒凉的砾地间，还是有以蓬蓬柔媚的红柳绽现着她们的芳姿，还是有一<u>丛丛</u>的坚忍的骆驼草在翠绿着他们的生命。高楼林立，连鸟儿都难以展翅的都市，会见到这般苍茫的戈壁和执著而又独特的树草吗？带着旅游的心情去观赏吧，你的无趣和无聊的心里，也会长出一蓬蓬和一<u>丛丛</u>的鲜活和快乐来。

带着旅游的心情，绝不等同于散漫，游玩和事不关己的心态。真正现代人的旅游，应该也早逾越了当年马可波罗和徐霞客们，眼睛看得更远，心境也放得更宽，脚步也踩得更坚定。在旅游中的发现已从知识的层面上升到了智慧的程度。鲁迅的一句箴言说得很精辟：知识不是力量，智慧是。我要说，游乐并不是旅游的全部，带着心情和灵魂一定是。

人在旅途，即便是匆匆过客，也要观一下山水，赏一下日月。生活的单调乏味，一定是自我圈禁的，以旅游的心情去观赏周遭，去善待每一寸光阴，你会快乐的微笑的。生活并不是想象的那么糟糕！

神山与圣湖

一

都在寻找纯净。

当我走进南疆,弥漫的沙尘,干涸的河流,浩瀚的戈壁滩都无遮无拦扑入我眼帘,我知道,这所见所闻与纯净已相差甚远。

也许,自然的纯净真的是高不可攀。

我也真的在高高的"世界屋脊"上才领略了纯净的内涵。

帕米尔高原,正如一幅立体的长轴,在我的眼前缓缓展开。

布伦口白沙山,是进入帕米尔高原的咽喉。沙湖澄澈,沙山素洁。山湖辉映之间,景象壮美,壮美中蕴涵着一种神圣。在这里,轻轻掸去一路的风尘,舒展一下略有点倦意的眉头,静静地伫立,凝视湖中白沙山的倒影,竟也呈现一片深邃的纯净!

而喀拉库里湖,方圆 10 平方公里,犹如一面巨大的梳妆镜,让皑皑的雪峰在倒映中更显美丽。这里的湖水,来自远古的冰川,所以特别的清澈纯粹。微风乍起,涟漪轻漾,湖面迷蒙。在日落日出中,湖水由原来的淡绿,变得五彩纷呈,忽而银白,忽而粉红,忽而蓝色一片,忽而满目黑黝黝的。大自然的造化使这一切显得神奇无比。这高原的圣湖,让躁动的灵魂安宁,令飘浮的思绪沉静。就让心灵暂时寄放于此吧,让它也在晨夕的变化中,溶注冰川一般滔滔不息的透亮。

再仰首凝望慕士塔格峰,这主峰高达海拔 7546 米,终年积雪不化。它高高耸立在那里,亘古不变,神态依然。在柯尔克孜语中,慕士塔格峰就是"冰雪山"之意,"阿塔"则是"父亲"之誉。慕士塔格冰川之父的美名,由此而来。作为帕米尔高原最为雄奇的一座山峰,慕士塔格峰是名副其实的。它拥有的冰塔林、冰舌、冰洞、冰松等自然景观,有一种摄人魂魄的美!

神山与圣湖,无声地诠释了自然纯净的真正寓意!

二

洁白应该是纯净的一片叶子。

帕米尔高原上的雪是洁白的。数百年前形成的雪山冰川,一尘不染,一览无余,纯净得无法比拟,袒露得无比透明。宁静时,犹如处子,在湛蓝湛蓝的天空的映衬下,白得静穆,白得超凡脱俗。奔放时,也不乏穆斯一般的激情,殊不见,在雪崩的那一时刻,它欢笑着飞落,那纷纷扬扬的洁白,是馨香的花瓣,遍撒山野,又化作一股股清冽的泉水,奔向广阔的草滩。

雪是洁白的,云朵也是洁白的。雪山就是栖息不动的云朵。云朵就是飘浮不停的雪山。如此连绵数十公里,把洁白之美展现到了极致。在这洁白的群舞之中,心灵的底版也被渲染得一片白净。

还有一片洁白,是慕士塔格峰下的玫瑰。她们灿烂地绽放着,装点着奔莽的雪岭和冰峰。洁白,只接受太阳的亲吻。凋谢了,也飘落在雪山的衣袍上,高傲地微笑。

三

住在这高原上的人,也是纯净的。

在石头城遗址门口，几位塔吉克族少年让我们感受到了心灵的纯净。拍照，合影，他们落落大方，那随意表现的动作和神情，把孩童的天真表露无遗。那绿色瞳仁里闪出的一片诚意，也拨动了我们的心弦。作为感谢，给了他们一元硬币，他们笑着接受了，这是对我们的尊重。要再给他们加点钱，他们却婉言谢绝了，他们的眸子里写着真诚，再执意，或许就是对这片真诚的亵渎了。

我们的汽车在喀湖停留间歇，一个肤色黝黑的男子追随我们的车，小跑了一阵。他手里举着一把折叠伞。是我们的伞。他说这是从我们的车悄然掉下的，他不停地述说着，仿佛我们会误解他的好意似的。这就是山里人的淳朴。是的，淳朴，淳朴本就是纯净的一种特质，他们保持着这种特质，就像这里的神山永远拥有这冰雪，这圣湖永远具备这清澈一样。

世代生活在这高原上的塔吉克族人，虽然并不富有，但简单而快乐的生活，如同他们太阳部落的称呼一样，阳光而纯洁。

据说，新建多年的塔县拘留所，至今只关押过一个人，那还是一个异族人，与塔族人无关！

在塔县，夜不闭户，路不拾遗，就如同冰雪一样并不稀罕。一位朋友说，他曾经私自进入一户当地牧民家，家里空无一人。他从热水瓶里倒了一点热水，碰巧主人进门了，主人见有客登门，脸上洋溢着快乐的神情，他毫无保留地欢迎任何客人的造访。他们的热情和气度，又会让多少所谓文明汗颜呢？

神山，千年不语。圣湖，水波不兴。

那是冷峻中的思考，那是庄重时的跃动。令圣洁更加圣洁，让纯净愈益纯净。

都市人，也许一年一次，要去会会神山，要去见见圣湖，在神山圣湖间，洗涤一下自己的灵魂！

心灵的度假

常常有同事和朋友询问:你周末是如何打发的?我让他们猜测,多半很离谱,把张三李四的安排都胡乱套在我身上了。我否定这些猜测的同时也颇为内疚,似乎在他们背后做了什么不该做的事情。

他们知晓写作是我由来已久的爱好,但它已成为我休闲的一种方式,他们仍然是难以想象的。或许,在他们和更多人的眼里,爬格子无论如何不能视作为一种休憩的。而我却依然这么固执!

有一位我至今深为感佩的已故的老领导,见我白天忙于事务,业余还要笔耕不止,曾经委婉地劝慰我换种方式休息休息,别累坏了身子。我非常感激,却未改初衷。

后来工作愈益忙碌了,白天、晚上连轴不算,双休日基本上也捞不着时间,我又是一个工作十分投入的完美主义者,为工作冥思苦想,甚至于通宵失眠,也是家常便饭。别人都认定我早就无暇握笔,营造什么自留的"格子田"了。其实我这"地下"工作仍然干得不亦乐乎!

真的,不是为了名,也并非为了区区稿费,恰恰是让自己的心灵得以休憩,获取养分,感到舒适和满足!

难得的周末,只要有两个小时的整块时间,没有会议安排,没有不速之客,也无电话侵袭,我就横下心闭门谢客,窗外也少有喧嚷,铺纸展笺,挥笔自如,久久沉溺于一种与尘嚣隔绝、物我两忘的境地。那是对写作的投入和痴迷。

没有音乐,却有文思在我笔端流泻;没有小溪,却有灵感在心头潺潺而过。什么样的烦躁和焦虑都忘得干干净净，唯有与文字共舞，心底里注进一缕清新，一片澄静，一份随意，一种超越。

这就是多少人深知其苦却乐此不疲的创造的快意！何况，我因了平常丰富而又紧张的劳作的催逼，早已积蓄和沉淀几多感慨和遐思，此刻，不用苦心志，劳筋骨，一气呵成，回肠荡气，何等惬意！

彭瑞高兄曾调侃我，你还写作，大概像进教堂一样的感觉罢。这种譬喻虽不敢苟同，但单从工作和休闲的关系来看，似有几分道理。

每天三四十次显然都应反馈的拷机寻呼，每周数十次大大小小必须参加的会议，每月大大越过允许报销范围的手机费用，可以想见我对阳光、草地、清闲等美好事物的渴求。美美地睡个懒觉，通宵和知己交心都已成为奢望，我岂能容忍自己只是留下疲惫、留下麻木、留下哀叹！

不如就将那么一点珍贵的光阴凝注于笔端，让心灵随思维的驰骋轻扬抑或奔放，安憩抑或腾越，化解块垒，释放情愫，扬弃幽怨，吸纳新的元素！让心灵真正拥有一个无可比拟的度假。

有智者说，能利用休闲，并把它当成发展心灵的办法，而且热爱好的音乐、图书、戏剧，与之倾心交谈的人，是世界最快乐的人。

我不敢这么自诩。但我偶有余暇，从自己同样严谨勤勉的工作中暂时解脱出来，人独处，并且无拘无束地与文字形影相随时，我是极为充实和快乐的！我无法不固执地认定：创作，是我身心的天然保姆。

不是另有一位伟人说过"变更工作内容就是最好的休息"吗？这是不是也可视为我的休憩方式的一个权威的诠释？

红柳的天地

羊群离开了荒凉的戈壁,是欣喜万分,那将至的淡淡的嫩绿是它们的最爱。鸟儿飞掠戈壁,也是几无停歇,空寂与寒冽,令它们不愿多加驻足停留。游客们自不待言,戈壁是旅途中的暗淡,虽然新奇,匆匆一瞥也就足够了,恨车轮子还太慢,心早就驶向了绿洲。但红柳,却在这一片不毛之地扎根了,沙尘飞雪,漫漫时日,它们顽强坚守,不离不弃,用自己的生命和妩媚,鲜活,滋养了这个天地。

初次见到红柳,就被红柳深深吸引。那是秋天,我刚闯入南疆,戈壁滩大海一般袒露在我眼前。干旱而又盐碱微具的戈壁上,几无生物可言。长期浸淫于郁郁葱葱的本性南方的眼睛,都有些迷茫了,面对突兀而至的戈壁,心有惶惑。但我一眼认出了胡杨,他是闻名遐迩的荒漠王者,他挺立在那里,无法言说的壮美,无所畏惧的姿态,无以撼动的坚韧,崇山峻岭一般的璀巍,仿佛饱含了日月精华,雄性傲然。戈壁,因此也显得更加粗犷和野性。瞬间,我又瞥见了那一丛丛的紫红。远远望去,仿佛是天空中的一缕缕彩云,又似乎是黑黢黢梦境里的一叶叶方舟。之后,又是偌大的一片,相互依偎形成了紫色的云团,有时又花瓣一般散落,在沙砾地上蜷伏。像一队柔美的舞蹈队员用肢体正勾勒着美轮美奂的造型,衣袂飘飘,火一样的鲜活,让我看呆了,几乎惊叫着询问,这是什么树种,怎么会在戈壁滩上如此精彩绝伦。

从此认识了红柳,并深深为其折服。看似娇弱的身躯,至多也只有2—3米高,更无粗壮的树干支撑,卷曲的枝条也是乱发似的,却像一簇簇鲜艳展现给了戈壁。

在春天,多少流沙也掩埋不了她。她温柔中带着倔强,执著地从沙土中探出腰肢,细柔的枝叶上,奇迹般地绽放出红色的小花,叶绿花红,装点着戈壁,也衬托着胡杨,使其显得更加伟岸挺拔。

在我的眼里,胡杨是雄性的象征,而红柳无疑是女性之美的凝练和典范,戈壁因了红柳,仿佛才成就一个生动而完整的天地。

在干涸的荒漠中,红柳的根须在地底下柔韧地延伸,深深地植入大地深处,与土地紧紧相依,与戈壁身心相融。它吮吸的是戈壁盐碱的苦涩,却回馈戈壁天空一片温馨的飘逸。

我说红柳是睡着的冰,是卧着的树。红柳的根蒂有多深,天地就有多大!

在戈壁上,倘若见到那隆起的一个个土丘,那里就隐藏着红柳,她终会在某一天伸展她的腰肢,亮相她的美艳;如果你见到那红柳遍布的戈壁,沙土何等的平静和规整,那是红柳用自己的生命化解了风沙的躁动,用一片柔情挽留了绿色游移的脚步。

有一种叫做沙漠人参的植物,学名为肉苁蓉,它就寄生于红柳的根部,萌芽发育,离开红柳一步,都无法繁衍。

有一种草叫骆驼草,也顽强地生存于戈壁滩之上,无惧风寒寂寞,只要有红柳相伴左右。

红柳,纤弱身躯,柔媚风情,挚情禀赋,坚韧品性,令人敬佩和仰慕。

一个渴望有所成就的女孩,总是哀怨缺少机会,她在酒吧和商场里消磨时间,也在微博上幽灵一般游荡。我说,接近红柳吧,学习红柳吧,你应该像红柳一般内敛,沉静而又粲然绽放。

毋庸置疑,缄默着的红柳还正向我们传递着更多的东西。因为,红柳的天地不仅要用眼睛,更要用心灵去发掘和感悟!

等待一场美丽的花事

四月的戈壁,春意寂寥,远不同于南方那般姹紫嫣红。我在喀什著名的沙枣树前站立许久。它细弱的树叶,似有绿芽隐隐约约,但满树还沉睡冬之梦中。在静静地凝视中,我心境澄然,丝毫没有一丝烦躁。虽然今不见花,但相信那份美好将在不久会美丽地绽放,而这等待的过程,也显得美好起来。我还即兴写了一首诗:他们说她的芳香,曾经迷醉过一个帝王。每年四月尽头,芳香还会绚烂地登场,一路飞扬。我站在戈壁滩头,久久地凝望。三月,她还村姑一样大大咧咧,与老榆树,小白杨,无厘头地玩耍。她并不在意,一个南方的汉子,早早地来访。正等待一场美丽的花事,重又鲜亮。

这真是难得的兴致。于我而言,急躁在性格中,时隐时现。等待,漫长的等待,令我感到无聊。我从来把机场接送之类的事看得很枯燥乏味,关键是等待。航班老是延误,让等待显得细水长流了,流逝的还有我的时间和我的沉静的耐心。这从未嗅闻的沙枣花香,还至少一个月之后才能散发,等待确实是漫长的。

漫长就漫长吧。好东西有时来得迟一些,这幸福的期待不是也延长了吗?等待,其实是一种多么美妙的过程,心融入其中,不必焦虑,毋庸自扰,一切会慢慢而来,如归返的航船,正缓缓靠岸。

一位朋友颇有雅兴,每年开春,都要到附近的公园去赏花。早春二月,其实很多花骨朵儿还没显影呢。他说那季节他隔三差五去看看,看着她们爆芽,鼓突,含苞直至绽放。这观赏的过程,也是等待的过程,心情很愉悦,仿佛在等待一个知己款款而至。有一年,春寒姗姗而来,他喜欢的海棠花迟迟未开,他心都被吊着了。却每天去看。终于有一天看见她们含苞怒放了,他十分高兴。他说,等待也是一种投入,投入了自己的情感,等到的是心里渴盼的东西。

长大的孩子出国留学了。一对夫妇每天都在等待孩子学成归来。那等待起先有些苦涩,如同煎熬,后来他们在异国他乡的孩子连接了视频,还开设了"QQ"。期间,还专程赴孩子所在的国度旅游探望。这等待的时间就变得美好充实许多。这四年里,他们也自学孩子学的课程,通过网络学校一门一门地去攻克。在孩子回来的那一年,他们也拿到了结业证书,作为与孩子一起欢庆的一件喜事。这等待,用他们的话来说真值了。

曾经在一个咖啡馆等待一位朋友。说好的时间,他因为路堵要迟到了。这原来匆匆的相见,一下子让我宽松了许多,把之后的事务也暂时撇开了。多么难得的闲暇时间呀,我可以独自静静地坐一会了。一口一口地啜饮着不加糖的卡布基诺,眼光也随意地浏览咖啡馆里的人们。一切都是那么散漫和悠闲。生活的品质在这里香甜地弥散。我一直为工作绷得紧紧的神经也忽然松弛了。借着咖啡的提醒,我的诗的灵感活跃了。就在等待朋友到来的那十分钟,我即兴涂鸦了一首诗。我把这枯燥的等待转化为一首优美的诗了。待到朋友到来时,我是一脸充实的快乐。朋友惊讶了,他一路忐忑不安,还以为我不会给他好脸色呢!

还有一件感人至深的故事。一个小伙子喜欢上了邻家女孩。但这女孩正念中学,还太小,她不能答应,家里也不会同意。但他发誓等她长大。因为女孩心里也是喜欢他的。这一等,就是十年。当有情人终成眷属时,有人问他,这十年你等的辛苦吗?有没有想退却的时候。已近四十的他笑了,笑得令人羡慕。他说,这等待很甜美。因为我每一天都在向目标挺进吧。我感觉到幸福正一步一步向我走来！一番话，让在场所有的人都感受到一种幸福的飘荡，真美！

等待原来真是这么可以愉悦，可以灿烂，可以抵达心灵的期盼！

能够等待或被等待，原来也是这么美好，这么绚丽，这么充满诗情画意！

那一天，自然已是五月的日子了。我在喀什噶尔宾馆参加会议。偶见院子里盛开的沙枣花了。那沙枣花并非想象的那么壮硕，那么雍容华贵。那位几百年前被乾隆相中的香妃显然误导了我们的想象。当年乾隆梦中见到一个秀美的女子，身上弥漫着天生的沙枣花香。后来他在南疆微服私访。果然就见到了一个女孩，静静地站在那儿，面带微笑，芳香迷人，他把她封为王妃，百般宠爱。香妃的芳名因此也美誉天下。但沙枣花实质是细嫩和弱小的。指甲大小的花蕾，黄黄的，一副弱不禁风的模样。凑近闻一闻，也无特别的馨香。但她的姿态和芬芳，还是令我生出几分爱怜，让我觉得这等待是值得的。

还会等待下去，只要有期待，只要有生命的激情和呼唤，也只要生活如常，生活像每天的太阳冉冉升起。

就让这等待也变成一种美丽的过程，一种独特的风景，等待美好的到来！

找回幸福的感觉

和几位幼时的同伴,到另一位如今富得冒油的伙伴家做客。那是一栋堂皇而又宽敞的别墅。几年前还只是在外国电影里见过的那种富贵。那伙伴仿佛已住了几十年一样,自若的神情没有什么特别兴奋的成分。

有人逗趣道:"你是不是已没有一丝幸福的感觉了?"又有谁捣鼓了一句:"愈是宽绰,愈是钱多,感觉也就愈是麻木!是不是呀?"倒也直爽:"也不完全是,但现在这种感觉似乎真不如过去那么强烈啦。"这番话引起了我们的沉思。少顷,有位同伴忽然提醒:"你们还记得不记得刘姐和姐夫的一段故事?"

哦,那还是20世纪七十年代末的一个真实的事情。我们的记忆都渐渐苏醒了。

那时,小伙伴刘,住得和我们大伙儿差不多,他、父母还有姐姐,共同生活在一间十多平方米的老式公房里。

刘姐是很有风情也很淑雅的女子,是很多男青年追求的对象。她后来嫁给了酱油店一个极平常的营业员,让许多人感到遗憾。那营业员家里条件不佳,两人结婚后,是住在刘家的。我到过刘家,家里就用衣橱作为屏风,一半住着父母和刘,另一半就算是刘姐的婚房了。

事情发生的时候正是初夏的深夜。我们这些不知疲倦的小伙伴还在玩耍。刘和他的父母早回家睡了。这时,居委会刘阿姨神秘兮兮地走来,和正在纳凉的几位大伯大妈咬了一会儿耳朵,似乎怕被我们知道似的,声音压得低低的,眼睛则提防似的时不时看着我们。过不久,就看见刘的父母匆匆走了出来,据说,要到派出所去。

刘家恐怕出事了。我们几位都为刘有些担忧。再看见刘的父母和刘姐小两口时,约莫是半个小时之后了。他们的神情都有些不自在,因又是深夜,看不清他们具体的表情。他们也是匆匆忙忙进屋的,和邻居也不似往常一般招呼,真像做了什么见不得人事似的。

还有些懵懂无知的我们,后来才渐渐明白,那一晚,婚后不久的刘姐和姐夫,是到邻近的那家夜公园去的。毕竟是新婚不久,两人憋不住了,竟在小树林里做起爱了。让联防队员撞了个正着。幸而,他们都是结了婚的。父母拿了结婚证去证明,才被训诫一通后释放了。倘若没有那纸婚约,这在当时可是臭名远扬的不小的罪过呵!

他们不是不想在家里。实在是因为家太局促了,和父母兄弟又同住一个屋檐下,夜深人静之时,他们即便做爱,也是抖抖索索,提心吊胆,生怕弄出什么声响来,让家里人都不自在。

那时候,因了这居室的局促、狭小,爱也窘迫得像做贼似的无处安然。

刘摆了摆手,又说起另一则我们闻所未闻的他自己故事。

那是刘姐和姐夫已有婚房之后。

大学毕业多年,一直未找上可人的女友。也有人家介绍过几个的,看他和父母挤在一间屋子里,先就心怯了几分。

在一个凛冽的冬夜。屋外寒风飕飕。有人叩响了他的家门。母亲去开门,迎进门的竟是她——刘已经接触了几回并且颇有好感的女友。而那女友显然对他也是心生几分爱意的。女友的突然到来,让父母穿戴起衣服,说让"小妹妹"坐一会儿,他们要到隔壁人家串门去了。刘心里明白,这是父母故意让出这么个空间,可以让他们更亲近、更自由地叙谈呵!

恋爱中的时间往往如同白驹过隙。当子夜的钟声"当当"地敲响时，刘才猛然想起，父母还没有回家。他们老两口平常从来就是早早上床休憩的了。

准备护送女友回家。拉开门，才走几步，就怔住了：在寒冷的夜风中，父母在不易察觉的远处紧紧相偎着，时不时跺跺脚，驱赶一下寒气。虽然自家的暖屋就在眼前，他们却不忍打搅了儿子。泪一下子充盈了刘的眼眶。女友也瞥见了，美丽的眼睛里充满了感动。

刘的故事讲完了，面前硕大的茶几上，五颜六色的水果拼盘和丰盛的西式点心是那么诱人，咖啡的浓香在屋子里轻扬，我们都沉浸在对往事的回忆之中。

是的，就在这一天，在那一幢敞亮的别墅里，不只是刘，我们幼时的伙伴也都品味着珍藏心底的那份苦涩而又回味无穷的记忆，如同啜饮着那杯不加糖的咖啡，久久不言语。

在 生 命 中

一

　　这是家人为我补充稍显完整的一段往事,而我的记忆中,只有乌黑滑溜的石块堆砌的小山,汩汩涌出的血,一个邻居老爷爷模糊的面貌,还有右手腕处,至今清晰可见的一道毛毛虫一般的疤痕。散乱而真切。

　　是刚念书的年月。那天在家门口玩耍。有一堆黑色的砾石,类似炭块,又比炭块质地坚硬、黑漆亮闪。不知天高地厚的我就攀爬了上去。或许还像登山队员登上珠穆朗玛峰,目光无比骄傲地俯瞰天地,睥睨着一切。然而,福兮,祸所伏兮。我人生的第一次小小的生命艰难即将发生。

　　足下一滑,我的身子失重,并重重地摔在这个小石山坡上了。我的右手腕间血流如注。鲜红的血,很快将身边的几块黑石都染红了,血花斑驳,右手腕还在不断喷血,而我一时也惊呆了,愣怔着,不知所措。一脸苍白。边上的邻居也赶忙上前,用我的衣裹住我的手臂,试图止住血涌。但我的血,就像刚放了学的孩子,撒野般冲出教室,一无阻挡。

　　母亲也闻讯赶来,焦急万分。

　　我记忆中,是住底楼的一位老爷爷,似乎清癯瘦削,但一定是和蔼可亲。他用自家的土方,一种泥土一样的粉末,喷敷在我的伤口上,还采用了其他什么手段,终于驯服了我的血,还有我的玩性。我的脸色渐渐好看起来。母亲的脸上,也轻漾起一丝欣慰和感激的笑脸。

家人说,当时大家都担心极了,并说是好几位邻居大叔阿姨帮的忙,但似乎不见有住底楼的老爷爷这个人呀。

我不知道这究竟是怎么一回事,是我自己记忆的错觉,还是各人记忆的差异?但有一点是不争的事实:我曾有过危难时刻,在我年幼之时。幸得邻人相助,才化险为夷。这是不可遗忘的。

二

还是我人到中年后,母亲告诉我的,其实我生命之初就有过凶险,母亲至今想来,还心有余悸。

我出生时就有违常人。是脚先进出来的。不是脑袋。我不知道我的脚这么性急,是否就是要喻示我之后是一个脚踏实地的人。但我后来知道,母亲为此吃了不少苦头。我一落地,就被抱进了暖箱,母亲三天都没见上一眼,也是忧心忡忡。

我终于回家了,但不久又发烧了,又让家人平添几份焦虑。

那天在家,一个不足八平方米的小小居室里,父亲去上班了,全家的生活来源只靠他一人了。母亲坐月子,虚弱无力。而年迈的奶奶瘫痪在床,下不了地。

我忽然浑身抽搐起来,嘴唇发紫。奶奶和母亲惊恐万分,却只是哭叫,她们一筹莫展。

邻居王家姆妈闻讯进了屋子,她一下子把我抱起,冲到了楼外。仅一会儿工夫,我就安静了下来,嘴唇也红润起来,眼睛也睁大了,懵懂地打量着周遭。

可能是我发烧,屋子里又太闷热,致使我发生突变。母亲这么分析猜测。

我回归了正常,家人也长长地吁了一口气。

三

这是家人不知晓的故事。我隐瞒了三十多年。

那时我大约还在念小学。家已搬入 20 世纪六十年代建造的老公房,三层楼,预制梁结构。没有卫生间,厨房多家合用。建有地下室,我们当年称之为防空洞。这该是应了毛泽东"深挖洞,广积粮,不称霸"的战略思想应运而生的。

防空洞很宽敞,有好多间,间间相通。但除了两个可以活动但平常上锁的半天窗外,只有一个坚固的铁门,设在单元的一楼楼道,可以进出。而这扇铁门的钥匙,是我掌管着的。当年办向阳院,这个防空洞是活动场所。因为我就住这单元一楼,加之我还是向阳院小学生的头头,居委会信任我,就把钥匙交给了我。

天下哪个正常的孩子不爱玩?我当时虽看上去比同龄的孩子懂事沉稳一些,但玩心一点不缺,小区里几个穿开裆裤的玩伴,也跟着玩,这防空洞自然是我们经常游戏出没之处。

防空洞冬暖夏凉,也非常潮湿。有雨水常从半天窗泼洒进来,地底下也时有积水。

那天,我又和两个小伙伴开启了铁门,下去玩耍了。铁门虚掩着,怕大人发现扫我们的玩兴。我摸索着去开灯,一脚已踩在了地上的积水里。

突然黑漆麻花中我的左手臂一阵钝击般的疼痛和麻辣。有一股力量像是要把我紧紧拽住。我的手臂弹跳了一下。我下意识地缩回了手。当时我还不知经历了危险,又若无其事地换了右手,去拨弄电灯开关。这一次,摸着黑,还是拨亮了。

  灯泡裸露着,上下拨动的开关,就在灯座的下方,在五公分范围之内。

  左手臂痛麻,好几天才渐趋常态。

  后来我意识到是触电了,愈想就愈后怕,也许只差那么一点点,我就与死神紧紧拥抱了。也一点不敢向家人透露,怕受斥责,更怕他们因之担惊受怕。

四

  七十年代的中山东一路,车水马龙,路还没像今天一样拓宽,机非也并无栏杆隔离。人行道也极为逼仄,与非机动车道混合在一块。

  那天我和小伙伴去十六铺,具体目的早已淡忘,多半也是闲逛玩耍的。

  我与另一位小伙伴在路旁走着,由南向北,不急不缓。一辆辆车子从我们身旁快速驶过,有的几乎是擦肩而过的。

  我们丝毫没有在意。多少年就这么走过来的。

  忽然就听到身后一声巨响,沉闷而震撼,心房也为之一颤。随之又是一声尖锐的刹车啸叫。紧挨我左侧的一辆货卡猛地停住了。像一头面目狰狞的雄狮,带着一股强大的惯性,却骤然止步了。但裹挟着的一种巨大的威胁,也一时迸发到了极致。

  我回首一看,我数秒前走过的地方,一个约两米见方的木箱子,沉重地跌落在那儿,似乎无声地喘着粗气。

  有一位阿姨在不远处惊呼起来:"哎哟,这,这孩子太巧了,差一点,就没命了!这孩子命太大了!"

  我再一瞥那只木箱,它至少数百公斤重量,从货卡上重重地摔出,我若被压着,即便不成齑粉,也逃不了血肉模糊甚至化身肉饼的命运。

那只木箱,此刻仍虎视眈眈地盯视着我。

许多年后,这一幕还时不时让我甚感不寒而栗。

它像噩梦一般,纠缠着我。我,真正地感觉后怕。

长大了才明白:长大也不易。也深刻地感悟到:生命是脆弱的。生命的形成有太多偶然。个体的生命是有限的,而个体生命之外是无边无垠的。在自己的生命中会遭遇多少摧人的磨难,有的生命犹如一针戳破的气球,从此衰败泯灭。

所以应该珍惜生命。在生命中绽放自己,在生命中挥发自己。即便一如昙花一现,即便一如彗星之倏忽,如此,我们才对得住生命,对得起今世。

像芦苇一样活着

一种禾草。高大茂密,又平淡无奇。

最早诵读《诗经》,就被那段扑朔迷离,清新缥缈的诗歌所深深吸引:蒹葭苍苍,白露为霜。所谓伊人,在水一方。溯洄从之,道阻且长。溯游从之,宛在水中央……眼前穗絮飘曳,景色迷蒙,心里则浮起一缕缕情思,柔美而又凄楚。后来知道,这蒹葭,就是时常见到的芦苇,平常得貌不惊人,也无多少神奇的色彩。在沟渠水边,沼泽岸堤,就像一棵棵寻常的树木一样,随时可以观览和触摸。我像忽视了身边的哲人仙女一般,也忽视了芦苇很久很久。

感谢辽阔的新疆,让我在人到中年的时候,对人生有了许多深刻的感悟,也由此走近了芦苇,熟识了芦苇,并从芦苇身上感知感触了难得的精神和意志,也领略了大自然生命的另一种品质和精彩!

是巴楚的胡杨林吸引了我的眼球。在一个金秋时节,造访了充满神奇故事又玉树临风的胡杨森林,我在观赏这些古老的树木的路途上,忽然被一簇簇、一丛丛,不断跃入眼帘的芦苇给攫住了心神。它们没有胡杨那般高大伟岸,孱弱卑微得无法登堂入室。但它的清秀孤傲,它的坚忍执著,却有一种令人心动的力量。

我后来很多次地深入地接触了芦苇,毫不犹豫地成为了芦苇的忠实拥趸。从芦苇处,我学到的简直就是人生的哲学。

芦苇易生易长,天气乍暖,芦苇就满眼青翠。及至盛夏,芦苇绿意盎然,繁茂丛生,生命绚烂的绽放。而到入冬,芦苇就会被人为地砍伐，砍得无法抬头。让人感觉它们由此沉沦了，覆灭了，不可能再有明天的辉煌。然而，这判断明显出错了。翌年，春风吹过，它们复又生长，一片片，如蓬勃的林海，无际无涯，那种旺盛。比昔日犹过之无不及。

我曾在博斯腾湖舟行水上。那密密匝匝的芦苇荡，绿满水乡，气势不凡。那芦苇恣意地在疯长，任谁也是不可阻挡的。去年冬天已被砍尽的一片芦苇，现又茁壮成长。它们宛若湖心的主人，在水中荡漾，在阳光下吐辉，婀娜多姿，神采飞扬。我十分惊叹的是，它们自然生长，还形成了一道弯弯的河道，静谧、幽深，迷宫一般，正够船只飘掠。其情其景，真是感叹造物主的巧夺天工。

芦苇纤弱却又有倔强的性格。风过处，它低首屈服，那腰肢似乎总是弯曲着，甚至不能负荷一只小鸟。真正的弱不禁风。但风是压不垮它的。它依然挺立着，顽强地生存着，任何风霜雪雨，只能磨砺它更坚强的意志。也有人这么说，风会让它暂时的摇摆，但它的根是深扎在泥土里的，绝不会飘忽不定，甚至迷失自我。

即便被冷弃于偏僻之处，寒冽之处，它都会从艰难和痛苦中起步，向着阳光进发。在南疆巴楚风光旖旎的曲尔盖胡杨林，胡杨也是绝对的英雄，顶天立地，多姿多彩，几无芦苇插足之处。但我还是发现了集群而生的芦苇，在边缘角落蔓延生长，就依赖足下一点点土壤和水分，尽现自己的妖娆。它们让这原始的胡杨林，更增添了柔美和风情。

芦苇还有一种值得赞叹的品质。它们聚众而长，特别合群，抱团取暖也好，众志成城也罢，都是它们真实的写照。所以羸弱的芦苇能在风中飘曳，能在浪里独领风骚，那就是因为这种品质，互相依靠，才由弱变强，不轻易蛰伏！

那次看到台风席卷中的芦苇，在海堤旁苦苦争斗。有几株芦苇倒下了，但更多的芦苇并肩而立，迎风飘舞，不失风骨。

芦苇即便被摧毁了,被吹飞了,它最后的姿势,也是飞翔或者匍匐着的,仿佛生命还在闪亮地跃动。

芦苇也许并不是参天大树,也不是名贵品种,但它付出自己的生命,可以让我们人类的生活更加美好。粉身碎骨,研制成洁白柔美的纸,供我们书写和图画,留下一截枯干的草梗,也可以在沙漠固沙,以最后尚存的一息,阻止狂野的肆虐。芦叶、芦花、芦茎、芦根、芦秆皆可入药,也算是为人类捐躯了。

尽绵薄之力,也许真是芦苇的生命真谛!

一个伟人,曾经借喻芦苇,对浮浅事物进行了嘲讽。我却以为这似有偏颇。其实,芦苇是值得歌颂的,墙头仅仅寸厚的泥土,芦苇却能扎根进去,并伸展出硕大的枝叶来,试问,有多少植物能够办到?它汲取的很少,贡献世界的却很多,难道不是应该发扬宏大的吗?

芦苇却以卑微的心,面对一切。

芦苇的穗絮,白如夜霜;芦苇的茎叶,细如柳眉。月色更添春色好,芦风似胜竹风幽。这一切无疑是十分美好的,但我要说,芦苇最动人的,还是它的意志和品格。那是最具感染力的。学习芦苇吧,并且做一个具有深邃思想的芦苇吧。人会变得真正的坚强!

第七辑

爱,是最宝贵的

"隔离"竟是如此美丽

在非典时期,假若有人告诉你,你的邻居就因为 SARS 在家接受医学观察,你会忽然产生怎样的感觉呢?

反正那天午后,就听到了 403 室那位少妇居家"隔离"的消息。别说我们左邻右舍的,整幢楼仿佛都被引爆了似的震撼了。没想到,电视报刊上报道的那个猖獗肆虐,吞噬了多少人生命的冠状病毒,竟然可能就在我们身边!忧虑、恐惧、甚至更有愤慨和恼怒,都跟随着目光,投掷在了 403 室那紧闭着的门扉。401 室的胖阿姨用不屑和有些刻薄的语言哼了一句:这个女人,没事找事!

也难怪胖阿姨这样的唾骂。403 室的那位少妇据说是在哪家医院工作,长得白白净净的,也是温文尔雅的模样,可从来不和邻居搭腔,很是清高。有一回,胖阿姨的小外甥十岁生日,大伙儿都集中到胖阿姨家,闹腾得很晚。就听见橐橐的足音,那位少妇上得楼来,旁若无人开门、进屋、关门,什么话儿都没有。惹得站在过道上的几位女邻居都大眼瞪小眼,嘿,有什么可以清高的,充其量不就是个医生么?

403 室的丈夫和孩子仿佛也受了这少妇的传染似的,平常,也是那种陌路人的感觉,和邻居并不来往。

就是这样一位不太和谐的芳邻,很有可能把病毒带给了我们,大家心里有气也是可以宽宥的。

下午,403 室的门扉上贴了一张白纸,有几个三、四米外都能看见的大字:"隔离期间,请勿靠近"。

紧接着,穿着一身白大褂的防疫部门的同志来了,在403室门前,在整个过道、楼梯上,都进行了消毒水的喷洒。消毒水味儿一时在楼道内浓重的弥漫。

晚上,这幢楼里的每户人家几乎都接到了一个女人的来电。是她打来的,陌生而又轻柔,向每户人家说明、致歉,并介绍防范的一些常识。这女人是不是觉得愧对这些质朴和普通的左邻右舍?

居委会干部也来上门了。她们的介绍让我们都有些愕然和惊异,说这个少妇是到疫区出差的,按规定,就是待在家里进行一段时间的医学观察。可她也给居委会打了电话,怕万一传染上了,让邻居们受累,也就自己实施严格的"隔离",绝对不出门。那次消毒,也是她主动提出的,还表示,如果要出什么费用,就由她来承担。还让居委会干部找来了每家人的电话,她要自己——致歉。

这真是那个高傲无比的少妇的心声吗?

连胖阿姨都若有所思地"噢"了一声。几位当时议论多多的邻居也有点面面相觑。

连着几天,楼道里的紧张气氛渐渐淡去。生活仿佛恢复了些平静。403室的门一如既往地紧紧关闭着。也似乎在坚守着一种诺言。

这天,却听见窗外有嚷嚷声。探出窗外,原来,少妇的丈夫抱着他们的孩子,正在仰首与403室的少妇谈话。少妇此时脸上蒙上一个大口罩,一双眼睛满是柔情。6、7岁左右的孩子哭着说想妈妈,要妈妈。丈夫也央求太太,我就把她带到门口,不进屋,好不好?少妇眼眶泪光闪烁,却仍坚决摇了摇头:很快就过去了,我不会有问题了,妮妮,别闹,跟着爸爸。嗓音有些哽咽。

孩子哭得泪人似的。少妇还是坚决地挥了挥手,让丈夫尽快离开。

原来,这段时间,少妇也克制着自己难耐的思女之情,忍受着孤寂和落寞!这也是一种深挚而动人的母爱和亲情呵!

这样一个女人,我们平日怎么就那么武断地认定她的冷漠、她的清高、她的孤芳自赏呢?

我看见401室的胖阿姨也站在窗边,两行清泪在她的脸颊流淌。

我蓦然想起,这些日子,她足不出户,是多么寂寞、单调,而这一天三餐又是如何安排的呢?

我不由地推门出去。却见胖阿姨和其他几位邻居已站在过道上。他们也在合计怎么帮助403室度过这些日子。

还是胖阿姨细心,她拿出了家里最好的一个电饭煲,又和另一位小姐妹到超市、菜场购置了新鲜的食品和菜蔬。说是防"非"时期补充维生素最为重要,又将家里的泡腾片也搜罗出来。饭菜飘香了,有人也找着了那位少妇的电话号码,拨通了那个陌生的电话。胖阿姨一把抢过话筒:"你每顿饭要吃什么,就跟我说,我们负责到底。"电话里的少妇分明也被感动了。在电话线的两头,大家静默了好久,才一迭连声地互祝对方保重、平安。

要少妇打开门,我们给她送去,她坚决不依,说是自己真是传染上了,要害大家的。最后,那顿美餐,就从402室的窗外,通过晾衣竿,移送到了403室的窗口。当少妇接过那只装满了邻里亲情的塑料袋时,楼上、楼下的人都轻声欢呼起来,而我们的眼眶竟都有些湿润了。

那几天,胖阿姨他们是忙碌的,心都牵挂着403室那个正在接受观察,也是接受考验的少妇。

解除"隔离"的那一天,我们这幢楼就像过节似的,少妇的丈夫和孩子也来了,邻居们也都站在过道上。

403室的门缓缓打开,邻居的女孩飞快跑上去,向少妇送上了一束美丽的康乃馨。

此刻,少妇捧着花,径直走上来,和胖阿姨紧紧地拥抱在一起。

那一幕,让我感觉什么是至善至美!

最美丽的周老师

她是我们同学公认的最美的班主任老师。时光荏苒,她的美在我们的记忆中愈加纯粹隽永,愈加让人思之殷切。

她却是处罚我最严重的老师。那时,读小学二年级,下午课后,教室已上了锁,我和几位同学从窗口攀爬入内,将几张桌椅拼凑成长方形,和乒乓桌差不多大小,拉开了阵势,推挡、扣杀,板上生旋……周老师发现了,我算是带头的,被叫到办公室,一顿斥骂,还让我摘下了红领巾(那时首先佩上红领巾的,是好学生呀)。

还有一次,也是我第一次,让一位男生代转一位女孩一张纸条,无非是朦胧的情感而已,也不知何故周老师又知道了,找了我姐姐,但姐姐自然也不会多说我什么,我心里却窝着一阵难堪,羞惭难当。

可是这些都没有在我心中生出一丝怨怼。读完二年级,她就调离了,我心里却有着从未有过的惆怅和忧伤,很长一段时间郁郁寡欢。最直接的反应是,我们对新来的班主任老师情绪抵触。和她捣蛋,背后损她,班里的活动也不积极。老师常常被我们搞得下不了台,除了苦口婆心,也奈何不了我们。骨子里,像是这位后来的老师,把周老师给挤走了。她在我们眼里,就变成老巫婆了。这是一起无法平反的冤案。在此也要向这位善良的老师深深地致歉。很多年再细细思量,她还真是很看好我,也挺关心我的。可以肯定,我及同学当时小小的逆反,是伤害了她的。这是另一个话题了。

而周老师的美丽,是如此令我们难忘。她本就是一个恬静贤淑的年轻女子,身材颀长,脸庞清秀。她给我们朗诵小说《闪闪的红星》片段,给我们讲故事,抑扬顿挫,嗓音柔美,其情其景,诚如春雨,沁人心脾,在我们的幼小的心里,她真是完美无缺的。

区少年宫办培训班,培训小故事员,学校只有一个指标,周老师争取到了,给了我,让我激动莫名,也洞开了一个世界。到鲁迅公园祭奠,又让我和另一位男生,代表全体师生敬献花圈,也让我心里升腾一种温暖。我常常想,是不是就是周老师当初这些细微的关怀,培育了我也呵护了我的文学情结和敏感善良的心。

一个降雪的周日。我们几个小学生相约,由浦东至浦西,踩着吱吱作响的积雪,搜索到了周老师的家里。这是一趟远门了。周老师调离半年有余,我已是三年级的学生。周老师一定没想到学生们大老远来看她,留我们吃点心。这时,我们才知道她成家了,先生也是一位老师,戴着眼镜,不乏儒雅。他还热情地招待我们。我们告辞时,走了很长的路,她还在门口站立着,向我们招手。

一别十年。当初的小学同学在经历了初中、高中和高考的几次残酷的筛选之后,同班的就只剩一个了。我所在的理科班是学校的佼佼者。同学也几无往来。高中毕业之后,有同学召集聚会,把周老师也请来了,她像我们心中的女王,我们难抑激动。她的模样变化无几,还是那般温雅。我彬彬有礼地与她攀谈,她说,她还记得我当时穿着军装的模样,挺憨厚和精神的。我很高兴。但对当时的一幕场景也挺反感,像吞吃了一只苍蝇。一男一女两位同学,当数比较风流人物,当着大家的面调起情来,共同扒拉一碗饭,忸怩作态,至今想来,我心里还是受堵。你们俩搞什么鬼勾当都可以,但别在周老师的面前如此这般呀!这是对周老师的亵渎和污辱呀,也是对童年的圣洁和美好的玷污!周老师却什么都没说,和大家平静地说笑着,置若罔闻。我恼怒地注视着他们,终于,也一声未吭。

又很长时间没见到周老师了,有次姐姐告诉我,她在路上与周老师擦肩而过,她与姐夫轻声耳语,说这是我小学老师。此话竟让周老师听见了,她回过头来,微笑着点头,和蔼地问我还好吗。

原来以为老师早把自己给忘了,却还这么清晰地记得我,心里便暖融融的,也很想去看望老师,或在某一个教师节寄上一份祝贺,真挚地写上"师恩难忘"。但终因忙碌和粗疏,至今只是留于想象之中。

大前年,又有热心者召集同学会,我因公务繁忙,只最后匆匆赶去了一会儿。召集人专门把我安排在周老师的座位旁。我得以近距离地接触心目中最美丽的老师。老师已近古稀之年,鬓发斑白,岁月在她脸上镌刻了细碎的皱纹。最感觉心疼的是,她似乎萎缩了,比我记忆中要矮小了许多。但老师的目光依然平静、慈祥。那娴静的气质,如同兰蕙清幽,典雅雍容。

有人也许会不以为然,甚或对我的赞词并不信服。我也知道,我们对周老师的那份美好的情感,也蕴涵着对美好童年的怀恋和向往。但我还要说,周老师是美丽的,祝这份美丽天长地久。在我们的心里。

被岁月浸泡的友情

想了好久,还是没有采纳最初的题目:被岁月冲刷的友情。太有冲击力了,有点凌厉,有点冷意,下不了这手。

但是岁月确实锐不可当,确切地说,它是柔中有刚,犹如空气一般密不透风的围绕着你,渗透着你,不知不觉地推拥着你,腐蚀着你。友情,自然无法逃避。它是令我们可以清晰感受到时间影响之深的一种特殊的事物。如果要让时光冲刷,大约只能所剩无几了,幸好,还留有许多,有的味道与之前已迥然不同,也许说浸泡,更具有准确性和深刻含意。

人真的是孤独行者。路途中,你会遇见一些人,有志同道合者,有心灵契合者,也有相见恨晚者。由此,铸就了一段友情,有的真是一段,甚至是一瞬,仅仅是邂逅的一刻光景,也许是在飞机上,也许是在某个公共场所,也许是在一次宴席之中。但别后就不再联系,不再有重逢的机会。也有的,在你生命中,不时闪亮、抑或陪伴一路,甚至出现后,就未曾在你生命中消失。这一段抑或这一路,是温馨的持久,回味的隽永,记忆的不舍,是人生的幸事。

但更多的友情,是淡淡地来,淡淡地去。说来就来,说走就走,悄无声息。不见有任何的征兆和提示。不能说没有刻骨铭心的,或许当时没有这种感觉,但许多年之后,在某一个时辰,会在记忆中闪现,在思考中跳跃,在咀嚼中哑哑有味,在想念中生出感叹。

很多友情,是不能随意评估的。你真不知道今天的友情,明天将会如何别去,而昔日的似乎已远逝的友情,是否还会在未来的日子发酵浓酽。

岁月的浸泡,本身就是创造神奇的过程,清淡的或许愈加清淡,浓重的或许愈加浓重。但淡浓之间的转换,更是大量的发生,让你无法预知。也难以把控,受制于时间,是所有人一世的宿命。健康乃至生命都被神秘的时间把持着,何况友情呢?谁能说它不是生活的一种奢侈品呢?

说点实在的吧。我年幼时有一位同窗,也是邻居,我们玩得比较好。某一天,他说他要随父母离开上海,到外省居住读书了。大约第一次品尝到了,失落。浅浅的,当时无法比喻,也无从表达。今天想来,应该还有少年的忧伤。而且,我由此断定,我是一个讲义气,重感情的人,自小就显露无遗,随着时间的浸泡,愈发深沉浓烈。因为那一种质地,与我骨髓糅合相融,风雨是奈何不了它的,岁月会衬出它的品质来。

那位同学走后的第一个春节,我找到了他的地址,给他寄送了四张一套的年历片。当时年历片流行,彩色的年历片,被视为宝物。我从大人处获得后,毫不犹豫地寄给了他。表达了对他的想念和祝福。这也是我为友情寄出的第一封信。我自然得到了美好的反馈,他也给我回赠了贺卡,并同样真诚地祝福我,这段友情连同那张贺卡,被我小心翼翼地珍藏着。我心里的那部分时常为这个最早拥有的友情,不乏快乐,微漾一种叫做想念的波澜。我在等待友情更加绽放灿烂的季节。

数年之后,他又回沪了。我充满热情地迎上去,我发觉的却是全然一个陌生的形象。我连一句热情的话语都无法说出,握着他的手,只是一种礼节。他的眸子里,也分明映出了另一个陌生的身影。我们被时光耍弄了,我们遭受了现实给予的小小的打击。找不到话题,也寻不见一丝感觉,两个半大的孩子,空怀着一腔曾经炽热的深情,在心里注视了对方好久,愣愣地。

不在一个班里读书,从此,期待的交往也没有阳光般地出现。疏远了,走岔了,成绩的落差,是表面症状,心灵的距离是深不可测的,高考之后,更不再见他,听说他好长时间没找着工作,生活很不如意,也时常和家人争吵。再后来,音讯全无,仿佛以前只是一缕梦,已飘然而逝。

我在远离上海的他乡,偶尔会浮想联翩,也会不经意地去盘点我的友情,而这段友情,我不知如何去归类或者妄断结论。掩饰不住的伤感,就像为我童年的匆匆逝去而忧伤一般,每每泛起,总想静静地闭上一会儿眼睛。也许现实的面貌真是不堪入目。我只有闭上眼睛,才能让心灵不要受到太多的骚扰。我得让心平静下来。我没有太多可以恍惚、沉郁抑或冥想的时间。

人生的这一路走来,又有多少友情经过岁月的浸泡,正在或已发生了变化呢?留有的是否还珍贵依然,逝去的,是否已然平淡?

在岁月不可阻挡的浸泡中,我是主动迎战,给友情装备一些精良的盔甲,还是随波逐流,随遇而安,随岁月浸泡出什么子丑寅卯来?

把守还是放弃,这实在是一个问题。

我说的也许太压抑了。生活并不是想象的那么难。其实,我还有很多友情,也经岁月的浸泡,愈益生动芬芳起来,只是这篇构思的短文,本就没准备多少容纳的空间,去连篇累牍地展示和炫耀那些华彩篇段。

好在,岁月漫漫,我还有时间可以长歌当空,或者浅唱低吟。

某一个夜晚,我即兴写了一首小诗,后来被插上歌唱的翅膀,在传唱不已。或许,它正是我叙述友情的另一种方式。

在远离故乡的街头,瞥见一个幼时的朋友。他也瞅着我,像是探究一个人面怪兽。我走上前,伸出了手。他手掌粗糙,有点生硬,触碰中记忆悠悠。放开紧握的手时,往事飘来,一路清清溪流。

天门一叹

都说阿图什的天门雄奇独特,险峻幽深,不过,这春天的季节颇难接近。

我不算敢于登山探险、跳伞寻乐之人。我之所以起念去天门,既不想错过领略如此神秘的风景,也想给这小长假注入一些活泼新鲜的因子。当然,我心里是拿定主意的。再高再陡,我不会登临。我只想远远地仰望它,一睹它的真容,此行就心满意足了。

进入山区,路,已颠簸不止。只有远处的七彩山峰,在并非湛蓝的天幕衬托下,雪景隐约,云丝轻缠,含蓄地推出天山山脉拥有的那一种奇美。

我想,我的初衷是无比正确的。不可太累,不必太险,走马观花,浅尝辄止,未必不是游览的绝佳方式。

车过山口不久,就无路可走了。好多辆小车,都无奈地熄火了,天门不喜欢它们的轰鸣声和汽油味儿。只能弃车徒步。狭窄的山谷就是路径了。

路并不顺畅。人走得趔趔趄趄。由泛滥的洪水蛮横地推入山谷的石块,挤满了路途。乱石横陈,行走艰辛而迟缓。任由一双鞋与山石碰撞和摩擦,疼惜也顾不上了。问题是,还不知天门的踪影在哪里,心里一直温顺地蛰伏着的急躁情绪,又苏醒一般,骚动不安了。

看不到天门,此行就不可停滞了。继续前行。别无选择了。

又攀爬了一段山路,穿越山隙,从山石的夹缝间,低头弯腰,而每一步都小心翼翼,踩踏得谨慎而坚实。衣裤上沾满了泥土,那是山谷赐予我的一份礼物。

已显乏力。但牛气的天门,还未能现身。遗憾没把车内的食物带上,肚腹此时有点发难了。一拨男男女女也在行走,还在稍显平坦的山坡上,开吃随身携带的食物。那馕香随风飘来,我那不争气的肠胃,被煽动起义了。我只能咕嘟嘟喝下大半瓶冰冷的矿泉水,以安抚一下肠胃。他们两位小女孩走得很灵巧,时不时还召唤一下落在后面的一位妇女。我攀爬铁梯时,一个小女孩还伸出手来,叫了我一声叔叔,拉了我一把。妇女与我们几位或前或后,走得也挺吃力。她忽然转过身,很热情地将塑料袋递给我:"你要吃番茄吗?不要客气。拿着吃吧。"那目光和语气纯朴而热情,不忍拒绝,还因为肠胃也在咕咕直叫,于是拿了几只小番茄。妇人还一个劲地让我多拿一些,还问我要馕吗,连声道谢,虽想念那圆圆的馕,也不好意思开口了。

妇人也来自喀什,是兵团农三师职工。她说那两个小女孩,其中一位是她女儿。还让我猜。我猜正回首瞧着我的那位,戴着眼镜。我凭的是直觉。果真猜中了。妇人说她是广东人。我说你是"疆二代"吧?她爽朗地回道:"是呀,我父母亲1958年就入疆了。现在他们都过世了,把我留在了新疆。是献了青春献子孙!"

前行的路愈来愈坎坷。翻过几个乱石堆砌的小山坡,拐了一个弯,又是冰雪覆盖的山路,有的地方脚印深深的,一脚踩下去,积雪几乎没至膝部。有的则浅黑脏污,却瓷实可靠,可以想见,它们托载了多少足印,让足印稳稳地向前延伸。

路难行,但还咬咬牙,走了下去。妇人她们也在坚持攀登,就像她的女儿,不时用铃铛一般清脆地嗓音,在召唤着她。她也不时鼓励我们,快上呀,加油呀。

走来几位刚下山的,就问,还有多远,能看到天门吗。回答说,快了,天门很棒呀。于是,一鼓作气,又噔噔噔,前进了好一段路。

又翻过了一个山坡,终于,瞥见山崖处天门的轮廓了。可气喘吁吁,热汗淋漓,因此也想就此歇足了。能目睹天门,似乎已功德圆满。但比我年长的同事,仍昂然往上攀登。而妇人等似乎对我们说,也是对自己说:"都走到这儿了,不上去可惜了。"

上还是不上,又犹豫了一会儿。看那天门也像在高处乜斜着我。豪情骤然被激发了,开足马力向上攀爬。

估计不足。这大约倾斜40余度的山坡,竟然湿滑得难以立足。沙棘树的草棘,也与冰雪联手,制造了许多麻烦。这我诗文中常常诵唱的树木与积雪,一点也不给我面子,白白硬硬的针刺,生生地扎进我的手指,钻入我的裤腿。起先还弯腰,一步一步登攀。不一会儿,置身坡间,几乎不敢往后俯瞰,英雄豪气顿时消逝,一丝悔意,爬上了心头:何必逞能呢,现在骑虎难下了吧。头也跟着一阵眩晕,真担心自己这壮实的身胚,会熊一般一头栽了下去。

没有想到毛主席语录,也不是担心别人笑话,还是天门在不远处观望着我,而我心底那种既已如此,又有何惧的一贯精神,火山一样复活。身旁又有一些人,轻巧如燕地跃过了我。我遂提气凝神,轻吐千田,一不做,二不休,手足并用,一口气登上了山脊。狭窄而陡峭的山脊,我一屁股坐在了地上,重重地吁了一口气,好半天才缓过神来。

妇人他们一拨陌生的朋友,又递来了一大块馕,干而香脆。大口大口地嚼着,就着沁人心脾的矿泉水,真感觉幸福无比。

这是常人最接近天门的地方了。从天门穿堂而过的山风,清新而又寒冽。很快,湿透的衣衬冷若冰霜,双颊冰凉。这天门的风,也真是风情不解呀!

能够近距离观察天门了,不说豪情,一丝得意在心的水面上掠过。

天门真是雄奇瑰丽,吾辈望尘莫及。500多米的门顶,100多米宽的门幅,想必一架直升机可以轻松穿越。但横亘在天门不远处的两座比肩的山峰,却又似乎遮挡了一片天地。目力实在无法估计,那留下的天地,还留有多少空间。

并不十分留意,那天门右壁上的石穴,据说像蜂巢,左壁的表面,像一张壁画,千奇百怪。门楣上方似有一张浮雕,好像一具脸谱……

却发觉众人纷纷留影,如单人合影,那相机吐出的必将是一个大写的"囚"字,也许,这漫无边际的穿越天门的奇想,也是有悖天理,惹怒山神的。那么,这神乎其神的天门,又是为谁提供进出的呢?

受不住冷风的侵扰,匆匆下山。俗话说,上山容易,下山难。因了当地司机老瞿的引领,还借助了一根三尺长的硬塑料棒(权当拐杖),走的是"Z"字形,踩在草茎根部,一步一挪,竟走得轻松和迅捷。原先的恐高心理,以及惧怕双膝忽然一软的情形,均烟消云散了。也许是天门在护佑我这敢于亲近它的一介书生?

这时,一只山鹊在山谷翱翔盘旋,神姿怡然,炫耀着它的优哉和轻捷。

下了一大截山坡,再回望天门,静静地伫立了好一会儿。都说这天门呈"门"字形,我却感觉像一个风口,那强劲的风吹拂不止,难怪这一片山峰的中间地段,也被风削砍的少了一块,山峰罕见地呈月牙形倾斜着,仿佛即刻会向山谷里倾倒一般。

又觉得这天门更像一个如钟大吕,它不敲自响,它日夜在喧响着,像是在警示我们这些后生和来客什么。

如果再从整座山峰来观望,它就是一只巨大的鼎,庄严而凝重地矗立在面前。它的无言,似乎正在叙述,有即无,无即有,虚见实,实乃空……充满了玄妙的哲思。

我默立良久,我分明触摸到了它的心音。我知道,我今后不会再去寻求无妄的穿越。我只要穿越这上苍赐予我的苦与乐,悲与喜,乃至生与死。

我听到心里沉重的一叹,却悠长而回旋。

我深深地向天门鞠了一躬,转身,快步走向回归的路。

下得山来,只见一位摊铺马路的维吾尔族汉子拦下了我们的车。刚来时,他也是左手往下点了点。司机不解,还是快速驶上了前方正铺砌的路面。没想到,正在直线行驶工作的压路机,竟斜穿过来,挡住了我们的去路。停顿了一会儿,才听见维吾尔族司机嘀咕了几句,我们的司机明白了,他不是不让我们通行,是要我们开慢些。少顷,压路机让开了道,让我们通过了。不知眼前这位汉子又有何企图。

汉子走上来,只说了一句:"慢慢地开,行吗?前边人这么多。"马路上施工人员确实不少,人家说得中肯,并且在理,我也叮嘱司机小心慢驶,并向汉子挥了挥手,表示谢意。

山脉远方,天门已经无影,现实的道路,在面前延伸……

感受波切利

在聆听波切利精美的演唱之前,我真不了解波切利多少。我是被别人的赞叹和掌声所推拥,才步入这偌大的舞台的。朋友说,给你的位置很靠前,你可以仔细看到他英俊的面容。

我入座了。波切利首先唱的是罗得里戈的《阿兰胡埃斯之爱》。当他的歌声在大舞台开始荡漾时,我闭上了眼睛。我的身心在他甜美而又净爽的歌声中摇曳、飘荡。那一时刻,我发现我根本忘却了他的面容,忘却他来自何方,甚或他还是一个什么都见不着的盲人。我被这美丽的歌,更被这无可比拟的歌喉释放出的美妙的声波所托付着,思绪也在轻柔地飘漾。掌声骤起,我猛地一睁眼,就像刚发现什么秘密,波切利一直低垂着他的眼帘,他低垂着眼帘,面对着成千上万的观众,从未睁开他的眼睛。

就像我始终是闭着眼睛在感受波切利的歌声一样,波切利也始终紧闭着他的双眼,在深情柔婉的歌唱。他唱起了歌唱生命之美的《星光灿烂》,又唱起了著名的拿波里情歌《桑塔·露琪亚》。在令人心旷神怡的意境里,伴着潮水,唱出赞颂爱人的歌谣。又一首马里奥的《重归苏莲托》,让整个大舞台一片静寂,让我的心境愈加澄静。故乡美好,爱情美好,所有在场的人肯定都沉醉了。让一切烦恼,让一切琐屑,让一切困惑,让一切隔阂,都走得远远的,让波切利纯净的歌声滋润几乎物化的心灵。

毫无疑问,这个叫做安德烈·波切利的歌唱家是用心在歌唱。我想起,一到沪,他就声明,任何采访不得提及他的眼睛,他的妻子。是的,这也是他演唱的前奏:去除与音乐和歌声无关的背景和杂音。为什么,要将这美轮美奂的歌声非得和与残缺和绯闻什么的混合起来呢?很多原本优秀歌手的歌曲不就是充塞了太多的世俗气,因而不再那么动听了吗?在太多的粉饰、过分的包装的艺术世界里,纯粹已显得过于单薄和稀罕。

波切利的歌,需要闭上眼睛去感受。真的,倘若这大舞台的观众都是和波切利一样,平静地温和地低垂着自己的眼帘,整个演唱会始终都微闭着眼睛,我相信,那种纯净将在人们的心里演奏出更加神奇的回响。

波切利,我真的不愿知道你多少,只想闭着眼静静地感受你的歌声!

阿凡提的故乡

头戴一顶小花帽、背朝前、脸朝后地骑着小毛驴的阿凡提形象,幼时就入得心房。这位扮相特别又面目和善的大叔,以其智慧和幽默,给人带来快乐和启迪,可谓家喻户晓的人物。到了新疆,阿凡提更是常有所闻,对他的故事也了解愈多。

但也有一个疑惑如乌云般翻腾,越滚越大一时难以破解。

阿凡提大叔他究竟是哪里人?或者说骑着毛驴云游四方的阿凡提大叔,他的故乡在何方呢?

这不是我无所事事的瞎想。我一到这片辽阔的疆域,就无数次耳闻这样的询问,也不由得无数次这样的发问,只因为扑朔迷离的传说太多,而阿凡提这样的人物又弥足珍贵,名震遐迩,一个赵本山就把小城铁岭盖过了诸多摩登都市,一种水分充沛的甜瓜就让伽师这样边缘小县如雷贯耳,盖因这地方是他或它的故乡和出生地的缘故。那更何况这作为智慧和欢乐化身的可爱可敬的阿凡提呢?

对阿凡提的出生地的考证,大约在阿凡提的故事深入人心之后,就一直未曾停止。各种说法风生水起,令人目不暇接。即便在新疆境内,也南北疆各执一词,争论不休。而阿凡提的故乡之争,其实已完全纳入了国际争端,这一点确实无可厚非。土耳其一直拥有强劲的争夺力,列举的理由也并非空穴来风。乌兹别克斯坦也道出了具体方位:布哈拉州,也大有先声夺人之势。阿凡提被拉来扯去的,我一介书生已觉头疼,倘若阿凡提在世,自己又会作何感想呢?

秋末初冬,到当年的叶尔羌王国所在地莎车第N次调研。县长木太力甫酒水不沾,面对已灌入了半斤八两小老窖的上海客人,滔滔不绝起来。他一口气说出了十条理由,以佐证阿凡提乃莎车人无疑。

阿凡提光脚。这和莎车人十分相似。因为沙多,当年的莎车人大都不穿袜不穿鞋。此其一。阿凡提身背的褡裢,挎在身前背后,也与莎车的一个模样。此其二。阿凡提衣着长条大衣,恰是伊斯兰教什叶派的衣着,而什叶派的核心和主要活动点就在莎车。此其三。阿凡提骑的小毛驴,人人都说漂亮,这种小毛驴不大不小,附近的岳普湖县都是大毛驴。其他地方都无法见到,莎车县内却随处可见。此其四。阿凡提从小到大都吃巴丹姆和核桃。巴丹姆正是莎车在一千多年就开始种植的。及至今日,新疆境内还只有莎车是巴丹姆的生产大县。此其五。阿凡提为百姓伸张正义。当年叶尔羌王国相当腐败,阿凡提在那里生活走动,常常以他独有的智慧嘲弄官宦和巴依老爷,帮助弱者。莎车就是叶尔羌王国的首都。此其六。阿凡提所戴小花帽,也正是莎车人独有,伊斯兰教什叶派也推崇此帽。此其七。常把巴旦木分送给孩子,这也是阿凡提与莎车人共有的特征。此其八。为小事而奔走,莎车人历来如此,阿凡提也如此,此其九。上海美术制片厂早年拍摄的《阿凡提的故事》,有这样一个情节:国王偕各大臣在外喝酒,都喝得摇摇晃晃地回来。有一个大臣喝醉了,酣睡在王宫门侧。阿凡提为穷人呼吁,想见国王,骑着小毛驴,被挡在门外。他于是悄悄换下醉大臣身上的官衣,大摇大摆地进了宫。所进王宫,就是叶尔羌国的王宫。此其十。

十条理由我只是提纲挈领,简要概括。木太力甫县长说来洋洋洒洒,说得自信而骄傲。一口带着浓重维吾尔族口音的普通话,听着吃力,也听得特别。

我无意考证他一席话的真伪。事实上,早就有人旁征博引,推出一位名叫纳斯鲁丁的土耳其人,认定是阿凡提的原型,还对其生平多方进行考证。这个说法已如雾里般似乎比莎车一说更加具体翔实。我并不为然,那些对名人神话有考证癖的,也不乏从小我的狭隘出发,争夺一些世俗的名利的。而木太力甫县长也许并不严谨的表述,也让我愈发确信,阿凡提是深入人心的。

这样一个维吾尔族人心目中的"儿子娃娃",是真正不朽的。维吾尔族人为他骄傲,我们也同样对他欣赏,为他自豪。

阿凡提说故事,确是十分精彩,耐人寻味的。

其实,我还是相信阿凡提只是一个传说。他的善于雄辩,善讲故事笑话,他的心地善良和乐观,他的睿智和才学,都是人们心向往之的。我想,他是人们心中美好的寄托和期望。数百年来,人人口口相传,才使这智者和乐者的形象愈益丰满,也愈益流传广大。

所以,就没必要过分地探究阿凡提的故乡是何处了。当某人获得诺贝尔奖,他原本沉寂无声的故乡竟也趋之若鹜,声名鹊起,我总以为这是浮躁世界的一次扬尘。

阿凡提是民间传说的经典,不必把经典一定归于某一种平常。他是人民群众集体的创造。

真正的说,我认为,阿凡提的故乡,在所有记挂他,传说他,向往他的人们的心坎里。

一次特别的家宴

这一顿家宴是陈平精心准备和烹饪的,上的都是淮扬菜系,蟹粉狮子头、清炖圆鱼、水煮干丝、梁溪脆鳝……这些菜咸甜适中、清鲜可口。林老师吃的额角都微微冒汗了,白发丛中亮起了一颗颗细碎的珍珠,双目还露出小孩一样调皮的眼神。大家都禁不住笑了,也暗暗赞叹陈平真是用心,林老师喜爱吃的就是这淮扬菜啊!林老师已八十有余了,这样一个耄耋之年,参加自己学生的家庭聚会自然特别高兴。明人也有一种成就感,因为这不是一般的师生聚会,这是自己引针穿线促成的,一场迟到了三十多年的宴请。

三十多年前,林老师还是他们的初中班主任,林老师教语文,他上的课是绘声绘色的,大家都非常喜欢听。但他也是以严格,乃至苛刻而让同学生畏,批评人也从不留情。陈平当年成绩不赖,尤其是作文,他的文章经常受到林老师的好评,在课堂诵读。本来,林老师和陈平的这段师生情可以更加深厚和正常发展下去的。不知道是哪天,发生了一些变故,很微妙,也令同学们似懂非懂。以前林老师对陈平的表扬三日两头不断,后来几乎一句都没了,更多的则是批评。陈平以前对林老师也是十分恭恭敬敬的,不知怎么的,他对林老师也少了笑脸,他们如同陌路人一般。有一回,林老师给陈平的作文一个不及格,这让陈平恼羞成怒,他在课间大发厥词。第二天上课,林老师讲授语法,有一个复式结构,林老师刚刚讲解了几句,就让陈平站起来回答,让他详述对这个结构的理解。陈平一下子懵在那里,林老师就让他站着,他差不多站了有大半节课。直到下课铃要响时,林老师再让他回答,陈平气鼓鼓地嘟囔了几句。林老师让他坐下,但是明显带着不满,还有十分严厉的批评,无非是你太不谦虚,不谦虚还不好好学习。陈平很难堪。

　　明人曾问过陈平,怎么回事？陈平说,林老师偏心,只是因为他多说了两句话,不知谁传进了林老师的耳朵,林老师就此对他不客气了。这件事,明人也未经了解。后来进入高中,大家分班了,又忙于迎接高考了,此事也就更未细问。好多年之后,明人碰到陈平,陈平已经在一个街道担任了领导职务。提起了当年和林老师的这段往事,陈平内心多少有点愧疚,很多年没有见林老师了,林老师是一个可爱可敬的好老师啊！当年如果不是林老师对他十分苛刻,也就没有他后来更加严格的自我鞭策。

　　陈平是以优异成绩考入一所名牌大学的,他憋足了一股劲,要为自己争气。这口气似乎是争到了,但是毕业这么多年后,每每想起学生时代,想起这些老师们,特别是林老师,他觉得自己确实有不妥之处,林老师当年对他也是充满鼓励的,所以他的作文一直遥遥领先,还参加过全市作文比赛,获得过比较好的名次,这些都是林老师对他的培育和帮助。聊到这些,陈平愈发想念林老师,当年拿到大学录取通知书时,考入大学的同学们邀请林老师在内的老师们吃饭,以表感谢之情,其他老师他都敬了一杯,唯独林老师面前,他没有一句言语。

　　陈平请明人帮忙,找机会请林老师到家里做客,他要好好款待林老师。时光荏苒,很多东西都消失得无影无踪了,何况曾经有过的那么一点点的不值一提的怨艾。这次林老师欣然赴约了,白发苍苍却精神矍铄,眼神还是当年那个富有神采的精气神。大家吃的很高兴。这时,陈平又端上了一个盆子,里面盛满了已经切好的肉块。他意味深长地笑着对林老师和大家说,我必须要端上这盆菜,因为我曾经确实说过一段话,得罪了林老师,大家猜猜这是什么肉?气氛一下子又安静下来了,大家你看我,我看你,也仔细观察这些冒着淡淡肉香的肉块。同学们看来都没尝过这些肉,好半天猜不出是什么,倒是林老师哈哈大笑了起来,说,还是让我说吧,这是马肉,正宗的马肉,如果没有说错,这大多是马臀部上的肉,马屁股上的肉。大家都竖起耳朵仔细听着,眼睛流露出惊讶,不知道这马臀肉里面还有什么故事。陈平也笑眯眯地说这确实是马肉,也确实是马臀肉,这是他请人从新疆阿勒泰带过来的。他说,马肉最好吃的,就是这个马屁股上的肉。明人在边上插科打诨,笑说了一句,你这个家伙搞什么鬼啊?让我们吃马屁股。还是林老师接了口,笑着说,他是给我吃马屁股啊。这下大家又笑了起来。大家想起来了,陈平在课余曾经论过,林老师这个人就是爱吃马屁,原因是有一位同学对他特别的示好,平日里都是林老师长林老师短的,他就特别喜欢。而我陈平呢就是死读书,不开窍也不懂得拍林老师马屁。

明人也明白了,当年就是因为陈平说的这个话,林老师听了心中很是不悦,后来两人逐渐心存芥蒂了。这回林老师狠狠夹了一块马肉,塞进嘴里,腮帮子一鼓一鼓的,虽然老牙早就换了人工的了,但是也觉得特别带劲,边咀嚼边赞叹,好吃,确实好吃,马屁股确实好吃。大家也纷纷拿起了筷子,夹着马肉往嘴里塞,肉香扑鼻,酥软适当。陈平看大家吃的这么高兴,也是笑纹迭出,林老师更是笑呵呵地说道,这真是好吃,很难忘,也很难得,太难得了!我们感谢陈平啊,他这么用心,而且你们完全可以大胆地吃,放心的吃,马肉是属于不饱和脂肪酸,吃了活血化瘀疏通血管呀。大家又笑了,吃得也更带劲了。

遗忘之美

有一回校庆,一位同学迟疑的目光老是停留在我的脸上,我于是主动上前和他握手寒暄。

看我诚挚而又热情的神情,他的脸色明显开朗了,皱得紧紧的眉头也渐渐舒展了:"你真不错,是我们同学中的佼佼者。"我相信,他的赞扬也是发自内心的。

少顷,他又冷不丁地说了一句:"真对不起,上学那会儿,我伤了你。"

"什么事?我,怎么不记得了?"我说。

他一脸惊讶:"你,真的忘了?"

我摇了摇,坚决地摇了摇头。"都快三十年过去了,有什么遗憾不能忘却的呢?我只记得我们许多共同的美好的回忆"。

他咧嘴笑了,笑得很开心,露出一排齐崭崭的牙齿,就像是回到了童真年代。

是的,什么都没有发生,唯有美好的永远不会泯灭的回忆。

前些天,参加一对步入银婚的夫妇的庆祝晚宴。听到他们的一段耳语,很是感动。

"记得那次吵架吗?我把你抽的烟,都扔到屋后的河沟里去了。你很恼怒,说要和我分手,各奔东西。"妇人轻轻说道。

老头笑而不答。

"还有一次,我出差回来,可能太累了,脾气很躁,一甩手把你刚煮好的饭菜都撞到地板上了,你的脸凶神恶煞,半天不说一句话,把我吓得……你不记得了?"妇女又说。

老头莞尔一笑,目光是那般温柔慈和。

"最近一次,我们一起到北京旅游,讲好了到北海去看一看的,我变卦了,缠着你要上香山去欣赏红叶。人家车子已安排好了。你很为难。我一赌气,干脆留在宾馆,什么地方都不愿去,闹得你很尴尬。你,原谅我吗?"妇人的目光和嗓音都是那般的柔和。

"我,忘了。"老头终于开腔了。

"真的忘了?"妇人手摆了摆。

"真的忘了,忘了。"老头的目光也泻出一片柔情。

妇人迅即在老头的面颊上轻轻地嘬了一口。没有多少人察觉。

我敏感的余光感悟到了,那一瞬间,我觉得这屋子都洋溢着温馨和美好。

朋友告诉过我这样一个故事。

他曾经到一家公司应聘。那是一家他仰慕已久的软件公司。他坚信自己的业绩和实力会让他如愿以偿的。在面试中,他确实发挥得很出色,从考官们的目光中他捕捉到了那一种伯乐似的欣喜。

但在最后一次复试中,他的信心消失殆尽。

那是公司的一位副总裁亲自出任主考官。

那位副总裁竟然是他数年前的一位上司。而他曾经口出狂言,不计后果地顶撞过这位上司。虽然分别数年,毫无联系,但他相信他一定会记得这一幕。一瞬间,他竟然脑子里蹦出那么几个字:因果报应!

副总裁温和而又平静地提问,依然如同过去一样一丝不苟。答问间歇,还不时和身边的几位部门主管耳语一番。

他感觉自己实在憋不住了,想干脆一走了之。可副总裁的目光又似乎是善意的。

末了,副总裁走上前告诉他:"你已被聘用,祝贺你。"并伸出手来。

他有些不敢相信,一贯口才出众的他竟一时张口结舌:"你,你还记得那一次,我的,冒犯?"

"我什么都不记得了,我祝我们合作成功,我祝你取得新的丰收!"副总裁的充满磁性的嗓音具有一种无可比拟的坦率和真诚。

他握着副总裁宽厚的手掌,久久没有放下。

善于遗忘。该是多么好的品性呵!

人生太多的隔阂、冲动、挫折、不快,倘若我们老是放却不下,人生的每一个驿站,烦恼和包袱也会愈益沉重,深锁我们智慧的眉头,增加我们合作的心灵负荷,只能阻滞我们前进步伐。

遗忘那些本该遗忘的过去吧!那么,每一天的太阳都是新的,每一个日子都是充满希望的。

高贵的让道

和希腊告别已逾半年,很多著名的古代遗址已淡忘了,倒是那一幕公路上的场景,至今想来,依然那么触目惊心。

是的,你无法想象,在这创造了富有人性的美丽的文明,创造了我自幼迷醉神往的奇丽神话的国度,会有这样的事情赫然入目。

那天,我们的汽车在通往城郊的公路上飞驰。浪漫迷人的爱琴海隐约可见。在车轮滚滚的马路中央,我们发现了一摊已经有些板结的东西,一辆辆车子从上面驶过,似乎感觉得到车子因此有了一阵颠簸。没有人为此多加留意,车子依然疾驶如飞。可我却感到心脏骤然收缩了,一种痛惜,一种悲哀,一种说不清的复杂的情感占据了我的心间。我听见导游在我耳畔解释,这是野狗的残骸,一定是在马路上溜达时,来不及避让车轮,被猛地撞倒了。而车轮接踵而至,轮番向着可怜的野狗倾轧。没有一点躲避的可能,这野狗就一命呜呼了。野狗被撞,被轧,被碾成一层血饼,可人们似乎都熟视无睹了,甚至连清洁工也懒得去清除一下。我们见到的那狗,差不多已风干、板结了,估计已有两、三天时间了,从那一层色彩可以想象那狗的曾经有过的绿亮的皮毛和生命的力量。现在这条狗此刻躺在文明古国的现代化的道路上,让一个对这个国度极其崇拜的中国男子,心中一片哀婉。而且,当地导游也毫不避讳,这类事的发生是司空见惯的,竟没有人再会为此感慨什么!

我的朋友曾告诉我他在某个国家亲眼所见的一个情景:在车水马

龙的道路上,有几只猫儿在缓缓而行,似乎对驶近的车辆置若罔闻。司机毅然把车停住了。一辆车、两辆车、三辆车,路上已经堵住了。可谁也没有莽撞行驶。甚至没有一辆车去摁响喇叭。大家都很有耐心地注视着那几只猫旁若无人地走过。给猫让道之后,车辆才缓缓启动。朋友被感动了,他说那一刻他的眼泪也止不住要滚落下来。他为这人性的礼让而激动不已。

也听说有不少国家,对动物的保护和友爱是令我们汗颜的。当动物误入车道时,似乎有种不成文的规定,人车自觉给它们让道,让它们坦然、悠然地步行,最终走出这险象环生的地域。

可惜这希腊的野狗却没有这般幸运了。它们的鲜血涂染大地,令我倍感自私和狭隘的丑陋,卑琐和冷漠的悲哀!

前些天报载,有一头奶牛闯入了外环线。这头奶牛显然是迷路了,在拥挤的车流中茫然不知所措。闻讯赶来的工作人员也一时无招了,交通一时受阻。最后,是一声枪响,奶牛轰然倒地,才结束了这场人牛之战。这一枪让奶牛汩汩流血,也使很多人为之扼腕!也许,是担忧这疯了似的奶牛会给人们带来伤害,才不得已为之,可我心里感叹:难道,我们只能采用这种毁灭生命的方式,才能了结这所谓的惊险!难道,给动物一点礼让,会失去人类的尊严?

奶牛流血,我未能目睹。可希腊那城市公路上野狗的残骸却在我心里又蓦地凸现,血淋淋、惨兮兮,我无法释怀!

爱,是最宝贵的

朱大珪先生拥有一个其乐融融的汉维联姻的家庭,这早就耳闻,而想登门一睹的愿望,在一年后,才得以实现。

三月的一个周日的下午,喀什的天气颇令人喜出望外。昨晚还是尘霾压城,让人喘不过气来,此刻万里晴空,天穹瓦蓝,云朵洁白,熙来攘往的人们,笑容也更显灿烂。在本世纪兴建的一个普通的职工住宅小区门口,我又见到了正迎候我的朱大珪先生。他个子稍矮,谢顶,眼镜片后的那一双眼睛,依然亮而有神。一个多月未见,他倒显得更结实和精神了。

进入室内,就很快感到了温馨的气息。他的夫人巴哈古丽微笑欢迎。她着一身维吾尔族衣裙,绿色的毛衣,齐膝的褶裙,显示在家的随意。长得完全是维吾尔族人的模样,挺直的高鼻梁,明亮的大眼睛,是一个和蔼可亲的大妈形象。以至于我脱口就叫了一声:"大妈。"后来一想稍有不妥,也许叫嫂夫人更为合适?

客厅正面墙上,一幅大尺寸的全家福令人关注。朱先生夫妇俩的介绍,每一个语句里都充满着爱与幸福,我在心里解读时,也感受到这种爱与幸福,像微笑一样,在每一个人的脸膛上盛开;也像空气一般,在这洁净的屋子里飘漾。

在照片上,我发现了这三代人有两代是汉维通婚。第三代,也就是朱先生的孙辈,最大的还只十六、七岁。而在之后的交谈中,我又获知,朱夫人的父母亲也是汉维联姻,而且有着一段艰难而又令人感喟的婚姻历程。

朱夫人的母亲是地道的维吾尔族人,出身大户人家。从河北赴疆的朱夫人的父亲,则是汉族人,他与朱夫人的母亲相识相爱,但遭到了母亲家人的极力反对和阻挠。母亲勇敢而又有主见,他们私奔了。当然,更拥着炽热的爱恋,家里人也开始了追寻。从库车,到阿克苏,他们险些被家人堵截。直到,他们又一头栽进了喀什巴楚,那个拥有数百万亩原始胡杨林的天地,家人才不再出现。这一路,大约一千二百多公里了,他们的爱情才找到了一个容身之处。

这是解放以前的故事了,封建社会的枷锁,还很残酷,这一段婚姻也是可歌可泣的。

相比之下,朱先生是幸运的。当中学毕业的朱先生,血气方刚地在1955年的夏日,一头奔向新疆广袤的大地时,新中国已经诞生多年,新疆也已和平解放。六十年代初,他参加"社教",由喀什派往巴楚工作,有幸结识了朱夫人,他们情投意合,欲结为连理。朱夫人的母亲又一次表现出了知识女性的开明,就像当年自己私奔一样的坚决,对女儿的婚事也予以了毫不犹豫的支持。

问及他们婚后在习惯上有什么差异,朱先生干净利落地回答:"没有!唯一的区别就是,我们家不进猪肉。"朱夫人补充了一句:"我们家随我。"客厅的茶几上,摆放着大大小小的杯碟,摆满了核桃、葡萄干、巴旦姆等各类干果,这佐证了朱夫人的补充,那还是当地民族的最为常见的一种风俗习惯。热情劝吃干果,也是维吾尔族待客的礼节。朱夫人也几次让我们吃点干果,也是这番风俗和情意。

这对恩爱夫妻,新婚伊始也遭遇过厄运。朱先生酷爱写作,有段时间喜欢上了杂文,也发表了不少。但在"文革"期间,他被作为"三家村"分子,横遭迫害。朱夫人还清晰地记得,新婚才22天,朱先生就被"提溜"走了,关押、审查、批斗持续了半年之久。后来又移送郊外劳动改造。那时，朱夫人已怀有身孕，但仍腆着大肚子，长途跋涉去探望朱先生，给朱先生送去了春雨般的关怀。

那一段时间，朱夫人也是忧心忡忡，前途未卜。但她对朱先生不离不弃，因为她心里有爱。

这一段磨难，朱先生至今回忆，都感叹唏嘘，对夫人的情感也甚为挚真。他说倘若没有夫人对自己的恩爱有加，他那时都不知道该如何支撑下去。

40多年的风风雨雨，朱先生说，我们夫妻从未红过脸。在朱先生书房的床头上，还挂着一张碧蓝的大海为背景的新婚照，是几年前朱夫人提出去拍的，这弥补了他们30多年结婚之缺憾。照片上的两位老人，相依而坐，脸庞依然生动，目光也晶亮清澈，那一句"爱你万世纪"的题词，让画面倍添了浓浓的爱意。好一对幸福的人儿！

我想起春节前朱先生讲述的一段故事。

他说，他今年75岁了，人必有一死，这个年龄总得想想自己的后事了。但他十分犯愁，就是一旦妻子也辞世了，他们如何合葬。因为他们夫妻很特殊，他是汉族人，而妻子是维吾尔族人。在喀什，这样的合葬不符合民俗。妻子信奉伊斯兰教，不会随他在汉墓合葬，而他要与妻子合葬在麻扎（维吾尔族语：坟墓），就必须皈依伊斯兰教，从现在开始，每天得做乃玛孜（礼拜），念古兰经，而他又确无这一信仰。倘若让他们夫妻俩分葬各处，他们也死不瞑目，他们是患难夫妻，当年他因文字被贬为"三家村"分子，维吾尔族妻子对他不离不弃，倍加呵护。结婚四十多年来，他们从未红过一次脸。

那天，他从北京出差返回，在乌鲁木齐停留。在乌市经商的大儿子宴请父亲，还叫了几位朋友作陪。朱老先生就又提到了这件堵心的事了。没想到，儿子的几位维吾尔族朋友说，您老一点也不用担心，喀什那里民俗过重，不便安排，您和妻子百年后，我们在乌市给你们妥善安置！他闻言,顿时心头一亮,随之,老眼泪花迷蒙。这样一个老大难问题,在热心的年轻人那儿,就这么迎刃而解了。

那一份真情爱,那么深厚,那么醇香,那么悠长和感人至深……

朱先生曾经写道:生命是爱的结晶,人生是充满追求与创造与品赏的爱的过程。

无论贫富贵贱,人生都可以如诗如梦,生活都可以如歌如画,关键在于有没有爱。

告别时,我听见朱夫人说了一句:"我们家充满爱。"

是的。爱是最宝贵的,无论如何,因为有爱,这世界,这生活,这平淡无奇、甚或苦难遭际,都会变得美好起来……

真诚地祝福他们!

图书在版编目(CIP)数据

逐梦之旅：安谅散文 / 安谅著. —上海：上海文艺出版社,2018
ISBN 978-7-5321-6613-8
Ⅰ.①逐… Ⅱ.①安… Ⅲ.①散文集—中国—当代 Ⅳ.①I267
中国版本图书馆 CIP 数据核字(2018)第 039570 号

责任编辑：徐如麒
封面设计：徐　徐

书　　名：逐梦之旅：安谅散文
著　　者：安　谅
出　　版：上海世纪出版集团　上海文艺出版社
地　　址：上海绍兴路7号　200020
发　　行：上海文艺出版社发行中心发行
　　　　　上海绍兴路50号　200020　www.ewen.co
印　　刷：上海安全印务有限公司
开　　本：787×1092　1/16
印　　张：20.5
插　　页：2
字　　数：256,000
印　　次：2018年3月第1版　2018年3月第1次印刷
ISBN：978-7-5321-6613-8/I·5266
定　　价：36.00元
告读者：如发现本书有质量问题请与印刷厂质量科联系　T:021-59226666